ET Scrittori
1729

Dello stesso autore nel catalogo Einaudi

Spavento
Autobiografia erotica di Aristide Gambía

Domenico Starnone
Il salto con le aste

Con una premessa dell'autore

Einaudi

www.einaudi.it

ISBN 978-88-06-20842-4

La lettera di Calvino

Questo libro è stato scritto nel 1988, a ridosso del successo di un mio racconto d'ambiente scolastico, *Ex cattedra*. Da lí vengono la tonalità ironica, le figurine di insegnanti e studenti, il clima di smarrimento politico dopo gli entusiasmi degli anni Sessanta e Settanta, una scrittura ellittica e minimizzante. Ma il cuore vero della storia è altrove e batteva già in un vecchio appunto degli anni Sessanta su due ragazzi napoletani che vanno a sentire una conferenza di Italo Calvino sulla beat generation e si rendono conto che non avranno mai le energie per fare il salto capace di portarli all'altezza di uno scrittore di quel calibro. Ricordo che mentre scrivevo chiamavo il libro, tra me e me, *La lettera di Calvino*, e non era un titolo ma una specie di nomignolo affettuoso, quasi un modo per tenere a mente che ciò che volevo raccontare erano le ansie e i pudori di chi non ha né il talento né le qualità umane né le tradizioni socioculturali indispensabili per realizzare le proprie ambizioni letterarie.

In quell'anno ho faticato molto, ma con piacere e divertimento, a tenere insieme tutti i fili della storia. C'era il declino dell'insegnante postsessantottesco. C'era il conflitto tra gli entusiasmi rivoluzionari dei padri e il malessere spassionato dei figli-studenti. C'era Napoli, c'erano gli abbozzi di ambienti familiari a cavallo tra piccolissima borghesia e sottoproletariato. C'era la smania di scrivere che si nascondeva per insufficienza e si vergognava di sé.

Alla fine, quando mi è sembrato che tutto quadrasse, mi sono messo a cercare un titolo. Ho accantonato quasi subito *La lettera di Calvino* e ho deciso di chiamare il libro *Il salto con le aste*, titolo piú vicino a *Ex cattedra*.

Il libro è uscito, ha fatto il suo percorso, ma per anni mi sono trascinato dietro un rammarico silente. Perché gli avevo dato quel titolo che sapeva di banchi, aule e inchiostro? Era una storia distante dal mio racconto scolastico. Certo, parlava di insegnanti, di scuola e di scolarizzazione, ma il suo vero tema era il desiderio sempre piú diffuso di diventare narratori, di fabbricarsi storie, di raccontarsi e raccontare le proprie bugie.

Oggi ho riletto il libro. A sorpresa *Il salto con le aste* mi è sembrato il titolo giusto e il rimpianto per *La lettera di Calvino* è bruscamente finito. Ho sentito piuttosto la voglia di rimetterci le mani, ma presto ho rinunciato anche a quello. Sono solo intervenuto sulla punteggiatura, ho dato ai dialoghi gli a capo che non avevano, ho sbrogliato le formulazioni troppo sintetiche, ho corretto sviste. A questo libro sono affezionato ed è bene che resti com'è.

«Sai come si cacciano i tordi in Provenza?»

OLGA GIACINTI, 1968

Il salto con le aste

Capitolo primo

L'allievo Ernesto Astarita, che è figlio del mio amico Michele, senza preavviso è balzato su e ha detto interrompendo la lezione:

– Perdono. La lettera di Calvino.

Poi ha sottolineato: – È urgente, – cercando di farmi capire che il padre aveva fretta di parlarmene.

Mi sono passato sulla fronte le dita impolverate di gesso. Ho rivisto la busta di quella lettera tra le mani di Michele. Mi è comparsa davanti la borsa di cuoio del postino, forse anche il postino. Mi sono figurato il corpo metallico della macchina da scrivere, dal quale si erano protese le aste ricurve lasciando sul foglio zampate di alfabeto. Poi mi sono accorto che ricordavo con precisione particolari mai annotati e ho scoperto che conservavo nella memoria non i fatti genuini da ordinare in sequenza, ma uno stereotipo da cinematografo costruito con tutte le buste, le borse di cuoio, i postini e le macchine da scrivere della mia vita. Allora mi sono agitato e anche gli studenti si sono agitati scrollandosi di dosso l'aria densa che ne appannava le facce.

Ho detto a Ernesto:

– Spiegami.

Ma lui non mi ha spiegato, un po' perché non si ricordava di preciso il messaggio di Michele, un po' perché la lingua italiana non è il suo forte. Però mi è bastato quel poco per capire: ci siamo; l'ho fatta franca per troppo tempo e ora è arrivata la resa dei conti.

Deborah è uscita dal banco e mi ha cancellato il gesso dalla fronte con un fazzoletto di carta. L'ha fatto non per sollecitudine materna, ma solo per far ridere la classe. Mi sono imbarazzato, l'ho pregata di tornare a posto. Lei mi ha ricordato che stavo spiegando cos'è l'anoressia. Infatti, sul fondo buio della lavagna, annuvolato dalle cancellature, avevo appena finito di scrivere «anoressia» per chiarire a Ernesto e agli altri maschi della classe che non si trattava di una perversione sessuale. Ho ripreso a parlare fiaccamente, ricorrendo al greco che i miei alunni non hanno mai studiato. Io sí, l'ho studiato, ma è stato tempo sprecato. Mi piacerebbe poter affermare che, quando sono stanco, mi sdraio sul divano e per rilassarmi leggo Eschilo in lingua originale. Non è cosí. Degli anni dedicati al greco ricordo solo l'alfa privativa. Mi sono servito di quella per parlare dell'anoressia, ma poi ho cambiato discorso. Fino a qualche tempo fa credevo che la parola indicasse un disturbo dell'intestino.

Il nostro liceo non era il migliore della città. Ci andavano tutti quelli con le toppe ai gomiti e le borse alle ginocchia che, per una serie di fortunate circostanze associate a una cocciuta arroganza, avevano superato gli ostacoli posti tra la prima elementare e la terza media e avevano deciso di svilire gli studi classici frequentando il ginnasio. Michele e io eravamo studenti di questo tipo. Nella scuola non trovammo niente di buono. Fuori, nelle vetrine dei librai, scoprimmo invece che l'alfabeto, variamente combinato e poi confezionato in volume, era esaltante. Ci sarebbe piaciuto, un bel giorno, vedere il nostro nome stampato su una copertina. Questa ambizione a me passò presto, appena ci provammo a scrivere un romanzo a quattro mani e Michele ammucchiò cento pagine e io nessuna. Ma lui l'ha coltivata per anni. Riempiva quaderni e quaderni con una grafia minuscola che poi pretendeva che decifrassi. Conservava tutte quelle pagine in una scatola di cartone legata con lo spago e sigillata con la cera. Temeva che il padre le leggesse. Poiché io ero il suo migliore amico, mi faceva giurare spesso:

– Alla mia morte brucerai tutti i miei manoscritti.

Io giuravo:

– Li brucerò.

E lui mi studiava, mentre giuravo, per capire se avrei tenuto fede al giuramento. Sperava infatti che fossi spergiuro e che, una volta che fosse passato a miglior vita, li facessi pubblicare per il bene dell'umanità. Si immaginava che, dopo morto, le librerie e le edicole delle stazioni sarebbero state piene zeppe di copertine con la scritta: Michele Astarita. Io invece ero deciso a bruciarli davvero, i suoi quaderni, e non solo per tener fede al giuramento. Pensavo che chi conosceva le lingue antiche e quelle moderne come le conoscevamo noi non avrebbe mai dovuto stampare libri. Non foss'altro che per il bene dell'umanità.

Fu alla fine degli anni Cinquanta che Michele scoprí l'esistenza di Calvino. Lo scrittore venne a Napoli per una conferenza e lo intravedemmo appena: distante, era come la statua di un santo taumaturgo che non si fa a tempo a toccare. Ma Michele si appassionò a lui ugualmente, anche se non ne aveva mai letto una riga. Era il primo romanziere che vedeva e se ne invaghí come ci si invaghisce della mamma. Poi ebbe modo di osservarlo meglio, su un libro in vetrina, e scoprí che questo Calvino rideva. Sembrava un giovanotto allegro, d'ampia fronte, scarno e spigoloso, con una bella risata senza artificio. Io gli dicevo: «Somiglia a Walter Chiari», ma lui mi rispondeva: «Non capisci niente». E provava a ridere allo stesso modo, senza motivo, come uno scemo.

Quella scoperta gli giovò. Il suo modello d'autore di romanzi e racconti era stato fino a quel momento uno scrittore *bohémien* fallito, di nome Noel Airman, che viveva al Greenwich Village. Noel aveva un braccio anchilosato, ma era riuscito lo stesso a fare innamorare di sé una signorina di buona famiglia che si chiamava

Marjorie Morningstar. Era una storia che aveva letto a puntate da ragazzino su un settimanale per signore che comprava sua madre. Già dopo le prime righe il braccio gli si era paralizzato e se l'era portato appeso al fianco per anni. Sapeva d'essere votato anche lui al fallimento e sorbiva acqua dal bicchiere come se stesse al bar per annegare il suo dispiacere nell'alcool. L'ho conosciuto al ginnasio che era ridotto in questo stato.

Con Calvino invece rinacque. Imparò che questo scrittore se la sapeva spassare. Saliva sugli alberi, viaggiava, quando era venuto nella nostra città aveva parlato di una cosa che si chiamava *bitgenerèscion*.

– Presto o tardi diventeremo cosí, – mi assicurò una volta agganciando gli indici per indicarmi che tra loro sarebbe nato un legame indissolubile.

Avevamo diciassette anni e non sapevamo niente del mondo. Si immaginava che lui e Calvino sarebbero andati insieme ora qua ora là. Anche al mare, per esempio. Perciò s'allenava nel nuoto, nei tuffi dagli scogli, nelle immersioni in profondità.

– Fa la pesca subacquea, – si era convinto.

In seguito questa passione si è fatta adulta, piú cauta, contenuta, solo qualche sorriso. Anche Calvino ha smesso di ridere e l'abbiamo visto, sempre ritratto dietro uno dei suoi libri, mentre si aggirava serio, meno spigoloso, in un cortile.

– Ha un tocco! – ora mi spiegava Michele come se parlasse di uno che, invece che con la penna, scriveva con la bacchetta magica.

Poi arrivò la lettera.

Nel pomeriggio altre novità. Il collega Oscar Liverano e io stavamo ultimando, insieme a sei studenti volenterosi tra cui Ernesto e la sua fidanzata Deborah, un corso interdisciplinare ed extracurricolare sulla coppia verticale/orizzontale. Fingevo come al solito che, anche se letterato, ero in familiarità con tutti gli scibili, quando è arrivato Michele, palesemente nervoso. Gli ho fatto cenno: aspetta. Lui mi ha fatto cenno: no, ho molta fretta. L'ho pregato con l'indice alzato: un attimo, e gli ho indicato con lo sguardo Liverano alla lavagna. È rimasto in corridoio ad aspettare che Oscar finisse di mettere a punto la sua ipotesi di lavoro.

– È orizzontale per definizione, – stava spiegando Liverano, – il piano che passa per l'orizzonte.

Ha sfregiato la lavagna col gesso.

– Chiaro questo?

Noi:

– Sí.

Allora ha assunto la terra come sfera perfetta, cosa che abbiamo assunto pedissequamente anche noi. E poi ha fatto coincidere la linea che limita il campo visivo di chi guarda («o orizzonte» ha specificato) con l'intersezione tra la sfera terrestre e il cono che ha il vertice dentro l'occhio dell'osservatore.

– Com'è questo cono? – mi ha interrogato a tradimento, evidentemente perché avevo già lo sguardo opaco del disattento.

Ho temuto di dovermi pronunciare, ma lui si è risposto da solo, con generosità:

– È tangente alla sfera terrestre.

Io ho approvato:

– Tangente, – e lui è tornato a indicarci l'intersezione.

– L'intersezione è una circonferenza ovvero una linea piana. Il piano che la contiene è orizzontale. O meglio: è orizzontale la sua giacitura rispetto al punto di osservazione.

Qui ha afferrato il gesso esortandoci a considerare il piano tangente alla terra e dotato di quella giacitura, che ha chiamato, bianco su nero, pigreco con 1.

– È ovviamente orizzontale, – ci ha detto con sguardo furbo.

A questo punto gli ho mormorato spiacente:

– Torno subito, Oscar.

Non mi ha nemmeno sentito, sono uscito nel corridoio.

Michele mi ha chiesto:

– Vi divertite?

– Come no, – gli ho risposto, ma aggiungendo subito: – Comunque, meglio il seminario sulla coppia verticale/orizzontale che niente.

Lui ha fatto spallucce e ha buttato lí desolato:

– Siamo ai ferri corti.

Ho capito solo dopo un po' che con quella formula voleva dire che tra lui e Olga Giacinti, sua compagna di lavoro presso la Fondazione Anton Giulio Barrili e nostra amica da piú di venti anni, la frattura era ormai insanabile.

– Spiegati, – l'ho esortato.

– Impossibile.

Mi ha raccontato solo, malinconicamente, che per colpa degli intrallazzi di Olga lo avrebbero rimandato a fare l'insegnante.

– Di nuovo qui a godercela, – ha detto con sarcasmo, – io, tu e Oscar Liverano.

Quindi mi ha annunciato che poteva segnare un punto a suo vantaggio ed evitare quella iattura solo se stampava sul bollettino della Fondazione la lettera di Calvino.

– Voglio il tuo parere, – ha concluso guardandomi diritto negli occhi. – Che mi dici? Faccio bene o faccio male?

– Malissimo, – gli ho risposto.

S'è stupito, ha voluto sapere perché.

– È una scorrettezza, – ho tagliato corto.

Ha detto seccato che non capiva. Allora ho cominciato ad arretrare come se la voce di Oscar Liverano mi avesse afferrato per il collo e mi stesse tirando a forza verso il seminario sul verticale e l'orizzontale.

– Telefonami, – gli ho detto, – e ti spiego meglio.

Mi sono infilato nell'aula chiudendomi la porta alle spalle.

Ma ormai ero molto turbato e sono riuscito a concentrarmi poco sulle forze che Liverano andava prendendo in considerazione in quanto agivano su oggetti in caduta libera lungo la verticale.

– Cioè la direzione verso cui essi piegano o vertono,

– ha ripetuto piú volte godendosi soprattutto: «verticale, vertono, mi seguite?»

Non ce l'ho fatta a seguirlo per filo e per segno, ma mi sono annotato la conclusione per dargli a intendere che non stavo dormendo in piedi. Ho scritto: la direzione verticale non è normale alla giacitura orizzontale poiché ha una componente a essa tangente.

– Quindi, – ha trionfato Oscar di fronte a un pubblico sparuto e sgominato, – ogni spostamento verticale ha una componente orizzontale e viceversa.

E ha voluto insistere: non c'è spostamento verticale che non sia equivalente a uno spostamento orizzontale. Poi mi ha ceduto il posto accanto alla lavagna.

Sono intervenuto di mala voglia per spiegare agli studenti, nel caldo dell'ultimo giorno di maggio, le conseguenze politiche e sociali di quella intuizione del mio collega. Ma non sono andato lontano.

– Al telefono, – m'è venuto ad avvisare il bidello.

– Pronto! – ho gridato.

Da chissà dove una voce femminile, ironica, ha detto:

– Ghismunda.

– Che scherzo è?

– La memoria non ti aiuta.

Allora mi sono ricordato: di Ghismunda, principessa di Salerno, cui il padre dice: toh, ti beccherai il cuore del tuo amante; ma lei non batte ciglio, anzi: non si pente, non piange e sostiene: ho avuto legittimi desideri, padre, e voi siete un bestione. Grosso modo cosí. È bastato questo per riconoscere la voce di Anna, la madre del mio allievo Ernesto, la moglie separata di Michele.

– Saranno dieci anni, – ho detto. Che non ci si vede, cioè.

Lei è stata brusca come sempre. Mi ha annunciato:

– Verrò la prossima settimana. Prima non posso –. Intanto – mi ha istruito – dovevo preparare il terreno con Michele e soprattutto impedirgli di fare sciocchezze. – Ci mancherebbe che pubblicasse quella lettera. Bisogna far chiarezza una volta per tutte.

– Non saprei cosa dirgli, – ho provato ad argomentare.

Ma lei è stata decisa:

– Bisogna dirgli i fatti.

– È una parola. Come gli spieghiamo che le persone cominciano a essere tali solo quando si mettono a pronunciare frasi esplicite e a compiere atti palesi sulla base di pensieri nascosti?

– Non ho capito, – ha detto. – Che sciocchezza è?

Pausa.

Ho specificato con un po' di imbarazzo:

– Non posso dirgli che ho fatto quel che ho fatto perché allora mi nascondevo che ti amavo.

– Era meglio se ti davi da fare per non nasconderlo a me.

– E tu? – l'ho rimbeccata: – non potevi essere piú esplicita?

Lei ha detto con un sospiro:

– La bambina.

Mi è sembrato che intendesse mia figlia, Matilde.

– Sta bene, – l'ho informata, – a momenti compie tre anni.

L'ho sentita ridere di disagio. Mi ha detto che aveva telefonato a casa la mattina presto sperando di trovarmi, ma le aveva risposto Matilde. Ero già uscito. La bambina l'aveva intrattenuta dettagliatamente sull'asilo, su un suo amico che è bravo nei salti e sul fatto che restavo a scuola tutto il giorno.

– Bella vocina, – s'è complimentata: – parla a raffica –. Poi ha aggiunto con cattiveria: – Ce l'eravamo inventata proprio cosí.

– Ma no, – ho negato. E non ho saputo dirle che a quel tempo parlava da sola credendo di parlare con me.

– Verrò a vederla, – ha promesso. Ma di nascosto, non voleva incontrare Cristina e nemmeno Olga. Se fosse possibile – ha chiarito – eviterei di incontrare anche te.

Io ho obiettato:

– Ma.

È caduta la linea.

Invece di tornare in classe, mi sono messo a meditare intensamente sul da farsi. Di lí a poco sono venuti a riscuotermi il mio allievo Ernesto Astarita e la sua fidanzata Deborah.

– Che fai? – mi hanno chiesto.

– Penso.

Ho ripetuto per loro, col proposito di colpirli mostrandomi molto intelligente:

– Ragazzi miei, le persone cominciano a essere tali solo quando si mettono a pronunciare frasi esplicite e a compiere atti palesi sulla base di pensieri nascosti.

Ma anche Deborah ha commentato, come Anna: – Che scemenza è? – ed Ernesto mi ha rivolto una smorfia affranta per farmi sapere che era della stessa opinione.

Secondo loro la mia generazione non può concepire un pensiero profondo nemmeno per sbaglio.

In macchina, mentre avanzavamo a passo d'uomo e Liverano al volante litigava serratamente con chi accostava troppo la sua lamiera alla nostra, mi sono gingillato col pensiero: è meglio che con Michele me la sbrighi da solo; la presenza di Anna complicherebbe solo le cose. Sennonché il nome Michele è passato per qualche canale invisibile dalla mia testa in quella di Oscar, che ha voluto sapere:

– Come mai s'è fatto vivo? S'è pronunciato, sul nostro seminario?

Liverano ritiene che le nostre attività seminariali facciano gola a tutti, anche ai bidelli. E ho visto chiaramente che collegava la comparsa di Michele a una sua curiosità per la coppia verticale/orizzontale. L'ho voluto deludere. Gli ho riferito che ci aveva criticati.

– Perché?

– Oscar, – ho cercato di spiegargli, – va sempre peggio: meno studenti, meno passione; visto che dormicchiavano? – E mi sono sforzato di convincerlo: – La prossima volta articoliamo di piú, – aiutandomi con le dita ad artiglio che intanto articolavano non so che movimento rotatorio.

– Anche cosí, però, – ha insinuato Liverano.

– Sí, – l'ho consolato.

– Del resto, – abbiamo ammesso.

– Ma Michele, – è tornato a chiedermi lui.

Gli ho chiarito che Michele era venuto soltanto per parlarmi di una vecchia lettera che all'improvviso, per via di certi problemi con Olga Giacinti, voleva pubblicare.

– Politica?– ha domandato.

– Letteratura.

– Al solito, – ha sghignazzato.

La letteratura – secondo Liverano – o dà fuoco alle polveri o è da buttare.

– Michele, come scrittore, non sapeva accendere nemmeno un cerino, – ha detto.

Anche Oscar Liverano è un compagno di vecchia data. Lavoriamo insieme da anni e in tempi andati abbiamo avuto molto in comune. Poi, quando sua moglie Loretta l'ha lasciato, i rapporti si sono un po' allentati, soprattutto perché non voleva correre il rischio di incontrarla in casa mia e di Cristina. Vederla, mi diceva, gli causava una fiammata nello stomaco come al ristorante, quando portano un piatto da servire *flambé*. E si strofinava il palmo della mano sulla camicia.

In seguito ha fatto l'abitudine a vivere da solo, e a partire dalla nascita di Matilde ha ripreso a frequentarci. Ma è diventato da un lato piú aggressivo, dall'altro piú fragile. Per esempio, gli vengono le lacrime agli occhi per tutte le cose che sembrano annunciare svolte epocali, tempi nuovi o almeno inversioni di tendenza: la rivoluzione che torna nel Mediterraneo, i giovani che s'incapricciano di nuovo della politica, tutto il potere ai soviet, un po' di giustizia proletaria, una nuova vita che guizza come un serpentello. E ciò che a noi dà solo una vaga sovreccitazione un po' patetica, a lui, da due o tre anni, procura un nodo alla gola, occhi lucidi e poi un piú fitto, ansioso parlare di sesso.

Quando è nata Matilde, è venuto a congratularsi con Cristina.

– Eccoti madre, – ha esclamato. E ha cominciato a ripetere con variazioni minime senza un nesso visibile: – Ah i tempi in cui tutto è cambiato: la rivoluzione politica, quella sessuale.

Parlava e teneva gli occhi su di lei insistendo:

– Che piaceri, che piaceri.

Poi è passato a indicare in Matilde una macchina perfetta, ben carburata con la libidine.

– La libidine è come la benzina, – ci ha spiegato, – come l'elettricità.

Pareva contento. Ma io, a sentirlo, ho provato nei suoi confronti un fastidio che era nuovo: non il fastidio che avevo provato in tante altre occasioni; una sensazione diversa, come quando ci si specchia in un essere umano che ci repelle e però si pensa: ci vuole poco a diventare cosí. Allora ho lanciato sguardi a Cristina per suggerirle di non dargli corda. Ma lei stava già affogando nella zona opaca del dopo parto e si aggrappava ai suoni delle parole di Oscar per venirne fuori, ignorandomi. Gli sorrideva di gratitudine, gli chiedeva avidamente:

– È possibile che la bambina, uscendo da me, mi abbia lasciata qui su questo letto come un abito smesso, come un giocattolo senza pila?

E Liverano:

– Abito smesso, giocattolo senza pila? Scherziamo? L'esperienza materna è la vera, l'unica resurrezione della carne.

Oscar le diceva cose di quel tipo molto convinto, come se nel corso della sua esistenza non avesse fatto altro che diventare mamma.

A casa sono rimasto pochi minuti. Ho trovato un biglietto di Cristina: ha telefonato Anna. Sotto: 081366664 e via Alessio Mazzocchi 14.

Ho cominciato a comporre il numero per dire ad Anna: lascia perdere, risparmiati il viaggio, sistemo tutto io. Ma mi sono ricordato all'improvviso che il bus che di solito riporta a casa Matilde dall'asilo era momentaneamente fuori uso. Allora ho riattaccato e mi sono tuffato giú per le scale: per colpa di Michele, di Anna e di quella lettera quasi dimenticavo di andare a riprendere la bambina.

Ho fatto la strada di corsa perché ero in ritardo e provavo l'ansia che supponevo stesse provando Matilde. Sono arrivato che tutti i bambini erano già stati portati via. Al cancello c'era solo la maestra impaziente e Matilde sulle spine.

Due parole e ho capito che la bambina, per giustificare il mio ritardo, aveva raccontato che ero scivolato e mi ero rotto una gamba. A vedermi, infatti, la maestra si è meravigliata:

– Non è all'ospedale?

– Mi pare di no.

Lei ha ammonito Matilde:

– Non bisogna dire le bugie, – e le ha puntato l'indice a un palmo dal naso come fanno le maestre quando vogliono ammonire.

Mi sono seccato.

– La bambina non sa che cosa sono le bugie, – ho mentito.

– Lo sa, – ha risposto la maestra, molto seccata anche lei. E per mostrarmi il frutto del suo lavoro, ha interrogato la bambina, che era lí ad ascoltare con attenzione.

– Cosa sono le bugie, – le ha chiesto.

– Hanno le zampe corte, – ha risposto Matilde.

– Le gambe, – ha corretto la maestra.

– Le zampe, – ha insistito Matilde passando alla descrizione mimata delle bugie: verdi come gli scarabei verdi, tre zampe, tipo insetti. Quindi ha spiegato: le persone hanno le gambe, gli animali le zampe. Matilde le aveva viste, le bugie, e poteva assicurare che hanno davvero le zampe.

A questo punto si è rivolta a me per chiedermi:

– Che ha detto Matilde?

In genere, dopo aver prodotto menzognere parvenze verbali, conclude sempre con quella domanda.

– Che le bugie hanno le zampe.

– Le gambe, – ha insistito la maestra.

– Gambe, zampe, – ho minimizzato.

– Ma è un modo di dire e va detto come si deve, – si è disperata la buona donna, – come la storia che le bugie fanno venire il naso lungo.

Matilde s'è subito variamente martoriato il naso.

– È corto, – ha dedotto.

– Corto, – ho constatato io a uso e consumo della maestra, stringendomi nelle spalle. – C'è chi dice bugie perché non sa cosa sono le bugie e chi dice bugie per insegnare a non dire le bugie.

La maestra si è indispettita.

– Lei si è rotto una gamba? – mi ha chiesto, e la brutalità di questa domanda mi ha messo in imbarazzo. Ma mi è venuta in aiuto la bambina che ha confermato senza esitazioni:

– Sí, se l'è rotta.

Quindi mi ha dato la mano e siamo andati via, io zoppicando penosamente, lei chiedendomi: ti fa male la ferita? Per poi aggiungere: che ha detto Matilde?

– Matilde ha detto: ti fa male la ferita?

– E la maestra che ha detto?

– Che abbiamo le zampe corte e il naso lungo perché siamo due bestiacce bugiarde.

Matilde pensa e mente, lo sospetto da tempo. Per strada mi ha riempito di frottole. Lei parlava e io facevo sí sí.

Una volta a casa l'ho messa a tacere con un succo alla pesca, ma naturalmente se n'è rovesciata la metà addosso. Allora l'ho cambiata e intanto lei mi ha chiesto se, secondo me, era in grado di saltare da qui a lí, indicandomi un tratto indeterminato del pavimento.

– Certo, – ho detto.

– E da qui a lí? – Mi ha indicato lo spazio dal soffitto al pavimento.

– Certo, – ho confermato, pensando alle follie di Liverano sulla coppia orizzontale/verticale.

– Federico Camilli dice che non sono capace, – s'è lamentata.

Questo Camilli è un suo amico poco piú grande di lei, spericolato saltatore e, a detta di Matilde, maestro di parolacce.

– Lascialo perdere, – le ho consigliato, – Federico Camilli non sa quello che dice.

Cristina è rientrata in quel momento e mi ha rimproverato perché avevo dato il succo di pesca alla bambina. Io, per metterla di buonumore, le ho raccontato la storia delle bugie con le zampe. Non è servito. Mi ha criticato per la complicità diseducativa che avevo stabilito con Matilde contro la maestra.

– Un po' piú di sensibilità non ti farebbe male, – ha aggiunto, elencando altri due o tre casi in cui avevo terremotato la psiche di nostra figlia.

Allora ho capito che era arrabbiata con me.

– Ti ha cercato Anna stamattina, – ha detto infatti poco dopo e ha aggiunto con fastidio: – Non so di che lettera vuole parlarti.

– Lo so io, – s'è intromessa Matilde. E ha cominciato a schioccare le labbra e ad annaspare con la bocca, come fa quando si prepara al piacere di mentire, ma non sa ancora che bugia inventerà.

Questa volta però ha subito trovato.

– La lettera è di una fata, – ha detto. Glielo aveva raccontato Anna. – Se qualcuno la legge, si intrasforma.

Ho corretto meccanicamente:

– Si trasforma.

Capitolo secondo

Il giorno dopo Loretta si è autoinvitata a cena. Mi ha annunciato per telefono, sul misterioso:

– Devo chiederti una cosa.

– Bene, – ho consentito domandandomi: che vorrà?

– Forse vorrà lamentarsi di qualche scortesia di Oscar, – ha detto Cristina, fondandosi sul fatto che, se Oscar viene di frequente a parlarle di com'è triste vivere senza Loretta, Loretta viene altrettanto frequentemente a sfogarsi con me per tutte le nefandezze che attribuisce a Oscar.

– Forse ha problemi sul lavoro, – ho ipotizzato io, in quanto Loretta lavora da anni come bibliotecaria alla Fondazione Barrili, lo stesso luogo dove Michele e Olga Giacinti sono ai ferri corti. – Michele ha usato proprio questa espressione.

– Piú probabilmente vorrà sorprendermi mentre avveleno la bambina, – ha ironizzato Cristina senza allegria.

Matilde, infatti, ha riprogrammato la nostra amica in modo da causarle, solo pochi mesi dopo la nascita, un'esplosione naturista con ritardo. Ora Loretta non tralascia occasione per procurarle i migliori nutrimenti non trattati industrialmente. Alla minima occasione, si butta in auto per le campagne alla ricerca di uova fresche per la bambina o frutta e verdure senza velenose patine chimiche. E lei stessa, che pareva destinata a una maturità greve nelle forme e stizzosa nei toni, a forza di ingoiare yogurt e fare yoga, a forza di patire omeopaticamente, è diventata sottile come un vincastro, asciutta come la scorza degli alberi, sana, niente umori: nemmeno il cattivo umore. Tranne quando accenna al passato, cosa che fa tutte le volte che viene a cena.

– Dovevano avvisarci, – ripete con convinzione.

A suo parere, cioè, i leader col carisma, gli esecutivi anonimi, i noiosi comitati centrali, le segreterie tronfie, le presuntuose direzioni strategiche dovevano trovare il modo di farci sapere a uno a uno: noi vogliamo ammazzare Tizio; la compagna Loretta che ne pensa?

– Uno in quel caso poteva dire: che orrore, – specifica, – oppure congratularsi: bella pensata, compagni. Ma cosí si sono presi il mio tempo e gli hanno cambiato i connotati senza chiedermi: ti sta bene, ti va?

– Chi? – io preferirei che specificasse perché, come insegnante, odio le frasi che lasciano il soggetto nel vago, senza nome e cognome. – Quali segreterie, quali direzioni strategiche?

Lei fa un gesto con la mano per dire: che ne so. Poi aggiunge: mai conosciuti capi, mai parlato, lei conosce me, Michele, Oscar, Olga, Cristina; ha parlato con noi; gli altri? Boh.

Cristina la tollera ormai a fatica, ma io l'ascolto sempre con piacere, immalinconito solo dal fatto che, per quanto mi sforzi, ormai riesco a vedere soltanto il suo corpo e i suoi gesti e la sua voce di adesso, senza nessuna memoria del corpo segreto che ha avuto una volta, dei gesti non pubblici, delle voci intime che sa fare. E penso ridendo mentalmente, soprattutto per attenuare l'ansia:

«Bugia e verità alla fine si risolvono nella stessa inconsistenza».

Ma lo so bene che non è cosí. Loretta è arrivata poco dopo con la solita, frenetica loquacità. Sembrava acqua minerale, di quella con le bollicine appena l'agiti un po'. «Molto nervosa» ho annotato, perché non era l'effervescenza solita da «oh come sono vitale malgrado gli anni», bensí da «ti prego, levami questa angoscia».

La cena è stata come tutte le cene da quando Matilde s'è fatta bambina. Loretta ha tentato di dire, guardandomi fisso negli occhi: – Mettersi a cambiare i connotati al tempo degli altri è una cosa che non si può tollerare –. O anche: – Il miele delle cooperative ecologiche non ha eguali –. Ma Matilde, che non tollera che Loretta emetta suono non rivolto a lei, s'è sdraiata sotto la tavola e ha cantato a tutta voce: «Il merlo ha perso il becco». Verso le 22 Cristina, invece, ha perso la pazienza e l'ha minacciata: – Esci di lí o te le suono –. Loretta ha fatto capire: che brutalità. Quindi: – Vieni da zia, – ha offerto a Matilde che, obbediente, è uscita dal suo nascondiglio per accoccolarsi in braccio a lei e non rivolgerci piú la parola fino alle 23, quando s'è addormentata.

Allora la nostra amica è andata a deporla con tutte le cautele del caso a letto ed è tornata per dire a Cristina, che cascava dal sonno: non si lasciano svaporare scriteriatamente le vitamine dalla pappa.

– Che rimedio c'è? – ha chiesto ostile la madre di Matilde.

Ci siamo tutti e due arroccati in difesa, come complici che non vogliono ammettere i loro misfatti. Ma a mezzanotte abbiamo capitolato per stanchezza. Abbiamo ammesso che alla prima bolla pruriginosa temiamo guai grossi e cediamo al cortisone, alla prima febbre alta ci diciamo: l'omeopatia? ci sono gli antibiotici, alla prima complicazione alimentare ci arrendiamo con: che mangi quel che passa il convento. E non parliamo dei capricci, ho ammesso. – Ci fanno saltare i nervi. Di fronte a comportamenti come quelli di stasera, io penso: è tempo di psicoanalisi o almeno di un supporto psicoterapeutico che le esamini il cervellino funambolico: anomalo, eccezionale cervello che viaggia piú veloce della luce.

Ma Loretta è una volpe. Pur amando molto Matilde, sa riconoscere subito questi artifici retorici in base a cui mi lamento della bambina e delle preoccupazioni che ci dà solo per metterne in evidenza la straordinaria combinazione di cromosomi.

– Come tutti i cervelli, – ha normalizzato freddamente. E poi ha aggiunto: – Vi conosco bene, voi due, – e per un attimo sono stato convinto che intendesse me e Cristina ma, disordinata com'è, era già passata a parlare di me e Michele. – Sempre sul chi vive, sempre a dimostrare che avevate i neuroni meglio degli altri. Ma non ci credevate nemmeno voi.

– È vero, – io ho ammesso, – avevamo una tale angoscia d'essere nati stupidi e senza possibilità di riscatto, che ci facevamo in quattro per dimostrarci sempre intelligentissimi e informati.

A questo punto è cominciata la fase – passaggio obbligato di queste cene – della riesumazione del passato.

Quando Loretta a vent'anni – mi sono ricordato come se fosse adesso: eravamo in sezione, seduti Michele qua, io là, Perpignani coi baffi spioventi subito dopo, Gustavo, Maria e Alfredo fianco a fianco, e infine Loretta e Liverano: Oscar cioè, che ci diceva a noi comunisti di tessera fresca: «Lo sapete chi sono José Marulanda, Fabio Vasquez?»; – quando Loretta a vent'anni, dicevo, per la prima volta ci ha trafitto con l'espressione: «Che sguardo intelligente che ha», ed è stata proprio una trafittura, perché intendeva Oscar Liverano, non me, non Michele; noi abbiamo preso l'abitudine di andare in giro per la sezione a occhi sbarrati, cosa che nelle nostre intenzioni doveva truccarci lo sguardo e camuffarne la stupidità, evitandoci il rischio di non essere apprezzati dai compagni.

Io devo avere esagerato in quel periodo. Gustavo mi ha detto spesso:

– Che hai agli occhi?

– Niente, – ho risposto seccato, perché nelle intenzioni stavo facendo lo sguardo intelligente come il compagno Oscar e invece Gustavo sospettava che avessi gli occhi malati.

Ho cercato di fare lo sguardo intelligentissimo soprattutto quando in assemblea congressuale mi sono alzato, subito dopo che si era seduto Michele, e ho fatto un intervento in cui ho legato col filo rosso i morti recenti addebitabili a Tambroni, tutti i braccianti meridionali assassinati, i cadaveri di Portella della Ginestra, i corpi martoriati di Rosa Luxemburg e Karl Liebknecht, i massacrati a mitraglia da Bava Beccaris e i comunardi braccati strada per strada mentre difendevano fino all'ultimo respiro la Comune, per guadagnarmi l'ingresso nel direttivo. Ho legato tutti quei cadaveri col filo rosso pensando che fosse un filo di sangue. Anzi l'ho visto allungarsi, mentre parlavo, e avevo voglia di assassinare o di essere assassinato, con preferenza però per quest'ultima cosa in quanto piú in linea con la tradizione del movimento operaio e con una certa sua nobiltà da martirio. In seguito ho scoperto che il filo rosso che legava tutti quei morti non era di sangue, ma si trattava di filo vero, alla lettera: un'espressione derivata dal linguaggio dei marinai britannici. Era il filo – mi hanno spiegato – che passava dentro le gomene a titolo di marchio di riconoscimento, per poter dire: questo cordame è roba degli inglesi. Allora mi sono vergognato. Cosí tanto, che anche adesso che ne stavo parlando con Loretta, e ritornavo a evocare quel rivolo figurato di sangue, e come mi ero esaltato a immaginarmi che presto sarebbe arrivato fino a me chiazzando il selciato, sono diventato paonazzo.

– Perché? – mi ha chiesto lei.

Ci ho riflettuto:

– Forse perché ho usato fili di seta per parlare di sangue vero, e al sangue vero non si mettono i nastrini. Ma soprattutto perché non se ne fa uso per entrare in un direttivo di sezione –. E intanto ho pensato, mentre guardavo Loretta che mi guardava a sua volta con disapprovazione: «Ecco, gli unici crimini che ancora oggi mi sembrano davvero tali sono quelli di questo tipo». E per attenuare la sensazione che lei avesse sulla punta della lingua qualcosa da rinfacciarmi e che solo la presenza di Cristina la trattenesse, ho cominciato a parlare fittamente di me e Michele.

– Noi, – ho precisato, – avevamo dubbi persino

sull'ortografia. Eravamo sul chi vive dall'età di cinque anni. Volevamo lasciare il mondo analfabeta in cui eravamo nati, ma eravamo stremati dai nostri sforzi solitari e logorati dal senso di insufficienza. Ci valutavamo cinque e mezzo, a volte sei piú. E soffrivamo.

Avevamo imparato tutto quello che capitava frettolosamente, da soli, con un'unica ossessione in mente: saltare in un mondo pieno di gentilezze e cortesie ben formulate, dove saremmo stati perfettamente a nostro agio, non si sarebbe sofferto per la malvagità di pochi, nessuno ci avrebbe fatto sentire inferiori, ogni parola sarebbe stata misurata.

– I comunisti vogliono un mondo cosí, – c'eravamo detti, ed eravamo diventati comunisti per gettarci nella lotta prefiguratrice d'altri rapporti umani. Ma intanto continuavamo a vivere nel timore dell'errore o dell'ignoranza. Pensavamo sempre che qualcuno ci potesse dire: non sapete ascoltare la musica classica; non godete con *Cosí fan tutte*; non avete visto nemmeno un film al cineforum, non conoscete niente della storia del movimento operaio, gridandoci infine: «Alla striglia, paltonieri!» Sicché all'epoca ci davamo man forte reciprocamente per entrare nella schiuma colta della sezione, temendo però che essa si accorgesse della nostra origine e decidesse che nel nuovo mondo, altro che filosofi, altro che politici, avremmo fatto i cuochi e basta.

Ad ogni modo siamo entrati a far parte del direttivo: io, Michele e Oscar Liverano, che aveva solo qualche anno in piú di noi ma era già esperto in teoria e prassi politica, studiava molto, ci suggeriva le letture adatte e ci diceva anche: quella me la porterei so io dove. Intendendo Loretta.

A quell'epoca, però, Oscar non aveva ancora il chiodo fisso della liberazione sessuale. Certo fu lui a parlarci della pillola, una cosa miracolosa che le donne potevano andare a comprare in farmacia per non restare incinte, sgravando noi maschi dall'onere di andare a comprare i preservativi. E fu lui a farci capire: nelle sezioni del

Pci si muore di noia. Noia sessuale innanzitutto: le rare compagne dicevano sí-sí ridendo e poi all'atto pratico ripiegavano su no-no. Ma – ci disse – anche noia politica. Non c'era lotta, non c'era l'azione rivoluzionaria. Per rispondere ai soprusi e alle angherie, il Pci si limitava, in casi di emergenza, a consigliare la vigilanza rivoluzionaria. Invitava a questa vigilanza, di tanto in tanto, tutti gli iscritti, e lo faceva con maggiore o minore trepidazione, ma sempre senza dire cosa fosse. Una ronda? un passare la notte alla finestra senza chiudere occhio, a spiare non si sa che? tutti a presidiare la sezione fino all'alba? – Vigili, compagni – ci esortava il partito. E noi vigilavamo, annoiati e perplessi.

– Il mondo invece ribolle, – ci ha rivelato presto Oscar. Altro che vigilanza rivoluzionaria. E mentre parlava, prima stringeva un braccio a Loretta come se quel gesto irriflessivo fosse compiuto solo per aiutarsi a formulare le gravi cose che stava dicendo, poi – in modo ancora piú distratto, anzi accalorandosi per lo stato del mondo – le faceva correre lievemente l'indice dalla spalla al gomito arandole la pelle con l'unghia, sí che Loretta, pur con l'aria attenta alla discussione politica, non poteva contenere i brividi, si imbarazzava, ma gli lasciava il braccio, come se pensasse con fierezza che, a dispetto dell'aria distratta, il discorso di Liverano fosse scritto sulla sua pelle e lui lo leggesse con l'unghia usandola al modo di una puntina da grammofono.

– Visto che non s'è sottratta? – poi ci faceva notare Liverano. E intanto ci passava libri e riviste per istruirci su come fremeva tutto il pianeta. Sicché noi ci facevamo un punto d'onore di dimostrargli che seguivamo con sguardo intelligente il mondo in bollore – piú intelligente del suo.

In fatto di donne, però, con lui non si poteva competere. Michele era fidanzato con Anna rissosamente da quattro anni, e già stavano macchinando: ci sposiamo. Volevano vivere in miseria tra politica e letteratura, nonché condividendo la vita materiale di tutti gli sfruttati fino al giorno del loro riscatto. Quanto a me, ero senza donne ormai per abitudine. Se me ne piaceva una, ecco che a lei piaceva un altro. Per esempio sentivo che, volendo, mi poteva piacere Loretta, ma a vedere come si faceva arare con l'unghia da Liverano mi pareva chiaro che non avevo speranza.

Nella politica invece la gara con Oscar era aperta. Per stare dietro a lui su quel piano, ci siamo tuffati su tutto ciò che era carta stampata, di partito e non. Con difficoltà, perché avevamo cominciato a leggere i quotidiani da meno di un mese e nemmeno con regolarità. Inoltre, di storia contemporanea o del movimento operaio, sebbene umanisti, eravamo digiuni. Per capirci con una battuta, quando abbiamo cominciato a sentir parlare delle Internazionali, la prima cosa che ci è venuta in mente è stata: una nuova marca di sigarette che il monopolio di stato ha affiancato alle micidiali nazionali senza filtro per combattere l'invadenza delle estere. A queste lacune si aggiungeva che non avevamo mai letto prima di allora un solo volume di saggistica. Abbiamo cominciato a sottolinearne qualcuno rigo dietro rigo senza capire granché, annoiandoci allo stesso modo che con le dispense universitarie; in quanto, se eravamo abituati a giostrare con la romanzeria, seguivamo a fatica l'esposizione informativa e l'argomentazione consequenziaria. Cosa che però non ci impediva di esclamare, davanti a qualche rivelazione sconvolgente di ingiustizie: no!, a lato, con la matita. Seguito da: ecco cosa ci dovrebbero far studiare nelle università.

Naturalmente in segreto Michele mi diceva, a proposito di quelle letture:

– Poi ne faccio racconti e romanzi.

Io invece annotavo e pensavo:

«Poi vediamo se Liverano questo lo sa».

E cosí siamo andati sera dietro sera in sezione a confrontarci con i compagni, in specie con Liverano che si confrontava sempre volentieri. Ovviamente ci confrontavamo per interposta persona. La persona interposta era quella dei compagni che frequentavano la sezione, ora Gustavo, ora Maria, ora Alfredo, ora Perpignani, chi capitava.

Liverano scandiva con accento anglocampano:

– American Telephone and Telegraph Company.

Poi spiegava a Gustavo:

– Compagno, è un colosso: la ricchezza che controlla è pari a quella che si produce in ventuno stati Usa.

– La miseria! – si meravigliava Gustavo: – ventuno?

Io e Michele subito rincaravamo:

– General Motors, – e informavamo Gustavo del fatto che: – Solo quattro paesi nel mondo hanno un bilancio superiore al suo.

– Padreterno! – si meravigliava Gustavo: – quattro paesi?

– Sí, – confermava Liverano, e passava al Brasile. – Lí il 63% del reddito va al 17% della popolazione.

– E noi stiamo qui a grattarci la pancia, – commentava Gustavo facendo il gesto di grattarsi la pancia.

Io e Michele allora insinuavamo:

– C'è chi se la gratta e chi non se la gratta.

– Marulanda e Fabio Vasquez non se la grattano, – specificava Liverano, che sapeva tutto su quei due.

Michele invece suggeriva:

– Il Niagara Movement.

Io:

– La National Association Acting Colour's Persons.

Michele:

– Il Mississippi Freedom Democratic Party.

Io:

– Stokely Carmichael.

Liverano, infine:

– Lo Student Nonviolent Coordinating Committee.

Gustavo allora concludeva:

– Solo noi ci grattiamo la pancia.

– Esatto, – gli dava ragione Liverano.

E intanto tutti, parlandone, presentivamo con compiaciuto odio che la nostra generazione era chiamata a scompaginare la combinazione di lettere delle sigle assassine aggregando in simultanea nostre sigle non sanguinarie, combattenti solo per necessità storica, ma di buoni sentimenti sia nelle consonanti che nelle vocali.

– O no? – chiedevo a Liverano per provocarlo a ulteriori discussioni.

Ma lui su quel punto era d'accordo. E manometteva con disinvolta destrezza i lobi delle orecchie di Loretta.

Questa a un certo punto, stanca di rabbrividire sotto le dita di Oscar, si è specializzata in «gabbia della politica dei redditi» per vie sue autonome che, con la loro imprevista indipendenza, hanno subito spiazzato soprattutto me e Michele. Ma ci siamo messi a studiare e abbiamo ripreso quota, Michele soprattutto, il quale a quell'epoca, appena Loretta diceva «gabbia», saltava su per levarle le parole di bocca e dichiarava:

– Però c'è motivo di lotta e il partito si deve svegliare.

Qui divampava la discussione con Perpignani che sosteneva sempre:

– Il partito è sveglio e già lotta.

Loretta rintuzzava:

– Non abbastanza da far saltare la gabbia.

– Compagno Perpignani, – io davo man forte, – è questo il compito piú importante e urgente: lottare contro le gabbie.

– E farle saltare perché il capitale ci sta chiudendo dentro il proletariato italiano, – precisava Liverano, lanciando a Loretta innanzitutto, ma anche a me e a Michele, sguardi che significavano: bravi, ci stiamo affiatando.

Anche nel direttivo, dove Loretta è stata cooptata non mi ricordo quando ma sicuramente in un'epoca in cui lei e Liverano già s'erano accampati a casa dei tolleranti genitori di lei, siamo risultati sempre piú affiatati, anche se Michele e io, per via della nostra vecchia amicizia, eravamo piú affiatati tra noi che con gli altri. Durante le riunioni ci parlavamo spesso all'orecchio ostentatamente, un po' per mostrare: noi siamo comunisti scontenti e critici, un po' perché avevamo il pallino acre di pescare gli altri in errore, specie Liverano.

– Ha sbagliato il congiuntivo, – sussurravo a Michele mentre Oscar faceva il suo intervento.

E Michele di rimando mi faceva notare:

– Ottobre '58, non '59, – alludendo alla data che Liverano aveva confuso in fatto di tigre di carta e di imperialismo.

– È vero, – io consentivo, sghignazzando.

Oscar, dopo il suo intervento critico nei confronti del partito, si rimetteva seduto tutto chiazze rosse sulla fronte e ci chiedeva sempre:

– Come sono andato?

– Benissimo, – gli rispondevamo, – complimenti.

Quindi ci impegnavamo a parlottare e ridacchiare tra noi, tutt'e tre insieme, soprattutto quando interveniva Perpignani denunciando in specifico che non diffondevamo «l'Unità» la domenica e piú in generale la nostra maleducazione quando parlavano i compagni.

Sapevamo che aveva ragione ma, appena si rimetteva seduto, puntualmente uno di noi balzava su e delineava la situazione dell'imperialismo con respiro internazionale deducendo per gradi, di passaggio in passaggio, la pochezza e l'insufficienza di un'azione politica basata sulla vendita porta a porta del nostro giornale. Si scatenava la discussione. Una volta, muovendo dalla diffusione della stampa comunista, siamo riusciti a confrontarci fino alle tre di notte su se veniva prima la coscienza rivoluzionaria o prima la lotta. Noi ritenevamo che venisse prima la lotta, anche se (e forse perché) passavamo tutto il nostro tempo libero a nutrire con tonnellate di carta la nostra coscienza rivoluzionaria. Perpignani pensava anche lui: prima la lotta. Però noi, in quella occasione, gli abbiamo messo in bocca a forza: prima la coscienza.

– Compagni, – lui ha insistito inutilmente, – come ve lo devo dire? penso anch'io che venga prima la lotta.

Niente da fare. Loretta lo tallonava:

– È per colpa di quelli come te che non si muove foglia.

– Ma, – ha detto Perpignani.

– Non c'è ma che tenga, – l'ho inchiodato, – è il processo rivoluzionario che crea la coscienza rivoluzionaria.

Sicché Perpignani, morto di sonno, ha concluso come se fosse dalla parte del torto:

– Compagni, m'avete convinto, avete ragione.

– Una vittoria su tutta la linea, – si è congratulato in seguito Oscar, a passeggio nella notte lui, Michele e Anna (che compariva in sezione sempre sul tardi, una volta finiti certi lavoretti di contabilità: lei e Michele s'erano sposati da qualche mese e vivacchiavano cosí, con lavori provvisori, tra la riprovazione dei fratelli violenti di lei e dei parenti di lui) e, un po' piú indietro, Loretta e io, tutti che sentivamo una personale inimicizia nei confronti dell'opulenza della General Motors, della polpa trabocchevole della United Fruit, del metallo tritacarne della Fiat, e, invece, una disposizione spiccata a imitare il passo felino, che non risparmia i nemici di classe, delle Pantere nere.

Loretta s'è messa sottobraccio e mi ha infilato la mano nella tasca del cappotto, dove c'era, però, già la mia.

– Ho le dita gelate, – ha detto.

Le ho comunicato:

– Anch'io.

Mi erano diventate di ghiaccio appena la sua mano mi era entrata in tasca.

– Bella testa, – mi ha lodato, espressione che di solito usava per dire: ottimo intervento, intelligente, hai parlato bene.

Ho risposto: grazie, e le ho stretto la mano. Poi ho aggiunto con falso distacco:

– A che serve sposarsi, Loretta? Non vi sposate, tu e Oscar.

Le ho indicato Michele e Anna che chiacchieravano con Oscar qualche passo piú avanti.

– Guardali.

E sono stato là là per raccontarle della vita che facevano, studio e salti mortali per campare, lei che gli lavava mutande e calzini mentre lui si istruiva, scriveva.

Ma ho lasciato perdere per gettarmi incongruamente, come se fossi ubriaco, su:

– Ti prego, sposa me.

Loretta ha tirato via la mano, ma non di scatto, senza ribrezzo, come se si fosse scaldata e ora non ci fosse piú bisogno di tenerla lí.

– C'è una riunione domani sera, – ha detto.

La riunione era a casa di Liverano, che ne aveva trovata una in affitto da poco: trentamila al mese. Era una riunione segretissima.

– Una frazione? – ho chiesto per fare lo spiritoso.

Lei invece ha confermato:

– Una frazione, sí.

– Non lo dici piú, – ho fatto notare a Loretta.

– Cosa?

– Bella testa.

Da quando il suo matrimonio con Oscar è finito prima nella separazione e poi, qualche anno fa, nel divorzio, ha smesso di complimentarsi con chi sprizza intelligenza.

– È un valore sfuggente, – mi ha detto ironizzando su come ci tenevo ad apparire sveglio.

Cristina s'è detta d'accordo e ha aggiunto, parlando di Matilde:

– Preferisco che lei abbia altre virtú.

Loretta pensa la stessa cosa anche del suo ex marito: sarebbe stato meglio, se avesse avuto qualità piú stabili. Ha detto:

– Proprio quando sembrava cosí intelligente, in effetti era un deficiente.

Eppure il loro matrimonio rosso – in sezione, coi vecchi compagni che si ubriacavano non solo di discorsi e lazzi, mentre cantavano *Bandiera rossa* e altri gioiosi inni al futuro necessariamente comunista, – è stata l'ultima cosa memorabile, prima che ce ne andassimo dal Pci. S'erano sposati perché Liverano aveva ottenuto un incarico a tempo indeterminato: avrebbe insegnato fisica. La scuola era a quattro passi dalla casa che avevano messo su, un interrato con giardino, zeppo di topi, trentamila mensili di pigione, centoquarantamila e rotti di stipendio. Loretta, invece, studiava Boccaccio e scriveva la tesi di laurea sulla consistenza storica del personaggio di Filippo Balducci. Ci invitavano a cena tutte le sere.

Due isolati piú in là c'era la monocamera di Anna e Michele, pianterreno sopra uno scantinato da cui veniva costantemente un profumo di biscotti. Se ti invitavano, mangiavi pasta e fagioli con amaretti: uno schifo. Ma in genere non invitavano nessuno, né a pranzo, né a cena, erano poveri: pagavano trentamila di pigione anche loro, che però racimolavano a stento, con lezioni private e lavoretti vari, ottantamila lire mensili.

La povertà per Michele era un merito.

– Facciamo la fame, – s'è vantato a piú riprese, dandoci a intendere che lui, in caso di giustizia proletaria, sarebbe entrato in una vita nuova, in un mondo nuovo, con tutte le carte in regola. E sottolineava fintamente bonario, parlando con Liverano:

– Tu invece ti sei sistemato.

Alludeva allo stipendio mensile sicuro che Oscar s'era procacciato. E ricorreva all'analisi etimologica per dimostrargli:

– Cioè ti sei fatto catturare dal Sistema.

Liverano e Loretta per un po' tacevano, ma alla prima occasione andavano al nocciolo della questione, ricordando a Michele e Anna:

– Noi abbiamo fatto il matrimonio rosso e voi no.

Era vero e questo per Michele era un rovello. Col tono amichevole di chi vuole solo scherzare Oscar e Loretta rincaravano la dose:

– Vergogna, che compagni del cavolo, vi siete sposati in chiesa.

Michele soffriva e mi comunicava la sua sofferenza.

– Io non sapevo nemmeno che esistesse, il matrimonio rosso.

– Anch'io, – lo consolavo, – sennò te l'avrei detto.

Ma lui non si dava pace lo stesso e si giustificava davanti a un ipotetico tribunale rivoluzionario che prossimamente avrebbe vagliato le sue scelte di vita:

– Facile a farsi, il matrimonio rosso, se si hanno famiglie colte alle spalle e comuniste da generazioni.

Anna ammetteva con me che il rito religioso era stato imposto dai suoi fratelli selvaggi, i quali avevano promesso a Michele di tagliargli la gola se faceva della loro sorella una concubina. Nel senso che credevano che chi non si sposa in chiesa è concubino. Ma quando Michele le rinfacciava: «Per colpa tua e dei tuoi parenti non abbiamo fatto il matrimonio rosso», Anna cambiava opinione e gli ribatteva: invece è tutta colpa di tuo padre.

Io le facevo carezze sui capelli e toni teneri per calmarla.

– Avete ragione tutt'e due, – dicevo, mentre lei mi si accoccolava accanto per far capire al marito che era un bruto. Allora ripartivo equamente le responsabilità. Senza alcun dubbio, infatti, i fratelli sottoproletari di Anna avevano minacciato di sbudellare Michele e strangolare la sorella. Ma il padre ferroviere di Michele s'era comportato solo all'apparenza meglio. Stando ai racconti del mio amico (roba, in quegli anni, scritta e riscritta per dimostrare narrativamente com'è difficile diventare un uomo nuovo portatore del nuovo), il padre s'era svegliato manesco e rancoroso dopo una nottataccia trascorsa a lavorare da schiavo nelle FF.SS. Michele gli era comparso davanti nella camera da letto in penombra e, senza aspettare che si svegliasse del tutto, gli aveva detto:

– Mi sposo.

A bruciapelo.

Quest'uomo violento (nelle storie di Michele: a conoscerlo, è invece garbato e divertente), si è raschiata la faringe da fumatore incallito di nazionali senza filtro, ha risucchiato il catarro alla nicotina dal fondo della gola e lo ha sputato su un foglio di giornale disposto ordinatamente a lato del letto.

– Se fosse viva tua madre, – ha commentato, – non lo faresti. Comunque che ti devo dire: sposati, non ti sposare, laureati, finisci spazzino, vivi di elemosine: fatti tuoi. Ma non ti dimenticare che tua madre si rivolta nella tomba.

– Mi sposo in municipio, – a quel punto s'è azzardato a dire Michele.

Allora il padre, di nome Ernesto, ha estratto le gambe sottili – nude – da sotto le lenzuola, insieme a un odore di fumo, di sudore rappreso, di sperma e d'acquaragia (l'acquaragia ce la scriveva Michele aggiungendo: proprio cosí). Poi ha cominciato:

– Perché ti ho fatto studiare? perché mi sono tolto il pane di bocca? perché ho sciupato tanti soldi per farti imparare il greco e l'inglese? come si dice acqua in greco? e in inglese?

Ma ha parlato quietamente, in maniera quasi affettuosa, senza spaccare niente. Finché Michele ha detto:

– Vado.

E a me, in seguito:

– Ce l'ha Liverano un padre cosí?

– No, – gli ho assicurato, ma per ricordargli subito dopo il mio, poliziotto miserabile che sarebbe morto di crepacuore se mi avessero arrestato col secchio di vernice rossa sotto l'ambasciata Usa.

Andavamo sempre piú spesso a dimostrare *yankee, go home*, giú le mani dal Vietnam; quattro gatti: io, Olga Giacinti, Gustavo, Alfredo, Maria, Loretta, Oscar, Michele. All'inizio veniva anche Anna, poi non è venuta piú perché aveva da fare e inoltre era incinta, quando c'era da scappare risultava d'impaccio.

– Caschi il mondo, non lo battezziamo, – ha giurato Michele appena ha saputo che sarebbe diventato padre. E il bambino, quando è nato, davvero non l'hanno battezzato, sebbene tutti i parenti temessero che in caso di morte finisse nel limbo. Inoltre, per mostrare la sua durezza di scrittore rivoluzionario, Michele l'ha voluto chiamare Ernesto.

– Come Guevara, – ha sostenuto con Liverano.

– Come tuo padre, – gli ha rinfacciato Anna in segreto.

– Ma Oscar non lo sa, – li ho rassicurati entrambi.

S'è creato un clima che ha cacciato via il sonno. Loretta, Cristina, io, a turno, abbiamo sfoderato episodi delle nostre storie personali e di gruppo. Con reticenza, però. Molte cose non si possono dire senza farci male, anche se sappiamo che gli altri aggiungono in segreto, con la memoria, tutto quello che non raccontiamo. Insomma siamo stati attenti a non dire troppo, ma nemmeno troppo poco. Cosí la serata è scivolata nella notte fonda e l'unica cosa che mi ha a lungo disturbato è stato lo sguardo di Loretta che mi trasmetteva: è urgente, ti devo parlare. Fino a che Matilde s'è svegliata, voleva bere. Cristina è andata da lei a malincuore lasciandoci soli. Allora io ho detto a Loretta: – Un po' d'aria? – e siamo usciti sul balcone.

Qui lei mi ha chiesto a bruciapelo:

– È vero che Michele è deciso a stampare la lettera di Calvino sul «Barrili»?

«Il Barrili» è lo smilzo bollettino della Fondazione Anton Giulio Barrili, presso la quale Loretta lavora da anni. È stata lei a persuadere Olga Giacinti a lasciare per un po' l'insegnamento.

– Fatti mandare qui, si sta benissimo, – l'ha convinta.

Olga allora l'ha detto a Fabrizio, che è il suo compagno. Fabrizio, che lavora al ministero della Pubblica istruzione in una Divisione strategicamente importante, le ha fatto avere il «comando».

Poi è venuto il turno di Michele, non sopportava piú di fare l'insegnante.

– La scuola mi ha fatto prigioniero a sei anni, – si lamentava di continuo come un ostaggio di cui non si ricorda piú nessuno.

Cosí Olga s'è rivolta a Fabrizio e ora, da un anno, anche Michele lavora lí.

– Quale Calvino? Che lettera? – io ho preso tempo.

– Non giocare con me.

– Chi gioca?

– Voglio sapere che intenzioni hai.

– Non lo so.

Lei invece, per quel che la riguardava, lo sapeva.

– Ho già avvisato Anna, – mi ha informato. – L'amicizia sí, ma non fino al punto da combinare questo pasticcio.

– Pasticcio, – ho minimizzato io.

– Pasticcio, – ha insistito lei. E mi ha rivelato che Michele le aveva detto di essere già in contatto con studiosi di prestigio. – Vuole convincerne almeno uno a commentare la lettera sul bollettino.

– Bel colpo.

– Sei pazzo? – Mi ha guardato con attenzione: – La lettera è falsa.

Ho ridacchiato nervosamente.

– Chi te l'ha detto?

– Anna quando lasciò Michele. E mi disse che lo sapevi anche tu.

Le ho chiesto con circospezione se sapeva anche chi aveva fabbricato l'apocrifo. Ha risposto:

– Non lo so e non lo voglio sapere –. Poi ha aggiunto: – Ma me lo posso immaginare. E comunque non voglio essere piú coinvolta nelle vostre beghe. Vediti con Anna, parlatevi e sistemate questa faccenda subito. Altrimenti sono costretta a dire tutto a Olga. Sono dalla sua parte e ho intenzione di restarci.

Ho provato a obiettare:

– Però.

Ma lei ha detto che quello che doveva dire l'aveva detto. Ora toccava a me.

Cristina ha fatto capolino sul balcone un po' nervosa. Loretta ci ha baciato con un trasporto eccessivo ed è sparita nella notte come una fatina buona che ha distribuito il suo sciame di stelle e poi ha constatato: non mi meritate.

Capitolo terzo

Michele s'è fatto vivo di nuovo, alle sette e mezzo del mattino, per telefono.

Gli ha risposto Matilde, già pronta per andare all'asilo, con una frase modellata nel tono, nella velocità di emissione dei suoni, su quella che di solito pronuncia la madre: ciaocomestai? Poi ha aggiunto senza lasciarlo parlare: io bene, anche i cavalli (certi suoi cavallini in plastica che tratta come se fossero vivi). Quindi è passata a raccontare i guai che quelli le combinano, soprattutto il cavallo nero, che di punto in bianco s'è messa a rimproverare cosí: cavallo, sei sporco, e vedi che ti sporchi e ti risporchi e, se continui, facciamo tardi e non possiamo andare all'asilo.

– Sporco di che? – deve aver chiesto Michele dall'altro lato.

– Sporco di pipí, – gli ha spiegato.

Quello nero lo aveva asciugato e gli aveva messo il *lines*. Gli altri no: non aveva tempo, doveva mettere a bollire il latte.

– Sono stremata, – gli ha comunicato, espressione anch'essa materna, – perché piú latte gli do, piú fanno pipí.

Michele sicuramente si è spazientito e deve aver detto: tu non glielo dare il latte e passami tuo padre.

Io ho fatto vistosamente cenno di no. Inutile precauzione perché, quando Matilde si impossessa per prima del telefono, è impossibile strappargliela. Non resta che supplicare ogni tanto: un attimo solo, fammi sentire almeno chi è. Fiato sprecato. Lei copre il ricevitore con la mano e promette rassicurante: poi ti dico. Quindi riprende a sciorinare frottole. Conseguenza: gli amici ci telefonano sempre piú raramente.

– Non c'è, – ha detto Matilde, allegrissima per quella menzogna.

Michele l'ha preso per un suo trucco di minuscola serpe e ha cercato di convincerla a cedermi il telefono.

– No, – lei si è molto seccata, – di' a me.

È seguita una pausa d'ascolto molto concentrato. Poi ha alzato gli occhi e mi ha riferito:

– La lettera.

Ci risiamo, ho pensato.

– La strampa, – ha aggiunto Matilde che col verbo «stampare» non ha ancora molta familiarità.

– Ma no, – ho esclamato allora nel ricevitore con troppo fervore.

– Perché no? – ha chiesto Michele e mi ha ripetuto la bambina.

Ho usato un'argomentazione insensata:

– Non è un epistolario. Se uno lavora duro tutta la vita, fa cose importanti e poi stramazza, ci fai la figura dello sciacallo a stampare, post mortem, l'unica lettera che t'ha mandato.

– Capito? – mi ha aiutato a persuaderlo Matilde.

Michele non s'è persuaso.

– Sono passati due anni, – l'ho sentito gridare.

– È lo stesso, – gli ho risposto.

– Dammi tuo padre, – è tornato a chiedere imperativamente a Matilde.

Io gli ho strillato a mia volta, nel ricevitore:

– Passa da me dopocena e ne discutiamo.

Questo proprio mentre Matilde, pur di impedirgli di parlarmi, gli diceva indaffarata: ciaocivediamo e metteva giú.

– Brava, – l'ho lodata.

Lei ha incamerato il complimento e ha domandato:

– Chi stramazza? – sedotta dal vocabolo.

– Uno che scriveva libri, – le ho spiegato: – è stramazzato due anni fa.

– Come un uovo? – s'è informata.

– Perché come un uovo?

– Come l'uovo stramazzato.

– Strapazzato.

– Questo che scriveva è strapazzato?

Ho fatto cenno di sí.

Nel corso della mattinata, mentre passavo da un'aula all'altra svogliatamente, mi si è all'improvviso chiarito il da farsi. Dovevo invitare per la sera anche Olga Giacinti. Se le divergenze tra lei e Michele erano ricomponibili, vedersi fuori dell'ambiente di lavoro, ricordare i tempi andati, riscoprire legami una volta intensissimi, avrebbe agito in quella direzione. Appena cancellate le tensioni con Olga, ammesso che fossero cancellabili, Michele si sarebbe di nuovo dimenticato della lettera. E d'altra parte, se le cose non fossero andate cosí, metterli a confronto mi avrebbe aiutato a capire meglio la situazione.

Convinto della bontà dell'idea, ho telefonato alla nostra amica appena uscito di scuola. Olga è sembrata sorpresa dall'invito: non ci si vedeva da moltissimo tempo, che sorpresa, come mai. Le ho proposto:

– Quattro chiacchiere, su, qualcosa da bere: non vuoi vedere Matilde? – Poi ho aggiunto: – C'è anche Michele. Ho percepito che è stata quella presenza a spingerla, una frazione di secondo prima che abbozzasse una scusa, a dirmi va bene.

Ha accettato, ma chiarendomi che l'avrebbe accompagnata Fabrizio, con cui vive da anni. Mi sono mostrato felice, anche se avrei preferito che venisse da sola. Fabrizio è un brav'uomo, si è spesso fatto in quattro per favorirci ora in questo ora in quello dal suo posto di burocrate della Pubblica istruzione. Ma è stato il primo fidanzato di Cristina e non mi piace come la guarda.

Cristina, come Loretta, sostiene l'assoluta normalità di Matilde. Mentre il pomeriggio era lacerato come al solito dal traffico ingorgato sotto le nostre finestre, ha battuto su questo chiodo piú del solito e nervosamente, anche perché il mio annuncio che in serata avremmo avuto in visita Michele, Olga e Fabrizio – ma soprattutto il fatto che li avevo invitati senza consultarla – le è parso un sopruso.

– Tu non sei ancora riuscito ad accettare la bambina, – mi ha accusato, insinuando che ne avevo decantato il cervellino, la sera prima con Loretta, solo per indorare la pillola della sua esistenza.

Ho detto, svagato:

– Può darsi.

– La tormenti forzandola a un linguaggio e a comportamenti che non sono di una bambina di tre anni. Finirà per odiarti.

Ho azzardato:

– Come fai tu.

Lei si è confusa, ha negato che mi odiasse. Non le ho creduto. Una volta, invece, le credevo sempre, ma erano altri tempi. Le somministravo io frasi brutali che la rivelassero a se stessa, saggezza stereotipata e soluzioni artificiosamente assennate a ogni suo quesito o rovello esistenziale e culturale.

– Che leggi? – indagavo: – no, questo no. Bello dici? Macché. Porcherie decadenti.

La indirizzavo verso letture costruttive, come se invece che un paio di lustri avessi mezzo secolo di esperienza piú di lei. Cristina, dal canto suo, si mostrava desiderosa di apprendere, sebbene in genere, da persona attenta e coscienziosa qual era, ne sapesse spesso piú di me. Ben educata, non si era provata nemmeno una volta a usare l'ironia come un cuneo contro i miei profetici:

– Ti accadrà questo, presto scoprirai che, vedrai che in questi casi succede.

Lei era ingenuamente vera, io subdolamente simulatore. Cosí, consapevole delle mie finzioni, le avevo sempre attribuito il monopolio dell'espressione limpida, senza secondi fini, senza ironie né sarcasmi. Altrimenti come avrei fatto ad amarla, a desiderarla, a macchinare di stringermela accanto nello stesso letto?

Poi però, lentamente, aveva imparato a dirmi con garbo, se usavo un'idea di Tolstoj come una mia pensata personalissima: «Levin, *Anna Karenina*». E se citavo senza dichiararlo il *Che fare?* con la passione di chi si è tormentato in proprio su quel sinuoso segno di interpunzione, eccola che mi indicava la fonte: «Lenin». S'era accorta ormai che sragionavo sul mondo attingendo a un'acculturazione di superficie, piena di fischi presi per fiaschi, e mi diceva ridendo: «Lascia stare». Di recente era arrivata a buttare lí un nome qualsiasi (Čechov, Mann, Erodoto o Plinio il Vecchio) anche quando mi sforzavo di produrre belle frasi tutte mie. Lo faceva per segnalarmi che non mi attribuiva piú nessuna autorità e che, appena aprivo bocca, lei pensava: lo so che vuoi solo far colpo, ma non mi imbrogli piú; e quando mi imbrogli, ricordati che anch'io so imbrogliare. Di fronte a questa autonomia sempre piú scanzonata, avevo cominciato a sentirmi a disagio, a tacere, a svicolare. Ero arrivato a dirle: «Mi metti in imbarazzo».

Ho cercato di difendermi contro le sue critiche su come faccio il padre.

– La paternità è una difficile conquista, – ho detto, ma ho subito temuto che riuscisse a individuare anche in questa occasione la fonte.

Non mi ha risposto: col silenzio mi ha segnalato che doveva lavorare (stava correggendo compiti) e io glielo impedivo. Ho fatto per andarmene in cucina, seccato, ma all'improvviso ha deciso di perdere un altro po' di tempo con me.

– Cos'è questa storia di Anna e di non so che lettera? – ha domandato spiandomi di sbieco e svelandomi cosí che il suo malumore era motivato da altro che il mio atteggiamento verso Matilde.

– Roba di quando eravamo ragazzi.

– È una lettera d'amore?

– Macché, è letteratura.

– E che c'entra Anna con la letteratura?

Ho cercato di rassicurarla. Non ha simpatia per Anna e nemmeno Anna ne ha mai avuta per lei. Le ho spiegato che era un polverone sollevato da Michele, che c'entrava anche Olga, che Michele e Olga erano in rotta, che li avevo invitati per tentare una riappacificazione, che. Qui ho taciuto per farle capire: non posso dire di piú, è una cosa che non riguarda soltanto me.

Quell'interruzione è servita solo a farle constatare:

– Non si riesce piú a parlare. Non fai nemmeno lo sforzo di mettere quattro parole l'una dietro l'altra. A meno che non chiacchieri con Loretta sul balcone.

Una sortita perfida. Se ne deve essere accorta anche lei, non pronuncia mai frasi di questo tipo. Perciò siamo rimasti in silenzio per un po', fino a che mi ha chiesto, per gettarmi un ponte di pacificazione:

– Poi mi aiuti a trascrivere i voti sul registro?

Le ho detto no, ho già i miei compiti da correggere. Ho preferito tener duro e andare a domandare a Matilde, chiusa nella solitudine della sua stanza:

– Le api?

Matilde gioca spesso con i suoi cavallini di plastica e con loro intrattiene un dialogo misterioso. È una conversazione fitta, a bassa voce, fatta mentre agita con le mani nell'aria due cavalli che galoppano in spazi di sua invenzione. Si spostano senza farsi perdere di vista, non come noi che scompariamo bruscamente come per uno scippo improvviso, costringendola ad aspettare che ritorniamo dai luoghi in cui siamo stati sequestrati.

Non so cosa dice, non mi va di origliare. Certo è che si sposta coi suoi cavalli in un viaggio che si svolge al tempo imperfetto, compresenti lei e loro dovunque essi vadano, senza alcun bisogno di stabilire il prima e il poi come avviene invece dentro il mondo verbale che le abbiamo trasmesso. Forse Cristina ha ragione. Il lessico del nostro universo adulto entra ed esce dal mondo che si inventa Matilde, e viceversa, con effetti incontrollabili che negli ultimi tempi l'hanno resa sempre piú sfuggente. È perciò che ogni tanto vado nella sua stanza sperando che mi spieghi i suoi giochi. Ma lei li interrompe bruscamente per nascondermene il senso. E a me non resta che girellare un po' pensando: non dovrebbe giocare da sola.

D'altra parte, anche quando gioca col suo amico Federico Camilli non sono tranquillo. Questo Camilli è di un anno e mezzo piú vecchio di lei ma silenzioso, forse privo del dono del linguaggio, anche se la bambina ripete oscenità di cui dice: me le ha insegnate Camilli. Quando è in sua compagnia il gioco è palese. La sento strillare e li vedo correre armati per la casa a caccia di un tale signor Ottavio coi capelli di sangue, che ha al suo servizio vespe e api, è propenso a far punzecchiare da quegli insetti i bambini della zona e lascia per strada polpette avvelenate allo scopo di sterminare tutti gli animali simpatici di questo quartiere

Le api del signor Ottavio sono micidiali. Camilli appena ne è punto casca per terra stecchito e si rianima solo se Matilde lo bacia sulle labbra, cosa che lei volenterosa fa. Allora lui balza su e si mette a fare la cosa che lo interessa di piú al mondo: saltare. Si arrampica sulle sedie e si tuffa giú, a ripetizione. È questa arte nel salto che temo di piú. Appena avverto i suoi tonfi, irrompo, lo afferro per un braccio e lo spedisco a casa sua.

Mi sono avvicinato in punta di piedi e li ho visti. Camilli aveva aperto il secondo cassetto del mobile dove teniamo il vestiario della bambina e ci si era messo dentro con tutte le scarpe, in piedi, pronto a saltare. Matilde stava cercando di arrampicarsi a sua volta. Un attimo dopo tenevo Camilli per le ascelle e lo trascinavo verso la porta di casa, mentre la bambina strillava e mi colpiva coi pugni una gamba per liberarlo. Sono stato inflessibile. «Via» gli ho detto depositandolo sul pianerottolo. Non voglio che si spezzi una gamba in casa mia.

Per calmare Matilde poi, ma anche a scopo educativo, sono uscito con lei sul terrazzo assolato dove abbiamo un po' di piante nere di smog e rincitrullite dai clacson.

– Vedi quel fiore? – ho domandato.

– Che fiore? – ha detto Matilde di malavoglia.

– Là.

– Dove?

– Là, – ho spiegato trascinandomela a vedere da vicino un'ape.

– Perché là, – mi ha interrogato.

Voleva che le chiarissi perché là e non qua, e quando la cosa da vedere (il fiore) s'era collocata là e non qua, e come era potuto accadere che il fiore non si fosse collocato qua ma là. Poi ha messo punto con la domanda solita:

– Che ha detto Matilde a papi?

– Papà, – ho provato a correggerla.

– Papi, – lei ha ribadito perché pare che Camilli dica cosí.

Mi sono rassegnato e ho sintetizzato:

– Matilde ha chiesto: perché là; e papi ha risposto: perché là c'è il fiore che ci interessa. Matilde ha domandato: quando il fiore è finito proprio là; e papi ha risposto: c'è finito quando c'è finito il seme. Matilde ha chiesto: ma com'è che il seme è finito là e non qua. E a questo papi ha risposto: boh.

Quindi le ho indicato che sul fiore si era appena poggiata un'ape. Volevo provarle che un'ape è ben diversa dai mostri di Ottavio che lei s'è inventata insieme al suo amico.

– Succhia il miele genuino che ci ha regalato Loretta, – le ho illustrato con imbarazzante imprecisione.

– Dal fiore? – ha domandato.

– Dal fiore, – ho confermato dandomi a mimare il fiore che si arrabbiava per l'intrusione dell'ape, piangeva, si disperava, gridava ohi ohi, e l'ape che diceva: no, mi devi dare il nettare per farci il miele che piace a Matilde.

Matilde ha riflettuto e poi ha detto:

– Non lo voglio, il miele.

– Cretino, – mi ha definito sua madre poco dopo, quando s'è accorta che Matilde non voleva miele a merenda. Tanto piú che era il miele genuino cantato in versi e in prosa da Loretta, un giorno che era tornata, col barattolo di vetro e l'etichetta scritta a mano, dalla casa di campagna di certi suoi amici di recente amicizia, colti in api da fare invidia, e parlava del bugno, del favo, dell'opercolo, della borsetta melaria, del pigliasciame, del cavalletto, degli occhi a reticolo, del pecchiolino e del pecchione.

– Cretino, – mi ha ripetuto Cristina con l'astio delle donne quando il tempo della passione è passato e ora arrivano solo le rogne, la pratica del giorno per giorno già scorre come acqua di risciacquo in una lavatrice col filtro guasto, meno male che ti voglio ancora bene sennò.

– Sicuro che mi vuoi ancora bene? – le ho chiesto, turbato dalla sua aggressività.

– Certo che sí, – ha risposto confusa, mentre – non so perché – m'è venuto in mente di quando io la spogliavo e lei mi spogliava e però, miracolosamente, alla fine, i suoi indumenti si trovavano sempre ripiegati con ordine su una poltrona o appesi alla maniglia di una porta, mentre i miei restavano per terra come stracci.

– Ma non mi ami, – ho detto.

Silenzio.

Allora ho lasciato cadere in fretta il tema del nostro amore e ho cercato di giustificarmi per la storiella del fiore e dell'ape:

– Non c'è niente di male: è segno che Matilde è sensibile, ha capito la sofferenza del fiore, soffre per l'altrui soffrire.

Cristina ha replicato cupa:

– Come la chiamo io?

Non so come chiama Matilde, la chiama in tanti modi: pussi, bessi, lalla, zabalú.

Ho risposto:

– Pussi.

Mi ha corretto:

– Fiorellino.

Non lo sapevo. Ma non l'ho detto, altrimenti peggioravo la situazione, mi si accusava di prestare poca attenzione a lei e alla bambina.

– Capito?

Ho capito. Tante attenzioni per mesi e mesi, ogni nostro discorso occupato da Matilde, e poi. Ho borbottato:

– Romanzavo a buon fine. Volevo che Matilde imparasse la logica feroce del pianeta e cosí non si deprimesse da grande. Volevo gettare le basi di un suo *De rerum natura* a cartoni animati: il fiore che, frugato dal succhiatoio, grida ohi ohi e un'ape carina e industriosa che fa quello che ha necessità di fare. Ma lo ammetto, ho sbagliato –. Quindi ho sostenuto, un po' per svicolare, un po' per sgravarmi del peso della responsabilità biologica e del gioco di bussolotti dei cromosomi, un po' per intrufolare l'idea che c'è una loro alleanza naturale contro di me, un po' per farle un complimento e rabbonirla: – Avete la stessa sensibilità, siete identiche –. Quindi ho deciso di proseguire su quest'ultima via sicuramente conciliante. – Che colore di capelli. Bello. – Che gambe. Dritte. – Che mani. Lunghe. – Che piedi. Lunghi anche quelli.

Non si è rasserenata. Mi ha detto che non vuole che la figlia sia in tutto simile a lei. Non nei dispiaceri, almeno. Non negli incubi. E, come fa di solito quando è giú di corda, ha telefonato al nostro amico Liverano e lo ha invitato a passare da noi la serata.

La cosa non mi è piaciuta affatto e ho sperato che Liverano avesse altro da fare. Ma Oscar è diventato da tempo un uomo solo, la sera beve un paio di bicchieri davanti alla tv e dialoga di frequente col teleschermo. Perciò ha subito accettato.

Ho detto:

– Tra poco arrivano Olga, Michele e Fabrizio. Che bisogno c'era?

– Dobbiamo invitare soltanto chi piace a te?

– Oscar è noioso.

– Perché, – ha ribattuto, – Michele non lo è?

La serata è stata un fallimento.

È arrivato per primo Michele, di buonumore. Ma appena ha saputo che erano stati invitati anche Olga, Fabrizio e Oscar, mi ha guardato come se lo avessi pugnalato, s'è portato le mani al petto ed è andato barcollando per casa dicendo:

– Sono ferito a morte. Ahi.

Cosa che ha mandato Matilde in visibilio.

Due minuti dopo hanno suonato ed erano Olga e Fabrizio. Volevo vedere bene che tipo di saluto si scambiavano Michele e Olga, e dedurre da lí lo stato dei loro rapporti di lavoro, ma non è stato possibile. Fabrizio è andato diritto verso Cristina e s'è trascinato dietro il mio sguardo malevolo. L'ha abbracciata, l'ha baciata troppo vicino alla bocca, le ha detto: – Ciao, cara –. Poi ha notato: – Ti si sono rotti i capillari qui a lato del naso –. Quindi ha ammesso: – Ti conservi bene –. E rivolto a me: – Stiamo invecchiando –. Sicché, quando sono tornato con lo sguardo su Olga e Michele, avevano tutti e due un sorriso un po' freddo sulle labbra, ma ogni loro contatto mi era sfuggito.

Olga ha detto a Matilde:

– Che bella bambina.

Ha scartocciato un vestitino bianco a fiorellini celesti, corpetto aderente e gonnellino a campana. Matilde se l'è voluto subito provare ed è andata avanti e indietro a lungo, piroettando e chiedendo: sono bella? quanto? perché?

– Mai accettare regali dalle streghe, – è intervenuto allora Michele e sia Olga che Cristina gli hanno lanciato un'occhiataccia.

– Zitto, brutto orco, – Olga l'ha rintuzzato, gentile ma ferma. Al che Matilde s'è fermata e li ha guardati interdetta.

– Io sono una fata, – ha detto, ma con tono incerto.

Sua madre se n'è accorta e, per rasserenarla, ha cominciato a lodarla per il vestito nuovo. Ha trovato bellissimi i fiorellini celesti. E le spalline. E il gonnellino a campana. E il corpetto a nido d'ape.

– Pregiatissimo, – ha detto rivolgendosi a Olga, – questo corpetto a nido d'ape.

Poi si è girata di scatto verso la figlia rendendosi conto, con orrore, dell'espressione che aveva usato. Anche io ho guardato Matilde e ho scoperto che mi guardava senza vedere, come se non esistessi piú da tempo e fossi solo un'immagine della sua memoria.

«Sta pensando» mi sono detto con la sensazione di sorprenderla per l'ultima volta in un'intimità che poi mi sarebbe stata per sempre preclusa.

– Che fa Matilde? – le ho chiesto.

Lei ha battuto le palpebre cancellando di soprassalto le proiezioni segrete che le schermavano lo sguardo e ha inghiottito i suoni a questo modo:

– .

– Non ce lo vuoi dire?

Avrebbe voluto, ma poi ha accennato a un rifiuto e ha precisato:

– Voglio togliermi questo vestito. Voglio mettermi quello giallo.

– Questo no? – ho domandato.

Ha risposto no.

Cristina le ha messo il vestito giallo e ha riposto quello di Olga nel cassetto. Ma Matilde ha seguitato a piagnucolare e Michele allora ha chiesto:

– Questa bambina non dorme mai?

– Una fiaba, – lei ha detto, perché si addormenta solo se uno le racconta una fiaba, due, tre, quattordici, novanta (è il suo modo di contare).

Michele se l'è presa sulle ginocchia e ha cominciato a raccontare, ma non per lei (i bambini non gli piacciono), bensí per noi, per farci vedere come sa raccontare bene e che narratore sarebbe stato.

– C'era una volta una bambina che passava il tempo a piangere accanto al camino e si chiamava Cenerentola.

– Matilde, – ha corretto Matilde che delle favole è stata abituata da noi a essere la protagonista.

– Che narcisismo, – ha commentato Michele. Poi ha

seguitato: – Le sorelle di questa Cenerentola andavano sempre a ballare e lei no.

– Perché? – ha chiesto Matilde.

– Non interrompere.

Michele ha tirato avanti fino alla fata che appare con la sua bacchetta magica.

– Barchetta magica, – l'ha corretto Matilde perché io le racconto sempre cosí e poi ridiamo.

– Sei scemo?– mi ha chiesto Michele.

– È un gioco, – ho risposto in imbarazzo: – si stimola la creatività linguistica.

S'è rabbuiato. Con la creatività linguistica non ha piú un buon rapporto da tempo e anche quando insegnava stroncava con durezza chiunque si sbracciasse a mostrare talento letterario. «Funzionale, – diceva, – poche chiacchiere».

Sicché ha avvisato Matilde:

– Lascia perdere tuo padre: bacchetta, si dice, non barchetta.

– Lo so, – gli ha risposto lei, nient'affatto impressionata, anzi sedotta da quei toni ruvidi a cui non è abituata.

Lui è passato a raccontarle: la fata tocca Cenerentola con la bacchetta magica e puff, il vestito sporco e lacero svanisce.

– Sporco di che? – ha chiesto Matilde, – d'uovo battuto, di frittata, di pastina al burro, di minestrone, di miele, di latte, di sugo al pomodoro, di cioccolato, di cocacola?

Tutte cose con cui si sporca lei, naturalmente.

– Zitta e dormi, – le ha imposto Michele. E ha cominciato a descriverle il vestito fatato di Cenerentola, blu notte, ma luminoso di stelle, vere stelle lontane e vicine, piú luminose e meno luminose, con aloni grandi che irradiavano sfumando in altri aloni, sicché la notte era fitta solo in alcuni punti, in altri era di un azzurro luminoso, in altri ancora illuminata a giorno e Cenerentola si portava a spasso questo pezzo di cielo e ballava da sola perché nessun principe era in grado di tenerle dietro e nemmeno il suo nome di cenere riusciva piú a contenerla, se l'era lasciato a brandelli alle spalle: ora non si chiamava piú Cenerentola, ma Matilde.

Matilde ha chiuso gli occhi, ha fatto cenno di sí e si è addormentata.

– Sei sempre il solito, – gli ha detto Olga ma, mi è parso, con affetto. Un attimo dopo però è diventata ostile: – Quello che ti manca è la passione per gli altri. Cosí ti vengono solo frottole.

È bastato questo. Da Michele s'è allargata una specie di bolla invisibile che ci ha sfiorati tutti. Un solo respiro – abbiamo percepito – e sarebbe scoppiata investendoci e lacerandoci come se fossimo fatti di carta. In quell'attimo mi sono reso conto che i rapporti tra loro due erano davvero logori e che non ci sarebbe stata nessuna ricomposizione. Ma ho avvertito anche che, per qualche oscuro motivo, era Michele a volerli cosí, a indirizzarli a quel modo. Poi è arrivato Oscar Liverano, che, come al solito, ha preso la parola con piglio didattico e non l'ha lasciata piú, impedendo ulteriori sviluppi.

È accaduto quello che temevo. Oscar ha fatto comunella con Fabrizio nel raccontare le nefandezze del ministero della Pubblica istruzione. Poi ha tagliato fuori ad arte il suo alleato e ha cominciato a impartirci lezioni in tutti i campi con petulanza, ma riuscendo solo ad argomentare con tutto se stesso che se l'odio contro chi sfrutta e la pietà per gli sfruttati non sbocca in altro dall'esistente, siamo noi che inavvertitamente diventiamo altro da quello che volevamo essere. Ci ha assillato inoltre con quella sua teoria di fisico dalle belle speranze frustrate, teoria in base a cui dimostra che ogni spostamento orizzontale è sempre anche uno spostamento verticale. Dal che è passato a dedurre sia un suo vecchio pessimismo in fatto di democrazia reale, sia certe sue pratiche sessuali. Senza soluzione di continuità si è vantato di passioni segretamente consumate con le sue alunne. Ha fatto capire che, se noi siamo diventati tanto perbene, lui tiene duro. E infine s'è prodotto nel suo numero preferito.

– Le mani, – ci ha spiegato.

Ogni seduzione, secondo lui, comincia sempre con un gioco di mani. C'è un alone intorno ai polpastrelli, una carica di calore e sudore che si attiva quando monta l'eccitazione sessuale.

– Il piacere è lí che preme –. Fluttua, vibra, sfrigola, col contatto. Cosí: e ha sfiorato con il mignolo il mignolo di Cristina sospirando: ah. Quindi ha intrecciato le dita con quelle di lei, ha congiunto il palmo al palmo, ha insistito con: ah.

Io ho detto:

– È tardi, buonanotte.

L'ho accompagnato alla porta, battendogli tra le scapole. Anche gli altri sono andati via.

Mi sono messo a letto, a strofinare i piedi di Cristina, che ce li ha freddi anche quando fa caldo.

Ogni ostilità nei miei confronti era ormai assorbita dalla consapevolezza che eravamo egualmente responsabili dei guasti alla psiche di nostra figlia.

Ho detto:

– Non è colpa nostra. Nessuno può mettere la museruola alle parole –. E le ho fatto bau bau in un orecchio.

Lei mi ha chiesto:

– Gli incubi si trasmettono geneticamente?

L'ho rassicurata al vecchio modo, come quando avevo una risposta per tutto:

– Ognuno ha i suoi incubi e i suoi dispiaceri. Non si trasmettono: non si riesce nemmeno a comunicarli. Il codice genetico sarebbe troppo affollato.

Ma lei ha insistito e mi ha spiegato perché. Sogna da quando è piccola una pasta gommosa che gonfia bolle d'aria in superficie sprigionando vapori dall'interno. Questa pasta si fora in modo che i fori paiono occhiaie vuote. Invece sono tagli attraverso cui lei deve far passare la testa e le braccia. Si tratta di un abito, tessuto con quella materia vischiosa, merlettato dai vapori, terrificante a doversene vestire; un abito che ti si cuce alla pelle, te la guasta e brucia. Ma non c'è scampo, l'hanno fatto apposta per lei, per i giorni di festa. Di quella stessa pasta è vestita una donna che le viene incontro per strada. La donna ha la testa rivoltata, i capelli le scendono dal lato del petto e ha la faccia dalla parte della schiena. Mentre la sogna, Cristina sa benissimo che è un sogno. Ma poi si sveglia, esce di casa ed ecco che vede la stessa donna mentre si pettina i capelli sul petto colmo. La donna smette di pettinarsi, comincia a lavorare all'uncinetto. Fa un vestito di pasta gommosa, le ordina: mettilo. Naturalmente anche questo è un sogno. Un sogno di quelli in cui si sogna di essere svegli senza la consolazione di poter pensare: ora mi sveglio.

– Che orrore, – ho esclamato. Quindi mi sono adoperato a convincerla saviamente di quello che già sa: che i sogni significano altro da ciò che palesemente raccontano e che chissà il suo cosa vuol dire. Il vestito col corpetto a nido d'ape, che ha spaventato Matilde, è tutt'altra storia. Appartiene a una catena lessicale che dimostra solo che Matilde pensa e immagina e mente e ha paura, come ogni essere umano. Però poi ho aggiunto, facendo il viso torvo e la voce sepolcrale:

– Olga. Ecco Olga Giacinti con i capelli dal lato del petto e la faccia dal lato della schiena.

Cristina ha avuto un brivido e mi si è accoccolata contro come se l'avessi condotta a vedere un horror, genere che odia.

– Che dici, sei pazzo?

Ho fatto gli occhi storti e ho rantolato tra orribili ghigni, col ceffo stravolto:

– È lei, Olga, che ha regalato a Matilde l'orrendo vestito!

Allora Cristina mi ha pizzicato un braccio per ricordarmi che non si dicono cattiverie sui nostri amici, in specie se sono di sesso femminile. Poi ha strillato:

– Lasciami. Non farmi il solletico. Guarda che urlo.

Se Matilde la conoscesse, sognerebbe Anna come a volte la sogno io, ho pensato quando Cristina s'è addormentata.

Come la sogno io, non Michele.

Credo che lui si tenga ben nascosta nel cervello la sera in cui Anna è balzata su all'improvviso e ha detto: «Ecco qua», mostrandoci il vestito da Cenerentola che s'era riadattato. Quella scena non gli verrebbe fuori dalla testa nemmeno se se la strofinasse come la lampada di Aladino. Anna, quella volta, era infagottata in una vestaglia stinta e aveva le labbra pallide per il freddo. Teneva il vestito sulle ginocchia, ci stava lavorando con ago e filo, e non era certo un abito fatato, che quando si indossa nessuna signora ha piú a che fare con la cenere e anzi acquista una nuova identità, ma assomigliava a quello che Cenerentola portava prima del colpo di bacchetta magica. Il soprammano era stato appena completato, ora Anna stava scucendo l'imbastitura. Ma all'improvviso, senza una ragione evidente, è balzata in piedi e ha quasi gridato, tenendo il vestito per le spalline:

– Ecco qua.

Michele ha alzato lo sguardo tra il distratto e il seccato. Ha commentato: bene. Anche Olga ha detto: bene. Il vestito era suo. Anna lo aveva usato da incinta fino a un mese prima e ora che non era piú incinta, se l'era accorciato e l'aveva stretto in vita, ma non troppo.

– Mi si sono allargati i fianchi, – ha constatato.

Io le ho assicurato che no, sei identica. Poi abbiamo ricominciato a discutere, Liverano, Michele, Loretta, Olga e io. Anna, anche se era presente, non partecipava mai alle discussioni, al massimo stava a sentire o cucendo oppure allattando Ernesto. Se poi quello vagiva, lei sbuffava e se ne andava in cucina a cercare di calmarlo.

In quell'occasione l'oggetto della discussione erano da ore gli intellettuali, quelli che di mestiere pensano producendo idee. Persone di tutto rispetto, secondo me e Michele che, fin dall'età di quattordici anni, anche se non ne avevamo mai visto uno e forse proprio per questo, avevamo deciso che da grandi avremmo fatto gli intellettuali. Questa nostra aspirazione si era consolidata, aveva resistito a tutte le avversità. Infatti, sebbene parenti, fratelli e compagni di scuola ci dicessero con disprezzo: volete fare gli intellettuali, oppure: la finite di fare gli intellettuali?, e sebbene noi reagissimo in pubblico con furia, come per un insulto, gridando: intellettuali noi?; in privato, a tu per tu, ammettevamo: è vero, vogliamo fare proprio gli intellettuali. Anzi, qualche anno dopo, appena letto un gran libro di Thomas Mann, ci eravamo convinti che potevamo fare i maestri di pensiero. Come Naphta e Settembrini, volevamo diventare.

Sennonché, una volta entrati nel gruppo di compagni su cui primeggiavano Oscar e Olga, abbiamo dovuto scoprire che gli intellettuali erano gentaglia. Giudizio duro, che avrebbe dovuto farci vergognare di aspirare a diventare di mestiere proprio ciò che i nostri due compagni disprezzavano. Invece noi avevamo un tale culto segreto per quella funzione, che da un lato ci siamo dichiarati d'accordo con loro: sí, è vero, che abominio gli intellettuali, specie nella loro incarnazione peggiore, vale a dire i letterati, i romanzieri, i poeti; dall'altro speravamo che qualcuno presto o tardi ci investisse di quella funzione senza però farci sentire in colpa. Cosa che i nostri compagni di lotta hanno subito intuito e perciò hanno rincarato la dose:

– Il pericolo maggiore degli intellettuali, soprattutto romanzieri e poeti, è la vanità, cioè la voglia di darsi un sacco d'arie dentro una torre d'avorio, – diceva un giorno sí e uno no Oscar. E perciò, forse, ci assegnava compiti politici minori, come per esempio la traduzione dall'inglese di lettere di G. I. in Vietnam. Oppure buttava lí, ma ironico: sentiamo che dicono i letterati, e ci interrogava su sfumature tipo: la guerriglia è via unica alla rivoluzione o soltanto fondamentale? Noi ci sfogavamo mostrando con belle parole competenze filologiche, ma sapevamo che non eravamo ben visti. Liverano, appena poteva, argomentava piú o meno palesemente che, assecondando lo spirito narcisistico dei compagni piú deboli ideologicamente, essi sarebbero stati ancor piú vulnerabili nel caso di ricatti o lusinghe poliziesche rivolte a trasformarli in delatori. – L'intellettuale per sua natura è infame, – concludeva, come se lui per formazione fosse un minatore. E a questo punto nemmeno si discuteva piú. Gli intellettuali? Andavano rieducati col lavoro manuale. A meno che non avessero già scelto senza ambiguità di stare dalla parte del proletariato, condividendone fino in fondo la condizione e combattendo l'ideologia della coesistenza pacifica tra Usa e Urss.

Michele e io avevamo fatto quelle scelte da tempo e con entusiasmo.

– Però, – abbiamo tentato di dire quella sera.

– Come però? – ha chiesto Liverano allarmato.

– Vittorini, – ho azzardato, – Pasolini.

– Macché, – mi ha respinto Liverano.

– Calvino, – allora ha provato a dire Michele.

A quel nome, io e Anna ci siamo guardati con un sussulto. Ed è stato subito dopo, che lei si è intromessa dicendo: – Ecco qua, – col ditale di metallo al medio, le dita che sfilavano l'imbastito, l'ago tra i denti che subito s'è tolto per parlare, il vestito di Olga mostrato tenendolo per le spalline.

Michele si è innervosito per quella interruzione. Stava palesemente per dire una cosa importante. Aveva ricevuto la lettera di Calvino già da un po', ma ora pareva che volesse parlarne ai compagni. «Ho ricevuto questa lettera» abbiamo pensato che stesse per dire, un po' per vantarsi, un po'per acquistare credito. Forse – ci siamo spaventati – vorrà persino leggercela. E intanto Liverano già diceva:

– Vittorini, Pasolini, Calvino: tutti integrati.

E Loretta:

– Si sono fatti catturare tutti dalla stampa borghese.

Michele stava per replicare. Anna ha detto: ecco qua. Lui s'è seccato e stava comunque per difendere Calvino. Ma a fargliene passare la voglia è stato probabilmente ciò che a quel punto ha detto Olga.

– Sai come si cacciano i tordi in Provenza? – gli ha chiesto sfregandosi pensosamente il naso rosso per il freddo.

– No, – ha risposto Michele.

– Se ne prende uno, non gli si fa del male, lo si mette in una gabbia, e durante l'inverno si attacca la gabbia al piú alto ramo dell'albero.

– E con questo? – l'ha interrotta lui, ma turbato da quel bell'uso della lingua orale, dall'accento curato, dalla voce profonda.

– Il tordo è in pieno cielo e canta liberamente, – lei gli ha illustrato. – Il risultato? Tutti i tordi che passano nel cielo riposano sull'albero.

Michele vedeva alberi e tordi. Ne percepivo l'incantamento, forse anche Anna. Era sedotto da quella capacità di parola non puramente comunicativa.

– Non capisco, – ha detto.

Ma era chiaro che non gli importava di capire. Gli importava la scoperta che una donna – Olga – potesse tirare fuori dalla bocca tordi cosí, con fantasia, con eleganza e insieme con sprezzatura. E lo disorientava che questo gli piacesse.

– Il cacciatore li vede e li uccide, – ha concluso Olga: – il cacciatore non uccide il tordo che canta. Uccide gli altri.

A questo punto Liverano, anche lui incantato e meditando un odio inestinguibile nei confronti del cacciatore, ha allungato una mano, col medio ha cerchiato la rotula del ginocchio accavallato di Olga e ha detto:

– Andiamo, s'è fatto tardi.

Loretta ha seguito quel gesto con attenzione e si è alzata per prima.

Quando sono andati via e io ancora mi attardavo a contemplare Ernesto che dormiva in culla, Michele ha tirato fuori la lettera di Calvino, se l'è letta e riletta ridacchiando nervosamente, poi ha detto di Olga:

– M'ha dato del tordo: anzi aspirante tordo tra i tordi destinati a farsi impallinare.

– Ma no, – io l'ho rassicurato.

– Certo che no, – ha detto Anna.

E lui, appena ne ha sentito la voce, s'è inasprito.

– Un po' piú di educazione, – l'ha rimproverata, come se dietro il proprio sconvolgimento ci fosse un problema di galateo. Anzi ha specificato che prima, con quel suo straccio (il vestito cioè), gli aveva fatto perdere il filo del discorso.

Anna ha replicato:

– Ti mollo te, il bambino e me ne vado.

– Buoni, ragazzi, – io li ho pregati.

Ma Michele mi ha zittito:

– Zitto tu.

Al che Anna:

– Zitta io, zitto lui, oh!

E con quell'oh ha voluto rivendicare che noi parliamo quando ci pare e piace.

A questo punto Michele s'è sconfortato.

– Tutto sbagliato, – ha detto come se avesse avuto un'illuminazione sulla sua vita presente, passata e futura. Poi, dopo varie cose sconnesse, è corso platealmente verso la finestra per buttarsi giú.

– Siamo al pianterreno, – gli ha ricordato Anna per evitare che si facesse inutilmente male.

Allora lui si è fermato al centro della stanza ed è stato in silenzio per un lungo attimo. Poi ha annusato l'aria mormorando:

– Pasta reale.

Era infatti di pasta reale l'odore che veniva dal biscottificio con sede proprio là sotto. La tensione è calata. Anna s'è andata a provare il vestito e quando è tornata il mio amico e io abbiamo detto all'unisono: ti va a pennello, anche se non era vero.

– I tordi, – però ha seguitato a ripetere per giorni Michele con viva ammirazione nei confronti di Olga.

Io invece, a partire da quella sera, ho cominciato a insistere su un concetto che avevo appreso di recente:

– La condizione della donna, Miché, è una spia della disumanità dei rapporti tra gli uomini.

– Nel senso? – mi ha chiesto lui.

Nel senso che da quel giorno mi sono fatto sempre piú un dovere di tormentare Anna dicendole che, se voleva essere all'altezza dei tempi, doveva reagire, occuparsi del mondo, studiare, fare lavori di concetto, darsi un ruolo.

Anche Michele ha condiviso questa mia opinione, ma seguendo un suo filo segreto non chiaro. Quando la vedeva sfacchinare per casa, in cucina o col bambino, esclamava:

– Bella immagine, quella dei tordi.

E almanaccava su come rifarla in una storia d'amore e rivoluzione in cui si narrasse di una riunione politica dove lui a un certo punto aveva detto:

– Calvino.

Mi sono svegliato nel letto vuoto. Cristina era già andata a scuola, Matilde giocava silenziosa nella sua stanza. Allora, messo in allegria dal fatto che il sabato non vedo né aule né studenti (è il mio giorno libero) e Matilde non va all'asilo, ho fatto irruzione tra i suoi giochi facendo salti e gridando:

– Io sono un canguro e tu una cangurina.

Matilde non si è entusiasmata.

– M'hai fatto paura.

Le ho chiesto scusa e siamo andati a fare colazione.

– Corpetto a nido d'ape non significa che nella stoffa ci sono le api, – le ho spiegato variando piú volte la frase perché capisse. Quindi l'ho aiutata a lavarsi e ho estratto dal cassetto il vestito di Olga per vedere se l'avevo convinta.

– È un bel vestitino, – le ho detto. – Ti sta molto bene.

Ma s'è andata a nascondere dietro la tenda. Ha strillato:

– Non lo voglio.

Ha detto che invece voleva sua madre, subito.

– Non facciamo capricci, brutta bimba, che vengo lí dietro e ti mangio, – ho promesso roco facendo la voce dell'orco. Poi le ho messo il vestito giallo e mi sono andato a chiudere nel bagno. Quando ne sono uscito, me la sono trovata davanti con carta e penna. Mi ha proposto: scriviamo.

L'ho guardata come un'apparizione, ma non ho visto granché. Forse ho solo sentito nella sua voce quella di Anna quando mi disse la stessa cosa: scriviamo. Io le suggerii tiepidamente, mentre mi spingeva il foglio sotto gli occhi:

– Lasciamo perdere. Facciamone un aeroplano.

Ma Anna si intestardí. Infilò il foglio in macchina e io cominciai a pigiare sui tasti. Mentre la scrittura si allungava da sinistra verso destra, lei sillabava le parole giudicando: qui va bene, là no. Alla fine mi lodò: bravo. E quello è stato il primo e l'ultimo lavoro di concetto che abbiamo provato a fare insieme.

Solo per sentirmela dire, ho ripetuto a Matilde la stessa frase che pronunciai allora:

– Lasciamo perdere, facciamone un aeroplano.

Eppure so bene, adesso, che il nero su bianco, cosí ben connesso contro il cielo del foglio, può finire, piú di un jumbo in avaria, diritto allo sfracello.

Ma la bambina ha insistito minacciando di piangere. Me la sono presa sulle ginocchia.

– Un foglio di carta va piú lontano se ne faccio un aereo o se decido di scriverci una lettera? Rispondi, – le ho chiesto, pretendendo che capisse il senso di quella domanda.

Non ha avuto esitazioni, voleva farne una lettera.

– Poi la spediamo, – ha piagnucolato con petulanza e proprietà di linguaggio. E mi ha dettato: – Cara fata, fai sparire il vestito di Olga e fammi avere un vestito azzurro, caso mai con le stelle. E anche una bacchetta magica per intrasformare le cose. Grazie tante e arrivederci.

– Meglio un aereo, – sono tornato a proporre, cominciando a piegare il foglio. Ma lei ha detto: è mio, e anzi mi ha spinto ad aggiungere qualche altro rigo: uno o due in cui si accennava all'esistenza del suo amico Federico Camilli, e cinque o sei, densi di preoccupazioni e di terrori, dove si parlava del loro nemico terribile, il signor Ottavio, avvelenatore di bestie, governatore di api e di vespe che straziano fiorellini inermi.

Allora all'improvviso ho deciso:

– La mandiamo alla principessa di Salerno. Anna vuole una lettera? Inviamole questa, può essere che si accontenti.

E divertendomi da solo per lo scherzo, che a mio parere avrebbe allentato la tensione e disteso per lo meno l'animo di Anna, sono andato con Matilde, finalmente acquietata, anzi allegrissima, a farne un espresso.

Ma subito dopo mi sono sentito gelato. Ho detto alla bambina, come se fossi vittima di una sua seduzione:

– Che sciocchezze mi fai fare?

Una volta tornato a casa, mentre Matilde spariva nella sua stanza, mi sono sentito inaffidabile, avventato, come se per qualche oscuro motivo noto solo a una parte di me, stessi inserendo mia figlia in una storia non adatta ai bambini, un po' torbida, per soli adulti.

Capitolo quarto

All'improvviso, mentre andavo a passeggio con la bambina per le vie domenicali di giugno silenziose e immobili, mi è venuto in mente:

«Lo chiedo a Ernesto».

Gli chiedo, cioè, di cercare la lettera dello pseudo-Calvino tra le carte di suo padre e trafugarla per me. «Con passo felpato» ho pensato di dirgli per allettarlo. Sarebbe scivolato nell'ombra, il fiato sospeso. Avrebbe aperto il cassetto della scrivania paterna senza far rumore, caso mai immaginandosi in tuta nera, berretto, mascherina, una torcia elettrica. «Ti prego, – lo volevo pregare, – mi fai proprio un gran favore». Una volta in possesso della lettera, avrei potuto dire ad Anna, quando si sarebbe fatta viva: «Strappiamola insieme, che bisogno c'è di dire tutto a Michele? Raccontami invece di te, come va?»

Per un po' – il tempo di comprare i giornali e di convincere Matilde che a casa aveva già sei palloni, non ne possiamo comprare uno ogni domenica dal giornalaio – mi è sembrata una buona idea, ironica, con quel tanto di parodia del romanzesco che mi ha sempre solleticato. Poi ho riflettuto che spingevo il ragazzo a ingannare suo padre e mi sono sentito colpevole. Ma mi sono detto:

«Pazienza. È ciò che Ernesto fa quotidianamente e non pare che gli causi piú traumi psichici di quelli che ha già».

Anche l'allievo Astarita infatti è un bugiardo. Di preferenza mente a scuola, specialmente con me, approfittandosi del fatto che, oltre a essere suo insegnante, sono un vecchio amico di famiglia. Ho giustificato con disinvoltura non so quante sue assenze non perché mi convincesse il motivo da lui segnato sul libretto (Ernesto ha vent'anni, è un pluriripetente, le giustificazioni se le firma da solo e le menzogne che adduce sono un puro esercizio rivolto soltanto a mostrare ai compagni fino a che punto mi bevo le sue frottole), ma per misurare lo spessore della sua faccia di bronzo. Questo ragazzo, che conosco fin dalla nascita ed è finito da poco nella mia classe per desiderio di suo padre che spera cosí di vederlo in qualche modo diplomato, nel corso dell'anno è stato assente tre giorni per Aids, una settimana per crisi di astinenza da eroina, quattro giorni perché interrogato dalla polizia su certi suoi traffici da filoterrorista, quindici giorni per condividere la vita randagia di un suo amico nigeriano di nome Maduagwu. Tutte balle, naturalmente. E d'altra parte cosa devo fare? Gli sono affezionato. Conto di usare i tagliandi delle sue giustificazioni per dimostrare a giorni, in sede di scrutinio finale, che l'allievo Astarita è molto sensibile alle problematiche del mondo contemporaneo. Cosa che ho già provato a fare con la collega Tozzi di storia dell'arte, la quale è di sinistra ma lo odia.

– Astarita ha attraversato tutti i drammi del nostro tempo, – le ho detto mostrandole il libretto delle giustificazioni.

– Forse si potrebbe riposare un po' studiando il Botticelli.

– Conosce *La Primavera* meglio di Deborah, che è la prima della classe.

– Come no.

– In modo non scolastico ovviamente, – ho aggiunto, cosa che per noi insegnanti di sinistra in genere è un merito. E ho tentato di portarla dalla mia con una citazione.

– Hai presente Amy Lyons, che Herder chiama la puttana di Hamilton?

Tozzi ha fatto l'espressione cosí: – ? –

Le ho ricordato: Amy intratteneva gli ospiti di Lord

Hamilton riproducendo con vestimenti alla greca le effigi classiche ora di Ifigenia, ora di Niobe, ora di Sofonisba, e rendendole vive col suo corpo.

– Ah, – lei ha commentato, e a quel punto le ho confidato:

– Astarita fa lo stesso con *La Primavera* di Botticelli.

– Ma va'.

– Sí.

Volevo chiamare Ernesto perché si esibisse, ma la collega Tozzi mi ha piantato in asso pensando di me che stavo diventando pazzo.

D'altra parte Ernesto non si sarebbe mai esibito per la Tozzi.

– Non capirebbe, – dice.

Preferisce offrire ai compagni di classe il suo repertorio. O a Matilde, quando un pomeriggio sí e uno no staziona a casa mia svogliatamente.

La cosa comincia cosí. Entrambi hanno imparato da me la parola «effigie» e per un po' se la rimandano. Questo vocabolo sinuoso, elegante, nella bocca diseducata di lui e in quella troppo educata di lei si sganghera tanto che alla fine conserva solo il ridicolo del lessico in via di sparizione.

– Fammi l'effigie, – chiede lei.

– Beccati quest'effigie, – risponde Ernesto.

Si mette in posa, resta un attimo immobile, poi si anima tirandosi su un immaginario abito lungo, muove passetti leggeri, si liscia i capelli. Matilde si sbellica, risate di gola, tutta denti, e gli trotterella dietro producendo l'imitazione dell'imitazione della *Primavera*, che per altro non ha mai visto. Ernesto si ferma e le grida: i fiori. Lei si blocca a sua volta e fa passettini piú attenti per non calpestarli. Ma Ernesto la rimprovera: – M'hai calpestato i fiori. La Tozzi diventa una belva, quando mi calpesti i fiori –. Nel senso che questa collega è famosa perché chiede sempre: mi sai dire quanti e quali fiori compaiono nel prato della *Primavera*? Matilde non si spaventa. Passa a proporre:

– Io foffio.

Non sono stato ad almanaccare troppo. Sono andato al bar e ho telefonato a casa di Michele ripromettendomi: se risponde il figlio, bene: se risponde lui, riattacco.

Ha risposto Ernesto proprio mentre Matilde cominciava a sedurre il barista per farsi regalare, di nascosto, un po' di caramelle.

– Matilde! – ho strillato. E ho detto a Ernesto:

– Stiamo andando alla giostra. Ci vieni?

– Con Deborah.

– Pazienza.

Ho trascinato via la bambina dopo che il barista aveva rifiutato ripetutamente di farsi pagare la caramella che Matilde aveva già in bocca e le altre due che aveva nascosto in tasca.

– Non lo fare piú, – l'ho rimproverata, – guai a te.

Siamo andati alla giostra che è in certi giardini pubblici incolti e luridi, con una vasca senza pesci rossi ma molte lattine di birra galleggianti.

Matilde si è sistemata su un cavallo nero e ha fatto otto giri, quattromila lire, prima che arrivassero Ernesto e Deborah. Per strapparla dal cavallo i due hanno dovuto prometterle di giocare con lei e se ne sono andati su un prato polveroso. Io mi sono seduto su una panchina, accanto a due anziani signori, uno che leggeva il giornale, l'altro che glielo leggiucchiava di sbieco, oltre la spalla, furtivamente.

Sono stato un po' a guardare i ragazzi. Rifacevano Botticelli, sotto il sole, tra alberi malati. Nel ruolo della *Primavera* questa volta c'era Deborah, che alla signora del quadro assomiglia fisicamente piú di Ernesto. Lui invece ha mimato le altre donne del dipinto, qualche pianta, un rapitore di fanciulle, i fiori che non vogliono essere scempiati. Matilde, dal canto suo, ha riprodotto Zefiro che soffia e li scempia.

– Foffio? – l'ho sentita strillare. Poi però è passata a un'altra domanda, disinvolta, tanto per sapere: – C'è l'ape? – Perché se c'era, non voleva che Ernesto fosse un fiore. I due ragazzi non le hanno risposto e lei è tornata sull'argomento per vie traverse:

– Chi ti succhia il nettare? – ha chiesto a Ernesto.

Lui l'ha rassicurata: nessuno. Ma la sua fidanzata Deborah (io dico «fidanzata» ma loro non dicono cosí: sostengono che non ci sono parole per nominare il loro rapporto) è stata durissima:

– Api o non api, tu foffia e fa' Zefiro, se vuoi giocare.

Matilde a questo punto, intimidita dal tono e pur di non essere esclusa, ha soffiato e soffiato fino a diventare paonazza, mentre Ernesto ondeggiava sullo stelo e agitava petali rantolando:

– Zefiro, non foffiare, non foffiare.

– Io foffio, – insisteva Zefiro con decisione, tuttavia senza dimenticare di sorvegliare Ernesto un po' per vedere l'effetto del suo vento, un po' per spiare se faceva: ohi ohi, mi succhia, ah!, e quindi correre da me a chiedere aiuto.

– Non t'azzardare a spaventarmi la bambina, – ho gridato a Deborah.

Mi sono chiesto perché frequenta Ernesto. Lei è studiosa, lui è pluriripetente. Lei già si propone di fare la scenografa al cinema o alla tv, lui si chiede: che farò? mah. Lei è divorata da una smania adolescenziale di cimentarsi con gli adulti per dimostrarne il basso quoziente di intelligenza e magnificare il suo (per esempio cerca di stupirmi con due delle sue sortite preferite, riuscendo però a essermi solo antipatica: «Gli eredi dei grandi narratori sono i trovarobe», cui segue: «Le parole sono cosí sbiadite che dai jeans è sparito persino il blue»), lui invece alla sola idea di un qualsiasi cimento alza le mani e ammette: inutile; ho perso.

«Prima si separano, – ho pensato osservandoli da lontano, – e meglio è». Poi ho fatto l'autocritica: «Sto diventando vecchio».

Mi sono immaginato che tra qualche anno sarò cosí, come i due pensionati che ho a lato. Il petto si scollerà dalle costole e penzolerà sullo stomaco, che a sua volta sarà già pendulo sopra la cintura dei calzoni.

«Si muore per definitivo scollamento degli organi, – ho ipotizzato: – da un certo momento in poi il corpo va in mille pezzi che cascano di qua e di là».

Mi sono ripassato qualche poesia mandata a memoria: la cuna, il catafalco, la cavallina storna e delle Parche il canto.

«Il tempo che è passato, – ho sospirato, – come si farebbe senza la consolazione della letteratura?»

«La letteratura, – Michele era convinto da giovane, – è scrivere storie veritiere con un principio e una fine».

Una volta però ha commesso l'errore di dare in lettura a Oscar Liverano i suoi racconti, convinto che gli avrebbe detto come sei bravo. Invece Liverano ha arricciato il naso.

– Robaccia molto tradizionale, – gli ha detto.

– E allora che letteratura bisogna fare?

– Meglio il quadernetto con le entrate e le uscite del bilancio domestico. Esprime di piú, – ha teorizzato Oscar, indicando il quadernetto di Anna. Tanto che lei, che a quell'epoca era ancora snella, senza gravidanza in vista, ha detto e ridetto a Michele per giorni, in tutte le salse:

– La scrittrice sono io. Tu lava i piatti.

– Ma ho almeno un po' di talento? – ha domandato una sera Michele, disperato, a Oscar. E lui gli ha spiegato:

– No. Non si può essere rivoluzionari in politica e conservatori in letteratura. Tu sei conservatore.

Michele, che aveva cominciato a scrivere di riunioni segrete sorvegliate da burocrati di partito e da poliziotti, aggiornando le sue precedenti tematiche, s'è ribellato:

– Che conservatore.

– Non è un problema di contenuti, ma di forma, – gli ha spiegato Liverano, articolando poi il ragionamento cosí: – Insieme al sistema capitalistico deve andare a pezzi anche quello verbale.

E a quel punto ha deciso, stupendolo:

– Ti faccio leggere un mio racconto.

È salito in casa ed è ridisceso con un foglio su cui Michele ha letto: *Autocoscienza*, che era il titolo. Sotto spiccava il racconto, cioè il seguente testo: «A(i) uTO(Fiat)co(scia)(mpagna)sci(munito)Enza(omega al quadrato per erre)».

– Capito? – Oscar gli ha chiesto.

Michele depresso ha ammesso:

– Non ne sapevo niente. È strabiliante. Non so inventarle cose cosí.

A quella sera – a pensarci bene – farei risalire lo stato di depressione su cui poi planò la falsa lettera di Calvino per tirargli su il morale. Michele infatti uscí intontito da quel confronto con Oscar. Non regge bene il conflitto. Appartiene al genere di persone che, quando si imbattono in quelli che godono negli scontri corpo a corpo come cavalieri medievali, si smarriscono nel torpore o si danno a risse fuori d'ogni misura, con rotture plateali che durano per tutta la vita. Il figlio, cui ora ho fatto cenno di raggiungermi, è come il padre.

«Mi basterà fargli capire, – ho velocemente progettato, – che se non mi procura la lettera, mi fa un grave torto. Cederà subito».

Quando Ernesto, però, di mala voglia si è staccato da Deborah e Matilde e mi ha raggiunto, non ho saputo dire altro che, a bruciapelo:

– Preparati all'ultimo compito in classe dell'anno, giovanotto –. E poi: – Trovatene un'altra, di fidanzata.

Mi piace questa, lui mi ha fatto capire, ma con la frase:

– Questa o un'altra è lo stesso; Deborah almeno la conosco già.

– Ti metterà i piedi in testa, – ho profetizzato.

Mi ha risposto mostrandomi certi piedacci:

– Meglio i suoi in testa a me, che i miei in testa a lei.

– Fate un bilancio, – ho suggerito, – vedete cosa va e cosa non va, rinnovatevi.

– Piú nuovi di cosí.

Ma non è vero. Origlio e sento che si dicono cose di

mille anni fa. Lui la minaccia: «Se ti tagli i capelli, non ci vediamo piú». Lei vuole sapere: «Ti ho telefonato. Dov'eri alle 16,30?» Lui inquisisce: «L'hai rivisto?»; un ragazzino, intende, con cui Deborah ha flirtato prima della crisi puberale. Lei ammette: «Sí, ma per caso». Lui minaccia: «Se lo rivedi ancora, basta, finito, chiuso». E pretende una mappa dettagliata degli spostamenti di lei, che ne pretende una altrettanto dettagliata di quelli di lui: alle 14 sono a casa, alle 15 studio lí, alle 18 ci vediamo, alle 19 devo ritornare a casa, alle 20,30 guardiamo insieme il film in tv. Se in uno solo dei luoghi indicati non sono reperibili o un appuntamento rischia di saltare, si inseguono telefonicamente da un posto all'altro, cercano di farsi perdonare o si aggrediscono indagando: perché non c'eri? dov'eri? finendo a volte per darsele di santa ragione sotto gli occhi di Matilde esterrefatta. Schiaffi, pugni, calci. Poi smettono e si rimproverano: che modo di giocare è questo? mi hai fatto male, stai piú attenta la prossima volta.

– Lascia perdere, – ho insistito. Questa Deborah è un vaso che trabocca. Lui invece è solo scombinato. – Che vuoi fare nella vita? I quadri viventi? L'imitatore di effetti speciali? L'animatore negli asili infantili?

Ha detto sí, gli va bene tutto. Ma per ora – ha precisato – gli effetti speciali da cinema horror sono la cosa che gli viene meglio.

– Vuoi vedere?

Ho dovuto vietargli di farmi vedere, per evitare di spaventare i due anziani signori che avevo a lato. Ma il divieto l'ha solo aizzato e, a partire dall'*Ululato*, di fotogramma in fotogramma, ha cominciato a esibirsi in tutto il suo repertorio di bestiacce che si trasformano in uomini o di uomini che si trasformano in bestiacce.

Sono orrori in cui si produce anche quando la spettatrice è Matilde, sicché la bambina annuncia spesso: «Mi intrasformo» e fa certe facce con la bocca storta, gli occhi sbarrati, il naso arricciato.

– In che cosa ti intrasformi? – io chiedo rassegnato.

– Mi intrasformo nella mosca, – annuncia, – mi intrasformo nel lupo mannaro americano a Londra, mi intrasformo nel principe ranocchio.

È stata quest'ultima metamorfosi di Matilde a fornirmi l'idea, qualche settimana fa, di avviare Ernesto alla lettura a partire dalla storia di Gregorio Samsa. Nemmeno questa pedagogia, però, ha dato i risultati sperati.

Eravamo a casa mia. Mi sono detto: introduco l'allievo Astarita alle belle lettere passando attraverso la sua predilezione per le bestiacce. E gli ho rifilato, appunto, il povero Samsa che si trasforma in ripugnante insetto, leggendogli per invogliarlo le prime righe di quel racconto.

– Mi bastano, – ha confessato.

– Vedi che succede a non frequentare la letteratura? Un niente e ti sconvolgi, – l'ho ammonito. E poi gli ho chiesto: – Ti sei subito immedesimato in Samsa, eh?

– No, – mi ha risposto, – nello scarafaggio.

E ha cominciato a riprodurre, di effetto speciale in effetto speciale, la metamorfosi dello sventurato Gregorio in insetto immondo: la corazza lucida, le zampette villose, il ventre convesso sezionato da nervature arcuate e carico di una maleodorante materia biancastra che a volte gli esplodeva dalla bocca.

– Che orrore, – ho commentato, cercando di coprire con una mano gli occhi di Matilde che invece era contentissima. Ma per Ernesto l'orrore era tutto da venire. Quando lo scarafaggio s'è accorto che dentro, sotto la sua scorza di scarafaggio, c'era Gregorio Samsa, ha cominciato uno stridio di repellenza, cosí: no no, via l'orribile essere umano, via questa condanna; ed era scosso da tremiti, vomitava per l'angoscia, cercava di uccidersi sbatacchiando la corazza contro il tavolino, tanto che mi ha spaccato sul pavimento un posacenere di ceramica.

– Sei matto? – l'ho sgridato.

– È impazzito, – ha detto Matilde che ama questa espressione e la usa quando qualcuno fa cose entusiasmanti.

Ma Ernesto non era impazzito. Aveva solo scoperto un nuovo esaltante filone per il suo istrionismo e da allora ha cominciato a esplorarlo senza interruzione, in classe, a casa mia, a casa sua, in autobus, per strada, con Deborah. È diventato velocemente una sorta di WWF dell'orrore. Ha assunto le ragioni delle bestiacce.

– Smettila, – gli ho sibilato, visto che si stava preparando a fare l'immondo insetto sotto gli occhi dei due anziani, già abbastanza infastiditi dalle altre esibizioni.

Non se l'è avuta a male, anzi mi è sembrato contento. Sono sicuro, ormai, che ha usato, crescendo, tutta l'intelligenza che i genitori lo costringevano a esibire da bambino, per dimostrare al padre, alla madre, forse anche a me, che desidera essere un imbecille e basta.

– Da piccolo, – gli ho raccontato per creare il clima familiare adatto a giustificare la richiesta che avevo in mente, – ti abbiamo addestrato come una scimmietta per girovaghi e suonatori di gironda.

Ma lui non sapeva cosa fosse la gironda e gliel'ho dovuto spiegare. Dopo ho insistito:

– Hai ricevuto da 0 a 3 anni piú attenzioni di quante oggi ne diamo a Matilde.

Noi, ad esempio, per sorvegliare la crescita della bambina usiamo il Bernardi. I suoi genitori usavano lo Spock. Al minimo problema: prendi lo Spock. Michele inoltre – mi sono ricordato – leggeva e rileggeva, su consiglio di Liverano, Piaget. «L'intelligenza infantile è cosí e poi cosí» spiegava ad Anna e a me. Quindi auspicava che l'intelligenza di Ernesto non andasse sperperata come era successo alla nostra. E teorizzava per il bambino un'educazione capace di dimostrare che le persone normali sono tutte geniali, se ricevono la formazione necessaria fin dalla nascita. «In quanto le gerarchie intellettuali dipendono dalle gerarchie sociali» c'eravamo convinti, e mentre lavoravamo a preparare il rovesciamento delle gerarchie sociali gettavamo, attraverso Ernesto, il seme per superare le gerarchie dei cervelli.

– Pensavamo cosí, – ho raccontato a Ernesto. Michele, soprattutto, teneva molto a questa cosa. – Sembravamo stupidi, da ragazzi, – diceva, – e invece eravamo solo svantaggiati –. Acquietava l'ansia di intelligenza che lo divorava, nonché il sospetto della sua inadeguatezza, con l'idea che da bambino non era stato allevato come si deve. Perciò voleva essere un padre diverso da suo padre, che pretendeva di insegnargli l'aritmetica cosí. – Io ho due fagioli, – cominciava. E ho sentito questa parola, mentre la pronunciavo per Ernesto, proprio come quando le dà suono Michele: faggioli; intorno, tutta la ripulsa con cui la dice, due g, spessa e gonfia tanto da schiacciargli i neuroni e impedirgli di pensare. – Io ho due fagioli, – ripeteva il nonno di Ernesto, sistemando i legumi su un tavolo che col tempo però era sparito dalla memoria di Michele ed era diventato una superficie fatta di vuoto e buio dove galleggiava il biancore dei due fagioli e su cui era appesa come un quadro la faccia da giovane del padre. – Io ho due fagioli, – insisteva quell'uomo: – ne aggiungo un altro: quanti fagioli ho? – I fagioli Michele li vedeva: erano tre e lo sapeva benissimo che erano tre. Ma, per quante volte suo padre glielo chiedesse – prima accattivante, poi seccato, poi fuori dai gangheri – non riusciva a dirglielo. Tant'è vero che il povero genitore doveva concludere, frustrato nelle sue aspirazioni di promozione sociale: possibile che questo figlio l'ho fatto cretino?

– Tu invece, – ho raccontato a Ernesto mentre i due pensionati se la filavano innervositi, ognuno per la sua strada, – sei stato avviato all'insiemistica con gettoni colorati, di quelli che si usano per la roulette o il poker, e hai imparato a leggere a tre anni col metodo Doman.

Non grazie a Michele però. Michele si informava e poi istruiva Anna perché passasse, una volta istruita, ad allenare il bambino.

Anna, per ore, seduta sul pavimento della loro monocamera insieme a Ernesto, spostava sotto gli occhi del figlio *fiches* ora di colore diverso ora dello stesso colore. O gli si parava davanti con un cartiglio, chiedendogli a bruciapelo: come si legge qui? e prima lei, poi Ernesto, leggevano, per esempio: pe-sce, pesce.

Sennonché a un certo punto mi sono detto: facciamo a questo bambino un regalo che, una volta tanto, non sia istruttivo, se lo merita. E gli ho comprato un cane bassotto che io volevo chiamare Fido e Michele invece decise Melampo.

Ernesto a vederlo è rimasto a bocca aperta. Ho fatto un guinzaglio con un filo di spago e ho gridato: via, Melampo, via bello! correndo in cerchio per la stanza e trascinandomi il cane dietro.

Il bambino non si è mosso per un po', poi si è messo a correre dietro al cane.

– Via, cane, via! corri Melampo! – gridavamo a ogni giro, e io abbaiavo e Ernesto trotterellava ridendo di gola, tutto denti come adesso ride Matilde con lui, e barcollando per le risate. Finché Melampo è finito contro lo spigolo della porta della cucina, la testa gli è schizzata sotto il letto, il corpo si è sezionato in anelli colorati e questi si sono messi a rotolare in tutte le direzioni. A me è rimasto in mano lo spago con l'asta in cui erano infilati.

Il bambino, dal canto suo, si è impietrito in mezzo ai cerchi che gli anelli di Melampo gli disegnavano attorno, alcuni ruotando ad ampio raggio, altri facendo giri sempre piú stretti, fino a vorticare su se stessi e crollare di lato senza vita. Poi ha emesso tutto il respiro in un unico pianto gridato a bocca spalancata e non ha ripreso piú fiato.

L'abbiamo visto diventare blu, gli occhi sbarrati e affogati nelle lacrime, la testa riversa all'indietro. Io l'ho sollevato in braccio, la madre ha aperto il rubinetto gettandogli acqua fredda in faccia con le mani, Michele ha cominciato a recitare bestemmie e suppliche campane mai pronunciate, lui che ha passato tutta la vita a cancellarsele dalla testa con la lingua italiana.

Poi, all'improvviso, il suono è risbucato dalla gola di Ernesto – strilli altissimi – ed è arrivato un pianto quieto, confortato da me che gli dicevo:

– Ora rimettiamo tutto a posto.

Intanto gli rinfilavo in fretta gli anelli sull'asta chiudendola da un lato con la testa, dall'altro con la coda, e ribattezzavo il tutto cane e Melampo. Inutilmente, perché Ernesto non ci ha giocato piú.

– Voi vi divertite, – ha cominciato subito a lamentarsi Anna, – e poi tutti i guai ricadono sulle mie spalle –. Perché – difficile dire se per colpa di Melampo – Ernesto, che prima di quell'episodio si addormentava da solo, spartanamente, ha preteso che lo addormentasse la madre tenendogli una mano e raccontandogli storie.

– Sono stanca, – lei strillava spesso e volentieri al bambino, quando il sonno non se lo voleva prendere. E – non potendogli tirare uno schiaffo come le sarebbe piaciuto fare aggiungendo: se non la smetti, te ne do altri quattro – andava all'attaccapanni, si infilava il cappotto e gli gridava: ti lascio qua e me ne vado.

Il bambino le si attaccava al cappotto per strapparglielo di dosso. Lei lo minacciava: me ne vado su una montagna, e gli raccontava la peculiarità di quella montagna. Era una montagna dove i sentieri si disegnavano muovendo il passo, ma ti si cancellavano alle spalle appena il passo era stato fatto.

Ernesto allora si spauriva, diceva: non andare sulla montagna, mamma, e lei se lo prendeva in braccio, soddisfatta per aver inventato finalmente qualcosa che lo tenesse buono, ma anche lusingata dall'affetto che lui le mostrava. Sicché ciò che era cominciato per rancore, seguitava di solito come una formula rituale per consolidare da un lato il controllo sui bisogni assillanti e capricciosi del bambino e dall'altro per sentirselo attaccato addosso con voracità, congestionato, risatine nervose. Chi andava per quella montagna – lei gli raccontava – alla fine, anche volendo, non poteva piú tornare indietro, perché i sentieri percorsi non c'erano piú, e neanche la montagna; o almeno, a guardare dalla finestra, se ne vedeva solo il pezzo che chi era andato via stava tracciando col passo, ma come raggiungerlo, ormai, nessuno lo sapeva piú.

– Che storia è questa? – le ho fatto notare.

Lei mi ha fulminato con lo sguardo e mi ha detto:
– Se ne sai di migliori, raccontagliele tu.

– Torno da Deborah, – mi ha detto Ernesto, imbarazzato evidentemente dal fatto che mi ero messo a pensare ai fatti miei.

– Ti ricordi di Melampo? – gli ho chiesto.

Me lo sono tirato dietro per un vialetto che puzzava di birra vomitata.

– Melampo, – ho insistito.

Ci ha pensato, poi ha detto:

– Mai sentito nominare –. E ha fatto cenno a Deborah e a Matilde di raggiungerci.

Cosí, non sono riuscito a fargli la mia richiesta come avevo progettato: allegramente, cioè, un gioco, la parodia d'un giallo. Invece, con falsa disinvoltura, gli ho proposto:

– Nel primo cassetto in alto della scrivania di tuo padre ci dev'essere una vecchia lettera – questa lettera di Calvino per cui si sta agitando tanto – tre fogli dattiloscritti. Me la prendi per favore?

Ernesto ha fatto un'espressione imbarazzata.

– Che significa prendere?

– Prendere senza dirglielo, – ho dovuto spiegare sentendomi arrossire le orecchie.

– Senza dirglielo? – ha ripetuto visibilmente smarrito. E poi: – Perché? Che c'è scritto in questa lettera?

Mi sono rimangiato tutto in fretta.

– Era uno scherzo, – ho detto. – Volevo vedere fino a che punto sei piú bestia delle bestie che ricami per aria.

Capitolo quinto

Messo alle strette da quel brusco sottrarsi del figlio al furto che gli avevo proposto, nel pomeriggio ho deciso che non c'era da fare altro che affrontare il padre. Ho telefonato a Michele e gli ho chiesto se potevo passare da lui.

– Voglio capire perché ti è cosí necessario stampare quella lettera, – gli ho detto.

Un paio d'ore dopo ero ingoiato dalla poltrona sfondata di pelle consunta che è collocata accanto alla finestra. Lui mi si è seduto di fronte, in un'altra poltrona ugualmente sfondata che però conserva meglio sui braccioli le impronte lasciate da Ernesto quand'era bambino.

– Eccoci qua, – ha detto.

– Eccoci qua, – ho constatato, e per prima cosa gli ho parlato del figlio, accennandogli alla sua recentissima mania di stimare piú gli animali che gli uomini.

– Un bestione, – ha commentato, ma con simpatia.

– Identico a te.

– Identico alla madre, – ha ribattuto e s'è lamentato per un po' di Anna. Lo ha fatto come al solito, da persona che è capace di amare disperatamente e per sempre solo chi non l'ama piú.

– Lascia perdere il passato, – l'ho consigliato.

Ha ribattuto sull'ispirato:

– Tutti i pezzi della nostra vita sono compresenti. Il passato e il futuro sono solo artifici narrativi.

– Sí?

– Certo. Se non ti chiarisci bene questo punto, non puoi capire.

Ho fatto di sí con la testa, senza prenderlo troppo sul serio però, divertito come al solito da quel suo essere sulla soglia precaria dove sosta in permanenza chi è malato di romanzerie e da un lato si inventa ogni giorno come persona, dall'altro si studia ogni attimo come personaggio.

– La lettera, – sono tornato a chiedergli.

– È necessario, – ha affermato categoricamente e mi ha spiegato che in tutti questi anni non ci aveva mai pensato, ora però pubblicarla era diventato determinante.

– De-ter-mi-nan-te, – ha scandito prima di rendersi conto che si stava scaldando troppo. Allora si è giustificato con una malinconia studiata: – Una volta non ero cosí. O no: ero cosí?

– No, – ho ammesso.

A renderlo piú nero d'umore è stato il «comando» presso la Fondazione Anton Giulio Barrili. Non che ci tenesse ad andare proprio in quella Fondazione. Ma ci lavoravano già Loretta e Olga che gli avevano detto: vienici anche tu, ci divertiamo. E avevano mosso mari e monti per portarselo lí, ripetendo a ogni passo avanti che facevano: vedrai che ci divertiamo.

– Invece è risultato un inferno, – si è rammaricato.

– Sempre meglio che in classe, – ho cercato di fargli ammettere.

Ma lui ha detto che non ne è piú convinto. Odia gli insegnanti, questo è vero. – Siamo di mezza cultura, – si è autodenunciato con piacere, visto che ha fatto l'insegnante anche lui fino a un anno fa. – Sempre la stessa pappetta. Che cosa scrisse Zola a proposito del caso Dreyfus? Che cosa dice degli uomini Hobbes? Quali sono le cause e le concause della prima guerra mondiale? Dov'è morto Ugo Foscolo? Vergogna, non riusciremo mai a pensare alcunché che sia in grado di sostenere il confronto con una conversazione tra Naphta e Settembrini.

– Chi sono questi signori?

Mi ha fatto il gesto per significare: ma va', e non ha voluto credere che non lo sapessi. Per lui Naphta e Settembrini erano da sempre sinonimo di gente veramente colta.

– In quarant'anni, – si è sconfortato, – non abbiamo frequentato che iloti. Conversazioni da iloti sono anche queste nostre. Iloti, iloti. Iloti anche alla Fondazione Barrili, della specie peggiore.

Olga soprattutto. «Giacinti» l'ha chiamata: non per nome, ma per cognome, come si meritava. E avrebbe continuato su questa china se, di tanto in tanto, non avesse sentito il tono della sua voce e non se ne fosse vergognato ad arte.

– Sono eccessivo, – ha ammesso a un certo punto senza che fiatassi, solo leggendomi il rimprovero sul volto.

Non voleva che lo giudicassi male. Aveva nostalgia, – mi ha spiegato con la sua aria da adolescente impacciato, – di come s'era pensato da ragazzo. «Distante» aspirava a diventare allora. – Come se le cose le vedessi dal balcone, – mi ha chiarito. Oppure come se ogni giorno fosse un viaggio sul carro del sole, quando si parte da oriente e poi i cavalli si slanciano per la via dell'ovest e lo spazio dall'alto si slarga e se i destrieri cercano di gettarsi per vie ignote, zac – una tiratina alle redini, finché si fila giú verso occidente a darsi una risciacquata nel mare bituminoso prima di addormentarsi. «Solare» avrebbe desiderato definirsi. «Olimpico» avrebbe voluto incanutire e dicendo bene di tutti, anche di Giacinti. Perché niente di ciò che è umano gli sarebbe stato estraneo.

– Letteratura, – gli ho detto per fargli capire che non mi lasciavo abbindolare dal tono vibrato.

Non si è scomposto.

– Provo col tono dell'odio, allora, – ha detto. E ha riattaccato:

– La Fondazione è un labirinto di locali in penombra, una cripta per morti viventi, covo di perdigiorno sedicenti di sinistra, di imboscati, di pecore nere che, pur provenendo da famiglie di nome o neoricche, non sono ancora riuscite a collocarsi all'università, nei giornali, alla Rai, in una casa editrice.

Altro che divertirsi: lo stomaco, lí, gli si strizzava per la rabbia. Soprattutto a causa di Giacinti, dalla cui aria innocente tutti – anch'io l'altra sera, forse – si erano fatti incantare.

– Giacinti, – ha pronunciato tenebroso, artigliando le dita con allegria per farmi capire: la strozzerei. E mi ha chiesto se avevo capito cosa aveva in mente, Olga, quando aveva fatto pressione per fargli ottenere quel comando. Lo sapevo?

– Boh, – ho risposto.

Olga, secondo lui, aveva pensato: faccio venire Michele in Fondazione e lo trasformo in un mio vassallo, un negro che produce idee, sgobba correndo dietro a questo e a quello, fa il lavoro duro di redazione e di tipografia, assicura che esca puntuale ogni due mesi il bollettino della Fondazione denominato «Il Barrili»; mentre io (cioè sempre Olga) vedo gente, contatto, converso con agio per telefono o direttamente, dandomi lustro col suo lavoro.

– Questo ha pensato, – mi ha detto, e ha rivendicato la legittimità dell'odio: il diritto, non dico di massacrare chi ci opprime, ma di sognare di farlo. – Quando pronuncio Fiat, – ha specificato perché ci intendessimo, – niente mi deve impedire di prendere da un angolo della mia testa un'ascia e fare a pezzi questa sigla schizzando sangue da tutte le parti.

– Va bene, – ho ammesso, – la Fiat sí; ma la nostra compagna Olga?

S'è accorto solo allora della piccolezza del suo attuale obiettivo strategico e ha cercato di dargli una dimensione dignitosa.

– Tu non la conosci com'è. Credi di conoscerla ma non la conosci. È ignorantissima –. E ha calcato la voce su questa definizione che per noi, arrivati all'alfabeto con fatica, è la piú infamante. – Una capra. Per capirci: Olga non sa nemmeno chi è Anton Giulio Barrili, né si preoccupa di raccogliere informazioni, anche se il posto dove lavora ne porta il nome. Non legge, non studia, orecchia. Una volta mi ha chiesto: che sono le SA? e io le ho risposto: tutte le auto targate Salerno. Ci ha creduto.

Ma non gli ho creduto io e gliel'ho detto. Se n'è infischiato, ha rincarato la dose:

– Racconta bugie che sembrano innanzitutto a lei delle verità. Per esempio: è stata tra le fondatrici della rivista «La sinistra». Correggeva le bozze di «Quindici». Era a un passo da Giorgiana Masi quando l'ammazzarono. È una femminista della prima ora che però aveva già presagito questo e quello. Chiacchiere, millanterie, deliri. Giacinti si adatta a tutto, e tutto adatta a sé senza sforzo. Parla di film senza averli visti, di libri senza averli letti, della morte del Soggetto come se si trattasse di un vecchio esercizio di analisi logica, di quella di Dio come se fosse suo nonno, del Fondamento da discendente qual è, per parte materna, di palazzinari, dell'opacità dell'essere come se le si fosse appannato il parabrezza, delle grandi narrazioni quasi che si alludesse a *Via col vento*, dell'ermeneutica pronunciando ermenautica, dell'autopoiesi come di una produzione in versi nata in automobile, della teoria delle catastrofi a mo' di presagio millenaristico –. Ha fissato il vuoto, poi ha ammesso: – Argomenti di cui nemmeno io so niente.

È cosí. Abbiamo studiato a lungo altre cose e su queste tematiche d'oggi riusciamo a concentrarci poco.

– Ma io leggo però, – ha ripreso indicando i libri sparsi sulla scrivania come se si disponesse a metterseli sul petto a mo' di fregi e medaglie, – io leggo fino a notte tarda per acquisire almeno i rudimenti. Giacinti invece, per ciascuno di questi argomenti, ha un'agenda zeppa dei numeri di telefono di gente oscura ma studiosa, di professori associati, di intellettuali coscienziosi cui s'è affidata con lungimiranza. Arriva in Fondazione con comodo, fresca e riposata. Tira su il ricevitore, compone un numero e comincia quotidianamente conversazioni di ore. Sono sempre, in qualche modo, lontani parenti, amici di famiglia, compagni di università o di militanza, ex concupiti o ancora concupiscenti, dai quali succhia diligentemente il meglio di ciò che bolle nella pentola degli scibili: il padreterno, la sua resurrezione, il ritorno dell'etica, Maturana e Varela, Feyerabend, Bateson, il corpo, il piacere, le genealogie, il pensiero debole, quello forte, Gadamer, il femminile, il neutro, la differenza, l'antico, il moderno, la modernizzazione, la parte sinistra del cervello, quella di destra. Tutto. Quindi viene da me e mi dà istruzioni: fa' questo, fa' quello, chiama Tizio, ho già parlato con Sempronio, vedi se scrive, una tavola rotonda, il meglio. E, a sentirla, anche io ripeto ad alta voce: sí, il meglio. Ma poi mi odio. Che ribrezzo.

S'è fermato finalmente, spiandomi per capire se ero d'accordo. Ma io non ero d'accordo e se ne è accorto. Allora è diventato un po' pallido e ha detto:

– Non è giusto. La vita sta passando. Perché devo sprecare il tempo che resta a fare la guerra con Giacinti?

Va da sé che la Giacinti di cui Michele mi ha parlato a lungo non è naturalmente l'Olga che conosciamo da venti anni. Ha poco a che fare, per esempio, con la signorina partenopea di buona famiglia che sposò Gianni D'Ambrosio, operaio, sindacalista tenace, espulso dalla Cgil, latitante. E nemmeno con la misurata signora che l'altra sera ha regalato a Matilde il vestitino col corpetto a nido d'ape. È un'altra persona che Michele ha assemblato di recente, con astio. – Come le altre Olghe che in passato ti sei inventato, – gli ho ricordato con una punta di malizia. Quindi gli ho fatto sapere senza parlare, solo con l'espressione del viso: non mi piace la china per cui ti stai mettendo.

Ma lui si è subito sforzato di dimostrarmi, prove alla mano, che per qualche motivo misterioso nella nostra amica il cervello del rettile aveva avuto progressivamente la meglio sulle funzioni intellettive piú evolute. Io sono stato categorico:

– Michele, – ho detto, – bisogna seguitare a fare come abbiamo imparato tanto tempo fa. Attenzione al lato umano. Occorre chiarire i malintesi, non vi ho fatti incontrare apposta l'altra sera?

Silenzio un po' seccato.

– Io mi comporto sempre cosí, – ho seguitato offrendomi a modello. – Dico ai miei alunni: parliamo, raccontami, esprimiti, dimostrami quanto soffri. A scuola ormai non pratico che questo culto dell'umano. Chi insegna piú? che c'è da insegnare?

A questi due interrogativi ho imposto con soddisfazione vibrazioni di savia malinconia.

Michele si è accorto che il profilo che gli sarebbe piaciuto avere me lo stavo attribuendo io: quello di chi, anche se il sistema lo maciulla, anche se le molte sconfitte lo corrodono, conserva, in equilibrata convivenza per tutta la vita, lo sguardo limpido e, insieme, le palpitazioni per eccesso di pathos. Allora ha scelto con decisione il versante opposto.

– A me viene solo la schiuma alla bocca, – ha confessato con amarezza: – e un dolore qui –. Mi ha indicato il fianco, chiedendo: – Che c'è a questa altezza?

– La milza, – l'ho informato; – o la cistifellea.

Sedotto com'ero dal ruolo dell'atarassico, non gli ho svelato che soffro a sentirmi la sacca mellifera rigonfia, che non ho piú veleno, che annego la gente nel miele, amici e nemici. E quando ai giovani tipo suo figlio dico: apritevi, raccontatemi i vostri crucci; loro mi fanno capire svicolando: che vuoi, vecchio pettegolo?

Sono passato invece a dire bene di Olga.

– Olga, – ho detto in tutte le salse, rievocando com'era da ragazza. Aveva il fascino di chi si cura minutamente nella persona, nelle parole, nei toni, pur conservando un'aggressività senza mezzi termini, una ricerca continua dell'avversario. E questo fascino era associato, in lei, a una passione per il nuovo, spiato attraverso canali segreti di cui amava farsi terminale senza indicarci la fonte. Ogni tanto – ho raccontato anche se Michele sapeva già tutto per filo e per segno – portava nel nostro gruppo folate di cose apprese altrove. Quando l'abbiamo conosciuta, per esempio, aveva sempre in borsa buste trasparenti dentro cui c'erano fotocopie di documenti che sfoderava per sottoporceli. Uno si intitolava: creare due tre quattro circoli Che Guevara. Liverano ne ha detto subito malissimo con ostile geloso rigore, e ripetendo a ogni rigo, con disprezzo:

– Abbiamo ridotto il Vietnam a un circolo? Che testo infantile, dove te lo sei procurato?

Segreto. Lei gli ha risposto soltanto:

– È piú facile distruggere che costruire.

Poi ha cominciato a portare nel nostro paesaggio lessicale, collocato fino a quel momento a Napoli, tra via Gemito 64 – proprio di fronte allo stadio – e corso Arnaldo Lucci 148 – a un passo dall'autostrada Napoli-Pompei, – espressioni straniere del tipo: cavalcare la tigre, andare in vacca; segno che viaggiava, telefonava, contattava, incontrava. E per un certo periodo queste espressioni hanno accompagnato sia l'esposizione in tre punti del programma politico che intendeva farci assumere (punto primo – ci ha spiegato nel tardo autunno del 1967 – disordine e confusione; punto secondo, l'inizio incerto dell'azione; punto terzo, l'azione); sia il disvelamento del disegno in base a cui il centrosinistra aveva creato l'Alfasud: – politica neocolonialista che tende all'integrazione di una vasta area sottosviluppata.

Ma quello che le è stato a lungo a cuore e a cui piano piano ci siamo appassionati, è stato come diffondere il sentimento antiyankee in modo da legare le masse a noi e a fuori la Nato dall'Italia. Molte le proposte: lanciare sacchetti di merda sugli industriali americani, ci ha proposto entusiasmandoci Gustavo; spogliare soldati Usa e rimandarli nudi alla base; sfregiare o bruciare le auto degli ufficiali yankee; meglio ancora se le facevamo saltare con una bomba carta. Gustavo ha ammesso: io e Alfredo ci abbiamo già provato, ma la bomba non è esplosa. – Incompetenza nella fabbricazione, – ha concluso malinconicamente.

Ho riesumato con Michele persino un pomeriggio in

cui Olga voleva persuadere me e Gustavo a provare a ingoiare un pezzo di carta.

– Nel caso cioè che abbiate un documento importante e la polizia vi peschi, – ci ha spiegato.

– Come quello intitolato *Due tre quattro circoli Che Guevara*? – ho chiesto.

– Piú importante ancora, – lei ha detto.

Ma non abbiamo mai saputo di che documento si trattasse, perché a me e a Gustavo, dopo il primo boccone di carta, è venuto da vomitare.

A questo punto hanno bussato alla porta.

– Sarà Ernesto, – ha detto Michele ed è andato ad aprire.

Invece era Loretta, che quando mi ha visto ha esclamato: – Ah bene, – e s'è scusata per essere piombata cosí all'improvviso in casa d'altri. Ma l'ha fatto con tono scorbutico, come se fosse convinta che dovevamo scusarci noi con lei. Quindi ha messo da parte le buone maniere e ha avvisato Michele con tono minaccioso:

– La riunione di questa sera è un gravissimo errore.

– Ci partecipi? – le ha chiesto lui con gentilezza.

– Hai una faccia di bronzo, – lei gli ha rinfacciato, e gli ha proibito – chiamandomi a testimone, anche se non capivo di che riunione parlassero, non ne sapevo niente – di spargere ad arte la voce che lei aveva promesso di essere presente a quel consesso di cospiratori. – Capito? – gli ha detto macchiandosi la fronte alta con chiazze rosse dovute alla rabbia. Alle proteste di Michele: – Non era mia intenzione, ma che dici, spargere ad arte, – lo ha definito: – Politicamente scorretto –. E ha concluso: – Sono stanca di congiure. Sono dalla parte di Olga e ci resto.

– Va bene, – ha detto Michele accomodante: – amici come prima.

Ma non ha potuto seguitare, perché è squillato il telefono ed è sparito nell'altra stanza lasciandoci soli.

– Gliel'hai detto? – mi ha chiesto Loretta, intendendo: della lettera.

– No.

– Bravo, aggiungiamo pasticcio a pasticcio.

L'ho rassicurata: gliel'avrei detto, aspettavo solo il momento opportuno.

Lei allora mi ha tirato a sé e mi ha sussurrato:

– Digli anche questo. Non ho le prove, ma ne sono sicura al cento per cento. A fabbricare quella lettera, venti anni fa, fu Oscar.

La notizia non mi ha fatto né caldo né freddo.

– È bene che lui lo sappia, – ha insistito, un po' delusa dal fatto che non ero trasalito: – fu Oscar.

Mi sono immaginato Liverano intento a scrivere lettere apocrife per rieducare Michele.

– Va bene, – ho promesso, – gli dirò anche questo.

Poi le ho chiesto se mi spiegava che cosa stava succedendo alla Fondazione Barrili.

Mi ha rivelato, sempre a voce bassissima, che Michele stava cercando di mettere insieme tutti i nemici di Olga per formare un fronte unico contro di lei.

– Li ha riuniti qui stasera e ha cercato di tirare dentro anche me.

Sono stato zitto. Poi ho domandato:

– Perché si comporta cosí? Che gli avete fatto?

– Il problema è che cosa sta facendo lui a noi, – mi ha risposto indispettita e pronta a prendersela anche con me.

– Calma, – le ho fatto cenno e le ho ricordato i primi tempi del loro lavoro comune alla Fondazione, non li avevo mai visti cosí contenti.

– Eravamo cosí, – ha ammesso lei, agganciando i due indici.

– Non parliamo di loro due, – ho detto.

Di Olga e Michele, cioè. Parevano cosí soddisfatti di aver riallacciato i rapporti, che non facevano che chiamarsi per nome: «Olga», «Michele» sempre sulla bocca, come persone che stanno per amarsi o che tornano ad amarsi all'improvviso, dopo molti anni. E tante colazioni di lavoro – ha rimpianto Loretta – e cene, riunioni politiche segretissime, sempre notturne. Il progetto che si discuteva era: impugniamo la situazione e defenestriamo Marchetti, il direttore della Fondazione, che veniva definito privo di audacia culturale, uomo noioso con il paraocchi, forse repubblicano, forse socialista, politicamente molto abbottonato. Quel progetto, presto, si era articolato in tecniche entriste del tipo: buone maniere, discorsi argomentati, linea chiara, allo scopo di guadagnarsi un seguito. Il tutto per arrivare ad appropriarsi del bollettino della Fondazione. – Togliamo «Il Barrili» a Marchetti, – dicevano, – e ne facciamo uno strumento di dibattito politico-culturale di buon livello –. Sicché c'era stato un periodo in cui la Fondazione Barrili pareva un vascello incantato che li avrebbe portati chissà dove, dopo anni di stasi politica. E Marchetti sembrava il concentrato di tutte le nefandezze, messo lí apposta per impedire loro di dare la stura alle idee mirabolanti che avevano in testa. Al bar, al cinema, ai concerti, a teatro e al supermercato ripetevano con allarmante frequenza, ad alta voce ed entusiasti: – Quando faremo fuori Marchetti –. Tant'è vero che temevo: «Se qualche giustiziere proletario ammazza questo Marchetti, finiscono all'ergastolo tutt'e tre». E li consigliavo: – Attenti alle parole, per favore.

Ma loro in quel periodo badavano soprattutto alle parole di Marchetti. Se quello diceva: «Bravi, buon lavoro», ne deducevano: ci liscia, ci teme. Se dichiarava: «Siete molto affiatati», pensavano: siamo stati scoperti. E intanto, presi dalla passione, avevano trasformato il regolare orario di lavoro 8,15 - 13 in 8,15 - 23, come se al mondo ci fosse solo la Fondazione Barrili e il suo meschino bollettino bimestrale.

Di questo loro recupero di passioni e linguaggi giovanili ero stato invidioso. Soffrivo – ho confessato a Loretta – per non poter partecipare direttamente a quella movimentata vicenda. «Una porcheria» lei invece l'ha giudicata. Una porcheria per come era finita. Michele s'era appropriato del bollettino spazzando via tutti i cultori di Anton Giulio e di Garibaldi a Mentana; Olga invece aveva messo le mani sulla sala Barrili, dove aveva cominciato a organizzare dibattiti capaci di far tendenza. «Molto *trendy*» li definiva. Mentre lei, Loretta, era stata lasciata dove si trovava da anni, in biblioteca, a rinsecchire lí.

– Non è stata una tua scelta? – le ho chiesto. Lei stessa mi aveva dato quella versione in piú occasioni: un suo farsi da parte per disillusione e disinteresse.

Ha negato. Era stata una spartizione tutta tesa a escluderla. Lei, resasi conto della situazione, aveva affrontato Olga e le aveva detto:

– Mi avete fatta fuori.

Olga aveva negato ogni responsabilità e le aveva spiegato:

– Come al solito noi donne siamo state esautorate. Ormai è Michele che fa e disfa, qui dentro.

A quel punto le aveva proposto per il futuro un'alleanza piú stretta, un patto di mutua assistenza tra donne.

– E tu? – le ho chiesto.

– Ho accettato.

– Senza verifiche?

– Che verifiche? Sono e sarò sempre dalla parte di Olga, – ha voluto ancora una volta sottolineare per farmi capire che il patto era solido e che nessuno lo avrebbe spezzato. Quindi ha fatto una smorfia e s'è protesa verso la mia poltrona per parlarmi all'orecchio:

– Sai che ha fatto, Michele, per screditarmi? Ha messo in giro la voce che vado a letto con Marchetti.

– È vero?

Mi ha risposto:

– Sei pazzo?

È ricomparso Michele, palesemente di buonumore per come andava la sua congiura. Ma forse si è mostrato allegro soltanto per gettare fumo negli occhi di Loretta, che è balzata in piedi guardando l'orologio:

– Vi lascio, ho fretta –. Intanto ha chiesto a Michele minacciosamente: – Ci siamo spiegati? – ed è andata verso la porta. Ma come se se ne fosse ricordata all'improvviso, mi ha detto:

– Olga ti telefonerà. Vorrebbe vederti domani a pranzo.

Michele mi ha guardato incuriosito.

– Bene, – ho consentito.

Lui ha aperto la porta a Loretta dicendomi:

– Perché non partecipi alla riunione di stasera? Cosí ti renderai conto di persona.

– Bene, – ho accettato.

Loretta ha chiuso con forza sicuramente eccessiva la porta.

Io e Michele siamo rimasti per un po' in silenzio. Poi ho chiesto a bruciapelo:

– Perché avete fatto fuori Loretta? Bella cosa.

Mi ha risposto placidamente:

– È una spia di Marchetti. Adesso sta correndo da lui. Ci va a letto, me l'ha detto Olga.

A questo punto ho pensato: debbo disinteressarmi di lui, di loro, per un po'. Faccia quello che gli pare, pubblichi la lettera, che mi importa?

Ma Michele ha ricominciato ad aggiungere frase a frase grosso modo cosí, per tirarmi dalla sua: – Fidati di quello che ti dico. Non sono nato ieri –. Oppure: – Sono vent'anni che faccio politica e so cosa significano.

– Di che parli? – gli ho chiesto.

– Delle frasi che va ripetendo Giacinti giorno dietro giorno –. E mi ha elencato: «Difetta il lavoro di gruppo», «C'è poca informazione tra noi», «Troppo individualismo». Alle quali facevano seguito formulazioni piú mirate: «Il Barrili non è una repubblica indipendente», «In quale sede s'è deciso che», «Chi è questo signore e perché si è stampata questa schifezza». Fino ad arrivare ad aggressioni frontali: «Fai troppo di testa tua, "Il Barrili" stenta a decollare», «Dovresti chiederci piú collaborazione», «Dopo un po' si è a corto di idee, è normale», «Piú polemica, piú aggressività». O, in presenza di Marchetti, ad alta voce, col tono di chi sta scherzando: «Astarita, dici sempre che il direttore è insopportabile ma, vedi, non è vero». Frase di cui, a udirla, Marchetti sorrideva con l'aria di chi vuole far capire: «So bene, mio caro, che questa donna sta scherzando, non si preoccupi». E Michele ridacchiava a sua volta in imbarazzo per comunicare senza parole: «Direttore, giuro che non solo non ho mai detto una cosa del genere ma non l'ho nemmeno pensato». Quindi voleva buttar lí anche lui qualche cattiveria ironica che screditasse Olga, ma lei e Marchetti lo avevano già piantato in asso e senza invitarlo se ne erano andati sottobraccio al bar.

Finché – m'ha raccontato – l'altro ieri, venerdí, c'è stato un ulteriore, determinante incidente, che ha motivato la riunione segreta convocata per questa sera. Il numero di giugno del bollettino era già stato imbustato, pronto per essere spedito ai soci, quando era arrivato bianco di rabbia Marchetti.

– Che c'entra la lotta armata, che c'entrano i dissociati e gli irriducibili, con Anton Giulio Barrili? No, lei me lo deve spiegare, – aveva detto con falsa calma tradita dalla voce tremante e dal fatto che si batteva il fascicolo arrotolato, fresco di stampa, sul palmo della mano.

Olga dietro di lui, invece di intervenire in soccorso di Michele, aveva rincarato perfidamente:

– Sí, spiegacelo.

Michele, lí per lí, aveva pasticciato:

– Anton Giulio Barrili, restio ad accettare la normalizzazione, seguí il Generale fino a Mentana, consolandosi alla fine col motto oraziano: *Durum, sed levius fit patientia quidquid corrigere est nefas* – non so se è chiaro, direttore.

Ma Marchetti gli aveva risposto: sciocchezze. Non con la voce però, perché quell'espressione gli dev'essere sembrata troppo brutale, e perché è una persona a suo modo umana. Gliel'aveva fatto capire con l'espressione del viso, che era del tipo: cosa gli dico a un imbecille cosí?

– Ecco come stanno le cose, – ha concluso Michele. – Perciò mi devo difendere. Rischio di non vedermi confermato il comando, l'anno prossimo.

E non per vanità, ma per riguadagnare terreno agli occhi di Marchetti, aveva deciso che doveva necessariamente stampare la lettera di Calvino sul bollettino di settembre.

Sono stato ad ascoltarlo con un'impressione difficile da definire: il sospetto, forse, che, anche ammesso che tutto quello che mi stava raccontando fosse rigorosamente vero, il dosaggio attento delle informazioni, i toni studiati, le ragioni che sembravano guidare Michele nel volermi consenziente, dalla sua parte, fossero, per qualche motivo che mi sfuggiva, falsi.

È stato per assecondare questa suggestione senza fondamento che gli ho ricordato quando Oscar Liverano s'è inventato all'improvviso:

– La verità, – precisando: – La verità nei rapporti umani è prassi rivoluzionaria.

Ha pronunciato questa frase, Oscar, per la prima volta molto tempo fa: ventuno, forse ventidue anni. Eravamo ancora iscritti al Pci, ma avevamo costituito una frazione molto critica, filotrozkista, entrista, aperta però anche ad altri dissensi, in specie se di studenti, ma meglio se di operai.

Era andata cosí: Olga aveva contattato Oscar e Loretta; Loretta aveva contattato me; io Michele e Anna; e cosi via. Sicché ora ci vedevamo quasi tutte le sere a casa di tale ingegner Morlacchi – il compagno Morlacchi, che poi è andato a fare il tecnico in Mozambico e nessuno l'ha visto piú. Dopo la vita di sezione, arrivavamo alla spicciolata, scivolando nell'ombra e guardandoci alle spalle perché temevamo che Perpignani ci pedinasse. Io per esempio suonavo al citofono di Morlacchi e chiedevo: Salimbene de Adam? che era il nome di battaglia dell'ingegnere.

Lui rispondeva:

– Sí, chi è?

– Serenus Zeitblom, – dicevo io.

Si sentiva lo scatto della serratura ed entravo.

Subito dopo, che so, suonava Olga e si dichiarava:

– Nastassia Filippovna.

Scatto della serratura

Quindi arrivava Michele e si presentava:

– Aulo Irzio.

Scatto della serratura.

Poi Liverano chiedeva:

– Posso? Sono Evaristo Galois.

Scatto della serratura.

Infine bussava Loretta che si chiamava Angela di Foligno, Gustavo che si nascondeva sotto il nome di José Marulanda, Alfredo che diceva di essere Eta Beta.

E basta, non eravamo una frazione numerosa.

Anna soltanto restava a casa, e io l'avevo ribattezzata Sancho perché minimizzava la nostra rischiosa attività segreta e ci criticava dicendo che se lei fosse stata condomina di quel condominio dove risiedeva Salimbene, o spiona del Pci, o della sbirraglia, a sentire quella processione di nomi inconsueti, strillati nel citofono in piena notte, si sarebbe messa subito all'erta come un'antenna: altro che nomi di battaglia e di copertura, altro che non destare sospetti.

In queste riunioni notturne Olga, essendo lei – come ci aveva rivelato – trozkista a tutti gli effetti, ci diceva che cosa dovevamo pensare sul piano politico muovendo dalla Terza internazionale all'epoca di Lenin. Anche Liverano diceva spesso la sua, ma senza la stessa autorità, perché era *quasi* trozkista e quindi in subordine anche se vicino a diventarlo per intero, in quanto era sempre piú convinto – diceva, – che Trotzki aveva capito tutto con molto anticipo sia sui suoi contemporanei, che sui nostri. Noi altri, invece, eravamo soltanto in dissidio col Pci, e tuttavia desiderosi di capire tutto sul mondo anche noi, e con molto anticipo come Trotzki, in modo da far sentire il peso della nostra preveggenza in direttivo, a Perpignani e agli altri compagni.

– Sul piano politico, – ci ripeteva spesso Olga. E in quei pochi mesi di segretezze e letture fondamentali Michele e io ci siamo definitivamente convinti (convinzione che conserviamo ancora oggi) che l'espressione «sul piano politico» non poteva che significare: rivoluzione. Altrimenti evocava compromissione, intrallazzo, equilibrismo, complicità, come accadeva sulla bocca dei terzinternazionalisti dopo Lenin. Rivoluzione, questo esigeva la storia. Abbiamo imparato d'altro canto, allora, sia nella sezione Pci sia nella setta filotrozkista (in questo non erano molto distanti tra loro) che, per una sorta di scherzo crudele, la storia, pur essendo dalla nostra parte, permetteva in genere, contraddittoriamente, che l'ennesimo tradimento del movimento operaio venisse perpetrato con puntualità da treno giapponese e ci spazzasse, noi rivoluzionari, dalla faccia della terra per un lungo arco di tempo, lasciando in vita invece assassini, massacratori, deviazionisti. Ci consolava tuttavia che, anche se perseguitati, sconfitti, messi al bando, presto o tardi rispuntavamo e continuavamo – unica soddisfazione – a saperla lunga su tutto: Guevara, i cinesi, i neri d'America, quelli d'Africa, gli studenti, gli operai rivoluzionari e non.

– Possono uccidere noi ma non le nostre idee, non il fatto che siamo nel giusto, – ci diceva Liverano per educarci alla certezza che, se la classe operaia non avesse assunto il comando, se le masse soggette alle burocrazie staliniste non si fossero ribellate, noi saremmo stati profeti destinati alla piccozza.

– Sconfitti, – pregustavamo. E la cosa non ci atterriva piú di tanto: meglio sconfitti e cuciti col filo rosso ad altri sconfitti, che sterminatori stalinisti, dicevo le rare volte che intervenivo. Unica cosa: preferivo arrivare di fronte a Bava Beccaris o alla piccozza almeno con un temperino in tasca. Olga e Liverano però gettavano acqua sul fuoco chiarendoci: attenti ai provocatori.

L'altro piano su cui ci muovevamo, insieme a quello politico, in queste riunioni di frazione, era quello umano. Li intrecciavamo continuamente, nella ricerca della verità. Dicevamo: sul piano politico, sul piano umano; sempre, se si esclude il tempo in cui eravamo in presenza di Anna che, innervosita dal fatto che non partecipava alle nostre riunioni, appena abbozzavamo «sul piano» correggeva: – che noia, andatevene a discutere sul pianerottolo.

Liverano, per una sorta di equa ripartizione interna, assunse presto il monopolio del piano umano, che sfoderava in genere in piena notte, quando il piano politico veniva abbandonato. Allora, con voce calda, ci dava lezioni ora di attenzione «umana», ora di disponibilità «umana», ora di comprensione «umana». Perché – ci diceva – con le nostre persone di rivoluzionari eravamo chiamati a testimoniare che la bestialità indotta dal capitale non era l'unica via. Un modo diverso di essere creature viventi era possibile: subito. Tesi che nei fatti Oscar interpretava nel senso di lunghe estenuanti conversazioni fino all'alba sui nostri problemi esistenziali.

– Devi fare un bilancio, – ci consigliava a turno. Oppure si seccava rimproverando: – Per forza, ti sottrai al bilancio! – E quando finalmente accettavamo di esporgli entrate e uscite della nostra vita, ci distribuiva pacate perle di saggezza culminanti nella tesi: l'esistenzialismo piccoloborghese si supera solo legandosi alla causa del proletariato.

Per molto tempo abbiamo attuato il «modello Liverano» con tutte le persone con cui venivamo in contatto. Io lo applico tuttora con i miei allievi, perché mi è sempre venuto bene. Ma, all'epoca, la prima con cui l'ho messo in pratica è stata Cristina.

L'ho conosciuta a una riunione di studenti medi. Allora era una ragazza malinconica, ben educata, piú colta delle sue coetanee e, sicuramente, piú colta di me alla sua età. Ma era convinta di essere nata scema.

– Sono scema, – diceva.

– Ma no, – io ribattevo, assecondando però questo suo convincimento in modo da spingerla a farsi dare da me lezioni d'italiano gratis e affrontare cosí, con maggiore disinvoltura, gli esami di maturità. Intanto le suggerivo:

– Quello che davvero conta, Cristina, è il piano umano. Hai fatto un bilancio?

Lei faceva il bilancio della sua giovane esistenza e io certificavo: non sei affatto scema, anzi hai una grande ricchezza interiore; però rischi di sciuparla; dipende dall'abito che decidi di assumere. Quindi le spiegavo che l'abito piú adeguato era quello rivoluzionario, vale a dire lottare per una vita migliore da assicurare a tutto il genere umano.

Alla terza conversazione con Cristina, sono andato ad annunciare a Olga:

– Ho un importante contatto con gli studenti medi.

– Coltivalo e poi facci sapere, – lei mi ha dato mandato.

Ho seguitato a coltivare Cristina sia sul piano politico che su quello umano. Ma quello umano mi piaceva di piú. Col suo corpo sinuoso mi induceva a un languore che era quasi una fitta di ulcera, come se fossi uscito di casa all'alba e nello stomaco avessi solo un caffè.

Disgraziatamente era fidanzata con uno che studiava chimica. Anche il fidanzato, di nome Fabrizio, aveva ricevuto un'ottima educazione, cui però si stava ribellando proprio in quel periodo facendo rutti in pubblico, spetazzando tra amici e diffondendo ora sulle generali, ora con qualche dettaglio che apprendevo soffrendo, le pratiche sessuali disinibite a cui si davano insieme. Quando me le narravano, lei ridacchiando muta, lui verbalizzando senza peli sulla lingua, arrivava sempre un momento in cui ridacchiavo anch'io e dicevo: basta. Poi le chiedevo a tu per tu, sull'insinuante:

– Fate mai un bilancio di questo vostro rapporto?

Lei mi rispondeva reticente: no. E in quella reticenza, dopo tanto esplicitare per bocca di Fabrizio, mi pareva di percepire: non dico niente, però non va bene.

– Dovreste farlo, – una volta ho insistito.

Lei è andata da Fabrizio e gli ha chiesto:

– Facciamo un bilancio del nostro rapporto?

Fabrizio (che ora è diventato una persona a modo e lavora alla Pubblica istruzione in una Divisione strategicamente fondamentale) le ha risposto criticandomi: fanfaluche da intellettuali. A occhio e croce naturalmente, perché il suo linguaggio, all'epoca, era piú crudo. Quindi l'ha posta di fronte a quella che, a suo parere, era la prova del nove:

– A letto come andiamo?

Lei a sorpresa ha risposto:

– Mah, cosí cosí.

È stato a questo punto che s'è avvilito e brusco ha proposto:

– Basta, lasciamoci.

Io, a sentire di quella proposta spartana, ho dato subito ragione a Fabrizio. Intanto lasciavo fare al tempo e alla frequentazione assidua fondata sulla scusa che le davo consigli per l'esame di maturità.

Cristina infatti, con un certo gusto per le novità che erano nell'aria, aveva deciso di approfondire la seguente tesi: «La condizione femminile attraverso alcuni personaggi letterari». I personaggi su cui stava indagando erano Ghismunda e Pisana. Sennonché Pisana passi, ma Ghismunda non sapevo chi fosse. Quando lei me ne parlava dicevo: bene, ma ce n'è voluto perché capissi che quel personaggio figurava in una novella di Boccaccio.

– Però, – l'ho saviamente rimproverata, – mettere insieme Trecento e Ottocento non va.

– Perché? – mi ha chiesto.

– La determinazione storica, – ho risposto.

Speravo che lasciasse perdere Ghismunda. Invece ha deciso: determinerò. Cosí non ho avuto scampo, mi sono dovuto rivolgere a Loretta che di Boccaccio sapeva tutto.

Questa cosa ha dilatato l'interesse per Cristina. Già Olga mi chiedeva un giorno sí e uno no: come va? Ora anche Loretta ha cominciato a indagare: va? Inoltre mi ha indicato premurosamente la novella, ha sottolineato il conflitto di classe che qua e là si intravedeva e ha abbozzato interessanti osservazioni sul fatto che Ghismunda, principessa di Salerno, rivendicava l'assoluta parità tra la carne sua e quella del padre, Tancredi.

Ho ringraziato e, testo alla mano, sono tornato da

Cristina a sottolinearle passi fondamentali spacciando per mio il lavoro di analisi di Loretta. Con in piú:

– Quello che è importante è l'assoluta legittimità del desiderio sessuale femminile, la proclamazione del diritto delle donne al piacere.

Per giorni e giorni si è parlato soltanto di questa Ghismunda. Ne parlavo con Olga a cui riferivo le deduzioni di Cristina; con Cristina a cui riferivo le deduzioni di Olga; con Loretta a cui riferivo le deduzioni di entrambe; e perfino con Anna che, seccata perché non si parlava d'altro, s'è letta anche lei la novella malgrado Ernesto che le voleva stare sempre in braccio. Poi, con l'aria di chi allude, ha detto:

– Mi ha colpito che lei sa cosa desidera, Tancredi invece no.

Io allora l'ho battezzata con paterno distacco:

– Ghismunda.

E lei furibonda mi ha risposto:

– Tancredi.

A un certo punto, studia e discuti, mi è sembrato che le cose andassero a gonfie vele, tra me e Cristina. Perciò l'ho presentata a Olga e Liverano per battezzarla politicamente con qualcosa di serio, tipo il nostro gruppo di dissidenti sempre piú prossimi a filarcela dal Pci. Niente piú cautele, ormai: c'eravamo persino dimenticati dei nomi di battaglia e dell'entrismo trozkista. Anzi, Perpignani, una sera, s'era alzato in direttivo e ci aveva indicati tutti nome e cognome sostenendo:

– Vi ho sorvegliati sera dietro sera: avete formato una frazione.

Noi gli avevamo risposto spavaldamente:

– E con ciò?

Aspettavamo l'esito del congresso per buttare la tessera e darci a cambiare il pianeta in modo permanente da cosí a cosí.

In questo clima ho presentato Cristina ai compagni.

– Fidatissima, – l'ho definita.

Olga ha trattato la mia amica con molta accortezza, consentendo con lei a ogni piccola cosa che diceva con la voce tremolante da quasi bambina. Liverano, a vederla, è diventato paonazzo come se gli fosse andato via il respiro, e solo dopo qualche tempo ha rotto il ghiaccio enunciandole a piú riprese: – Per noi il rifiuto del filisteismo è prioritario, sul piano umano –. Ha detto poi che aveva bisogno di una radicale rieducazione, della quale era propenso ad assumersi l'onere.

Tutte frasi che non mi sono piaciute, tant'è vero che per un lungo periodo ogni volta che Oscar e Cristina si incontravano sotto i miei occhi, ero in tensione. Mi pareva che Fabrizio la respirasse senza distinguere nemmeno vagamente di che aria fosse fatta e la toccasse senza la capacità di percepire la ricchezza minerale della sua materia vivente. Perciò non ne ero geloso. Invece ogni volta che Liverano le parlava e lei ne appariva contenta, io pensavo: se succede, mi ucciderò. Fino a quando, poco prima che ci sparpagliassimo tutti per la penisola, è accaduto che ci siamo visti con Loretta. Lei e Cristina hanno parlato fittamente del conflitto di classe in Boccaccio. Poi Loretta ci ha invitati:

– Venite a casa che vi do Moravia, – volendo dire non lo scrittore, ma un importante lavoro di quello su Boccaccio.

Ci siamo andati.

Loretta ha aperto la porta con la chiave e tutt'e tre abbiamo potuto vedere Olga e Oscar in piedi, coi corpi avvinti a tralcio, qui nudi, là vestiti, che facevano in contemporanea:

– Uh uh!

Loretta ha chiuso subito la porta e ce ne siamo andati separandoci subito dopo con falsa disinvoltura e senza commenti.

Mi risulta che poi lei ha detto a Oscar:

– A Olga non porto rancore. Perché dovrei? Ma tu sei un imbecille.

Nel senso che sullo sguardo intelligente di Oscar aveva preso un abbaglio e ora lo vedeva com'era: lo sguardo di un cretino. Non perché era stato travolto dal desiderio, gli ha spiegato: questo, sul piano umano, era comprensibile. Ma perché le aveva mentito o si stava preparando a mentirle. E, a conclusione, gli ha espresso i suoi nuovi sentimenti:

– Mi fai ribrezzo.

È stato a partire da questo episodio e ammaestrato dall'esperienza, che Liverano ha cominciato a dire:

– La verità. La verità nei rapporti umani è prassi rivoluzionaria.

Ed è passato a raccontare a Loretta per filo e per segno com'era stato felice con questa e con quella, ma anche ad accettare, e anzi a pretendere, che Loretta lo informasse a sua volta minutamente sui suoi godimenti con eventuali amanti.

– Il mondo nuovo, – si sbracciava anche con Olga, che lo ascoltava e soffriva perché lui era rimasto con Loretta e non aveva dato seguito all'amore per lei. Soffriva in silenzio, senza scenate, anzi distaccandosi da Oscar per gradi, come se lui fosse un alieno del tipo *Alien*: un animalaccio a cui non bisogna accostarsi troppo perché sennò ti entra dentro, si nutre di te e poi ti spacca il petto e se la squaglia.

Quanto a Cristina, sono stato contento che fosse presente alla scena. Dopo infatti, con mia soddisfazione, appariva un po' infastidita.

– Questo Liverano, – diceva disapprovando.

Michele non mi ha dato la possibilità di ripensarci. Dopo una telefonata a Cristina, che mi ha detto: fai come ti pare e non seccarmi piú, l'ho aiutato ad apparecchiare per la cena di lavoro (questo è il nome che ha dato a quello che Loretta aveva chiamato «consesso di congiurati»), da lui organizzata con l'intento di fondare, dentro la Fondazione Barrili, una frazione anti-Giacinti.

– Niente va mai perduto, – ha commentato, con un mezzo sorriso complice, l'uso dell'espressione «frazione».

Ho risposto depresso:

– In compenso tutto si scolora.

Alla cena si sono presentate, in linea di massima,

tutte persone della Barrili che Giacinti, ora per un motivo ora per un altro, aveva in passato svillaneggiato in modo tale che loro se l'erano legata al dito, come la centralinista di nome Rosellina e le due dattilografe che non mi ricordo come si chiamano. Ma c'era anche gente senza rancori specifici verso Olga, che avrebbe voluto servirsi del conflitto in atto per passare a incarichi piú succosi di quelli già ricoperti: come per esempio l'archivista Colella e Giovanni Orlandi, che è vicedirettore della Fondazione e vorrebbe diventarne direttore. Infine erano presenti un paio di persone silenziose che di quella guerra Giacinti-Astarita non si erano mai accorte ed era chiaro che si stavano chiedendo: perché siamo stati invitati?

La cena è andata come vanno tutte le cene di lavoro. Prima fase: convenevoli, chiacchiere vaghe per sondare il terreno, e intanto il cibo sparisce dai piatti e il vino scorre. Seconda fase: l'ambiente s'è riscaldato e qualcuno dà la stura a malevolenze contro gli assenti. Terza fase, in piena notte: l'oggetto che ha motivato la cena prende corpo per sottogruppi e comincia il confronto.

Nel corso della prima fase tutti hanno cercato di capire se ero un uomo fidato con frasi tipo: che lavoro fai? ti occupi di Anton Giulio Barrili? vuoi venire anche tu a lavorare da noi?

Una volta accertato che non potevo nuocere, l'archivista Colella ha tenuto banco con la seguente sua peculiarità: era stato presente a tutti i cortei dal 1969 al 1978. Per questo motivo poteva rivelarci, in ogni luogo e in ogni tempo, chi fortuitamente o calcolatamente aveva avviato gli scontri causando cariche di poliziotti. Il caso, poi, lo aveva sempre posto fianco a fianco con qualche personaggio notissimo finito o in galera o latitante o pentito o ammazzato. Naturalmente era stato costui che aveva tirato il primo sampietrino, la prima molotov, il primo urlo feroce come una freccia che trafigge il cuore: arrivano, caricano!

Urla che anche Colella ha lanciato, per ricordarci come suonavano nel parapiglia, tanto piú eccitato quanto piú scorreva il tempo e il vino. Ha fatto spesso anche l'atto di lanciare il bicchiere come se fosse un sampietrino, la bottiglia del vino come se fosse una molotov. Le voleva lanciare sempre a me, che però stavo bene allerta per schivare. A me, di preferenza, si rivolgeva anche quando dava inizio a un nuovo aneddoto, tenendomi sul chi vive. Lo ha fatto per tutta la serata, come se mi interrogasse per vedere se ero preparato.

– La carica in piazza del Popolo vediamo se ti ricordi chi la causò, vediamo!

– Chi? – io in genere l'ho accontentato dandogli corda. Ma per cortesia: in effetti non me ne importava niente.

Nella seconda fase, invece, Colella è stato messo fuori gioco da Rosellina, la centralinista. Questa ci ha detto di sapere tutto il sesso che si faceva e s'era fatto in Fondazione. Ha cominciato, a ogni segreto da svelare, con:

– Non ve lo dico.

Noi allora l'abbiamo supplicata:

– No, diccelo.

E lei ha aggiunto:

– Vi piacerebbe eh?

Abbiamo ammesso:

– Sí.

Allora ci ha assicurato:

– Ho visto proprio con questi occhi.

– Cosa?

– Non ve lo posso dire.

Ma ha ribadito:

– Con questi occhi.

E ce l'ha detto, specificando però che non era puritana.

– Il mio l'ho fatto, – ci ha informato. S'è dilungata: – Certi combattimenti, – ma usando questo vocabolo non per indicare una sua resistenza, un tergiversare perplesso di fronte all'approccio audace, bensí per definirsi priva di tabú durante l'amplesso, che con lei – ci ha detto e ridetto – era sempre un amplesso vorace, uno sbranarsi bramosi.

– Quanti compagni, – s'è ricordata, immalinconendosi al pensiero di quelli che erano passati tra le sue braccia. Al che le dattilografe, che non erano dello stesso parere, hanno esclamato l'una con spregio, l'altra delusa: i compagni! Per concludere che i compagni sono peggio di chi compagno non è.

La terza fase è stata estenuante: troppo fumo, troppo alcool, troppa noia quando parlava il vicedirettore Orlandi, pensoso, misuratore delle parole col bilancino, un orafo nel cesellare cattiverie. Due ne ha dette con funzione, secondo lui, di colpi di scena. La prima: Marchetti aveva deciso definitivamente che due «comandati» in Fondazione erano troppi e che col nuovo anno scolastico intendeva rimandare a scuola Michele. La seconda: Olga Giacinti andava a letto col direttore.

– Le prove, – io ho chiesto subito, con fermezza.

Mi ha guardato perplesso, con l'aria di chi si aspetta che la domanda impertinente sia ritirata con un: pardòn.

– La carriera folgorante, – poi mi ha risposto con freddezza, giudicando quel dato una prova inconfutabile.

Gli ho detto fanculo e mi sono messo a pensare ai fatti miei.

– Tu ci credi? – ho chiesto a Michele in piena notte, quando tutti erano andati via. E gli ho fatto capire: io no, quest'Orlandi è un imbecille. Ma lui mi ha risposto che il problema non era quello. Il problema era che Marchetti voleva rimandarlo a scuola, e a persuaderlo era stata Olga, che aveva intenzione di togliergli «Il Barrili» e sommare nelle sue mani l'organizzazione delle attività culturali della Fondazione e la redazione del bollettino. – La mia posizione deve cambiare da cosí a cosí, – mi ha ripetuto per l'ennesima volta. E ha accompagnato il gesto della mano, che ruotava dal palmo al dorso, con una tale rabbia, con un tale sperpero di sé, da indurmi di nuovo al sospetto: possibile che davvero ritiene che da queste cose dipenda la radicale modificazione dell'ordine della sua vita: da un bollettino bimestrale di quarantaquattro pagine compresa la copertina, dagli scontri interni a un piccolo gruppo per il controllo di ruoli insignificanti? Mi sono detto: «Non è possibile».

Intanto, però, i fatti parlavano chiaro. Insieme alla sua fazione, mentre io dormicchiavo in poltrona, Michele ha prodotto in piena notte una lettera aperta a Marchetti. Quella stessa lettera, al mattino, l'ha affissa in bacheca, anche se all'ultimo momento i suoi complici, capeggiati da Orlandi e tutti morti di sonno, si sono rifiutati di firmarla sostenendo: è troppo estremista, ci abbiamo ripensato. A parte le due dattilografe che a questo voltafaccia hanno esclamato: i soliti compagni di merda, e hanno apposto la loro firma.

Con questa lettera Michele ha denunciato, senza far nomi, oscure manovre, personalismi, eccesso di protagonismo, la tabe del narcisismo, la vocazione ormai dominante al verticismo e altri «ismi» rivolti, nelle sue intenzioni, ad aprire gli occhi al direttore sulla pericolosità per l'intera Fondazione di una come Giacinti.

Ma è successo quello che non avrebbe mai dovuto succedere. Marchetti ha letto ed ha equivocato. S'è convinto che quegli insulti in bello stile erano rivolti a lui. E la stessa cosa hanno pensato il resto del personale, molti dotti utenti della biblioteca e non pochi collaboratori del bollettino, che hanno cominciato in tutta segretezza a complimentarsi con Michele per quel suo coraggio di militante impenitente.

Anche l'archivista Colella, che al momento opportuno aveva deciso di non firmare, s'è pentito e gli ha detto d'un soffio:

– Bravo. Come ai vecchi tempi.

– Che tempi? – gli ha risposto brusco Michele: – tutti i tempi sono compresenti.

Marchetti dal canto suo ha staccato la lettera dalla bacheca, se n'è fatta una fotocopia, l'ha riaffissa e s'è chiuso nel suo ufficio. Mezzora dopo Michele ha ricevuto, regolarmente protocollata, una risposta cortese che gli chiedeva con un bel periodare opulento: professore, lei vuole ritornare alla sua vocazione originaria, l'educazione dei nostri giovani? In altre parole: ti rimando tutte le mattine in classe a combattere con venticinque citrulli come te: a calci in culo.

Michele s'è sentito definitivamente spacciato. Si è attaccato al telefono, mi ha pescato a scuola dove dormivo in cattedra per la stanchezza e mi ha raccontato tutto. Poi, senza piú esitazioni, con una determinazione degna di decisioni ben piú gravi, mi ha detto:

– La stampo; resteranno a bocca aperta; ci costruisco intorno tutto il prossimo numero del bollettino; non si discute piú.

Ha riattaccato.

Poco dopo, sempre per telefono, è arrivato l'invito di Olga a colazione, gesto che in vent'anni non ha mai fatto. Sono io che le telefono di tanto in tanto e le dico: vieni a pranzo, vieni a cena. Ma non ricambia mai, né a pranzo né a cena. È fatta cosí.

Ora ce l'avevo davanti, dall'altro lato del tavolo, lei guardinga, io assonnato. Le ho detto con cordialità appena appena forzata:

– Prima non ci si vede mai e poi ecco che ci si vede quasi tutti i giorni. Allora? Raccontami.

– Raccontami tu, – ha ribattuto lei con la voce accattivante che ha.

– A me non succede mai niente, – ho risposto, e mi sono messo con calma, in silenzio, a cincischiare con mozzarella e fette di pomodoro.

– Sempre cervellotici, – lei ha buttato lí, cedendo per prima all'assenza di parole.

– Chi? – ho chiesto.

– Tu e il tuo amico.

– Io sí, mi piace essere cervellotico. Ma lui non mi pare.

Olga mi ha guardato, occhiaie profonde.

– È cambiato, – ha sondato il terreno per vedere se accettavo di dire male di Michele.

– La pancia, – io ho giocato a fraintendere. E ho disegnato nell'aria la camicia gonfia del mio amico, proprio sopra la cintola: una cosa che sottolineo spesso, anche con lui, per farmi dire: sei rimasto asciutto, non un filo di grasso.

– La pancia? – lei si è disorientata.

– Io non ne ho, – ho mostrato, addossandomi alla spalliera della sedia e passandomi la destra sullo stomaco.

– Bravo, – ha detto, questa volta infastidita non dalla mia magrezza, ma dalla conversazione che per colpa mia si sfrangiava senza trovare il filo che lei cercava. Poi ha sospirato in modo che quasi sbuffava.

– Insomma, – ha sintetizzato quando non c'era ancora niente da sintetizzare.

– Il ragazzo, – le ho chiesto: cioè il figlio suo e di Gianni D'Ambrosio.

– Bene, – ha detto, – brillante a scuola, sportivo, passerà l'estate in Inghilterra.

– E D'Ambrosio? – ho domandato: il suo ex marito, una volta operaio a Cassino.

– Boh, – si è stretta nelle spalle. Quindi ha aggiunto: – Ogni cosa ha il suo tempo –. E ha attaccato a lamentarsi del tempo che passa, con lieve petulanza.

Io ho detto:

– Passa? Macché. I tempi sono compresenti. Sembra che una fase finisca e un'altra si apra. In effetti il flusso s'è solo ritratto dalla superficie e s'è inabissato per percorsi carsici.

– Finito, – lei ha calcato la voce.

Io ho insistito:

– Ma no.

– Oggi devi saper fare benissimo almeno una cosa. Altro che un giorno il pescatore, un giorno il filosofo, un giorno la cuoca.

– Non ti ricordi bene la citazione.

– Me la ricordo, – s'è seccata, – era la teorizzazione del travestimento.

– Mah.

Allora, senza nominare Michele, mi ha informato:

– Ha usato «Il Barrili» per promuovere se stesso.

– Che c'è di male?

Mi ha fissato cosí:

– ? –

Ho chiarito:

– Volevo dire che «Il Barrili» è un bollettino stampato per venti persone che amano Garibaldi: un giocattolo. Se uno ci gioca un pochino per mostrare le sue qualità, che male c'è?

– Giocare?? Anche un bollettino è una cosa seria, se fatto con l'occhio all'interesse generale.

– Generale di chi? – ho chiesto.

Ha riso acida:

– Siamo al qualunquismo.

– Siete alla Fondazione Barrili, – ho riso a mia volta per ricordarle: io continuo a fare l'insegnante; voi no.

Silenzio.

– Prendi un gelato? – mi ha chiesto conciliante.

Ho risposto:

– I gelati fanno ingrassare, –. E ho ammesso: – È vero, è piú astioso del solito –. Michele cioè: l'ho detto per vedere se si sbottonava.

– È diventato piú miope: non la vista, – ha precisato ridendo, – la lungimiranza –. E si è fatta piú allegra, mi ha detto che Michele ce l'aveva con l'elettronica e in Fondazione stava facendo una campagna contro i computer a forza di *dazebao*. La campagna aveva molto indispettito Marchetti.

L'ho guardata stupefatto.

– Ma non vi state accapigliando su altro?

Olga si è meravigliata a sua volta:

– Che altro? Lo sai benissimo che scrive ancora con la stilo e ha impiegato anni ad accettare la bic.

– Tende a non cambiare.

– Vuoi dire che sono cambiata io?

– Nemmeno per sogno. Solo che lui è uno che continua a fare *dazebao*.

– Li fa anche contro di me. Dice che spara sul quartier generale.

– E tu ne fai parte?

– Siamo quattro gatti, quale quartier generale? – ha risposto. Poi mi ha spiegato con abbondanza di parole: però bisogna vigilare, sennò Marchetti sposta tutto l'asse politico-culturale della Fondazione a destra.

– Ah, – io ho detto per far capire che capivo: sarebbe stato terribile se l'asse della Fondazione Barrili si fosse spostato a destra.

– Ma lui invece non capisce, – ha sbottato Olga. E mi ha raccontato che Michele ricorreva alla calunnia per screditare i vecchi amici. Aveva detto in giro, cioè, che lei e Loretta andavano a letto con Marchetti.

– Questo Marchetti: è vero?

Ha risposto indignata:

– Scherzi o fai sul serio?

Scherzavo naturalmente. Gliel'ho fatto capire come meglio potevo, mentre cercavo il portafogli.

– Pago io, – ho proposto.

Lei ha rifiutato: no.

Fuori faceva caldo. Mi ha guardato diritto negli occhi e mi ha chiesto:

– Ti risulta che ha una lettera di Calvino?

– Lo sai cosa fanno i tordi in Provenza? – le ho chiesto di rimando.

Ha stretto le labbra, appena appena imbarazzata. Poi ha ripetuto:

– Ce l'ha?

Credo che l'imbarazzo si sia letto chiaramente anche sulla mia faccia.

– Sí, – ho ammesso.

– Una cosetta, – lei ha sondato.

– No, tre facciate fitte.

– E come mai? – ha chiesto disorientata.

– Corrispondenza tra scrittori, – ho detto.

Sono rientrato a casa nel tardo pomeriggio, scisso tra le ragioni di Olga e quelle di Michele. Ho varcato il portone e mi sono fermato, in silenzio, a spiare Matilde e il suo amico Federico Camilli. Erano fermi sulla prima rampa di scale, entrambi sul terzo gradino a partire dal basso. Nel giro di pochi secondi Camilli si è esibito in atletiche prestazioni. Prima s'è slanciato e ha saltato tutt'e tre i gradini atterrando sui talloni e ruzzolando di lato. Quindi s'è rialzato, è risalito veloce e s'è tuffato di nuovo nell'aria, questa volta riuscendo a battere anche i tacchi con una tale energia che mi è sembrato – quel suono – come i rumori minimi che acquistano, mentre dormi, tanta intensità da interromperti il sonno.

«Piccolo demonio» l'ho mentalmente definito. E ho fatto appena in tempo ad afferrarli entrambi: lui, prima che si spezzasse una gamba; Matilde, prima che si slanciasse a sua volta oltre i tre gradini allo scopo di dimostrare al suo amico che, benché femmina e di età inferiore, era anche lei in grado di rompersi l'osso del collo.

– Va' ad ammazzarti a casa tua, – ho ordinato a Camilli che se l'è filata mogio.

Matilde mi ha rimproverato: – Non ti permettere piú –; di parlare cioè al suo amico a quel modo. E ha aggiunto: – Capito?

L'ho istruita su quello che uno può fare e quello che non può.

– Alla tua età, – le ho detto, – non ce la fai a saltare tre gradini.

È stata zitta e ho percepito che anche lei – come Michele, come Olga – mi inviava il segnale fastidioso del non detto: un pensiero, un progetto, un baluginio di azioni future su cui viene steso ad arte un velo.

– Matilde, – ho scandito, – tra noi non ci devono essere segreti.

Lei ha detto: va bene.

Cristina stava lavorando alle sue medie quadrimestrali e, quando sono entrato, mi ha guardato appena. Le ho comunicato che, se continuava a tenere la bambina per le scale in compagnia di quel teppista di Camilli, avremmo trascorso i prossimi mesi in ospedale a ricomporle le fratture multiple.

Mi ha risposto:

– Badaci tu, invece di andartene a spasso con le tue amiche.

– Io? – mi sono accigliato, come se non fosse vero che ero stato a pranzo con Olga e fuori casa tutta la domenica nonché buona parte della notte.

– Merda, – ha esclamato e se n'è andata a lavorare in cucina.

Volevo parlamentare per persuaderla alla pace, quando è cominciata una lunga serie di telefonate. Prima Michele che voleva sapere cosa mi aveva detto Olga. Poi Loretta che voleva sapere com'era andata con Michele. Infine Olga che voleva il numero di telefono o l'indirizzo di Anna. Con tutt'e tre ho taciuto, svicolando e fingendomi nervoso. Poi Cristina ha chiuso la porta della cucina con un colpo secco, cosa che mi ha messo davvero di pessimo umore. Allora sono andato a sdraiarmi sul divano e mi sono appisolato.

Poco dopo nel mio dormiveglia si è intrufolata Matilde che mi ha confidato:

– Ho visto il parapetto della mamma.

Lo ha detto con distacco, ma anche con la circospezione del bambino che sa che a ogni articolazione di discorso rischia e tuttavia cocciutamente circola con audacia tra le parole, aspettando che gli adulti rettifichino i percorsi delle sue esplorazioni con la solita blanda ironia, con un po' di scherno.

– Ho visto il parapetto della mamma, – ha ripetuto e questa volta con una smorfia di paura, perché – sospetto – ormai persino in «aperitivo» o «capelli» o «senape» capta il ronzio dell'ape che vuole portarle via il nettare.

Io sono scivolato nel sonno ancora per un attimo soltanto, senza provare meraviglia per quel «parapetto», abituato al disordine anatomico dentro cui vive. Può descrivermi dolori al seno (dice di avere il seno) con estrema precisione, mentre invece si indica la pancia. Vuole che le guardi nel naso per vedere che cosa le è finito in un occhio. Mi dice di essere femmina e mi fa vedere perché; poi si guarda a sua volta e deduce: sono maschio.

«Parapetto?» poi mi sono chiesto. «Che parapetto?»

E mi sono definitivamente svegliato, incerto su quale parte di sé la madre le abbia mostrato: forse la gola, che è sopra il petto; forse una clavicola; forse solo la camicetta o il reggiseno. O forse niente e la potenza di quella parola era costituita solo – all'orecchio di Matilde – dall'ape che conteneva.

Lei ha precisato che gliel'aveva detto il suo amico Federico Camilli.

– Quando? – le ho chiesto.

Ci ha pensato e mi ha risposto con sicurezza:

– Tra dieci minuti.

Poi mi ha visto perplesso e si è corretta: – Domani, – spiandomi con un pizzico d'ansia.

Le ho passato l'indice sulla guancia per rassicurarla, ma s'è sottratta, indispettita dal mio scetticismo e dalle continue difficoltà verbali che incontra. Il suo tempo, infatti, è come il suo corpo: in disordine. Usa «ieri», «oggi», «dieci minuti fa» e «fra dieci minuti» con la massima indifferenza, collocando a vanvera indicatori di presente, passato e futuro dentro un uso corretto di modi e tempi verbali. Segno che l'esistenza per lei non riesce ancora a scorrere da un punto di partenza a un punto d'arrivo, ma si consuma facendo perno sulla sua persona e schizzando intorno particelle a caso.

Stavo per prendermela sulle ginocchia, quando le ho visto il dispetto guizzare via, sostituito da un'aria maliziosa, tanto che ho sospettato: sa tutto sul suo corpo, sui tempi, sugli spazi, ma mente calcolatamente per disordinare con le sue coordinate le mie e resistere alla sintassi che voglio trasmetterle.

– Ti dico le altre parole che Federico Camilli mi ha detto? – si è entusiasmata.

– No, – ho risposto: – mi basta che abbia visto il parapetto della mamma.

– Te le dico, – ha insistito.

– No –. E l'ho avvisata: – Niente parolacce.

Avevo appena terminato questa frase, che il telefono s'è messo di nuovo a squillare. Matilde è scattata, ma io l'ho afferrata per un braccio.

– Ci va la mamma – le ho detto con la durezza necessaria.

Poco dopo è comparsa Cristina.

– È Anna, – ha annunciato gelida.

Sono saltato su.

– No, – lei mi ha fermato, – vuole Matilde.

Matilde è andata al telefono senza fretta.

Io ho fatto un cenno a Cristina che significava: Anna è svitata. Lei mi ha risposto con il cenno: sei svitato tu. Le ho sussurrato: facciamo pace. Ha esclamato: merda. Ho insistito: pace. Ha insistito: merda.

– Allora? – ho domandato a Matilde quando è rientrata.

– Una favola, – ha risposto schioccando la lingua per il piacere.

– In che senso?

– La principessa di Salerno viene domani.

Ho pensato scettico: oggi? ieri? dopodomani? fra due giorni? Boh.

– E poi? – ho chiesto alla bambina.

Lei è guizzata via a nascondersi nella sua stanza.

Cristina è diventata ancora piú torva.

– Che significa? Da dove risbuca questa storia di Ghismunda? – mi ha domandato.

Ma non ha voluto che le rispondessi, era troppo arrabbiata. Ha solo detto che era stanca di me: Ghismunda faceva parte della nostra vicenda piú intima e io invece l'avevo ottusamente trapiantata nella squallida tresca con Anna, a sua insaputa, chissà quando. Non era addolorata. Niente affatto. Anzi era piuttosto contenta – mi ha detto – di aver trovato un'altra prova della mia vacuità. Però mi ha avvisato: tieni fuori almeno Matilde dai tuoi pasticci. Tra l'altro, sovraccaricavo troppo il piano verbale della bambina. Ha citato Bettelheim.

– Charles? – ho chiesto.

Ha risposto:

– No.

Capitolo sesto

Ultimo compito in classe dell'anno scolastico: il creazionismo, l'evoluzionismo, Marx (Karl) che voleva dedicare *Il capitale* a Darwin (Charles). Da Carlo a Carlo. Esprimetevi.

– Bel tema, – mi sono lodato. Ma la classe ha protestato a lungo, prima di rassegnarsi e mettersi a scrivere. Gli studenti hanno finto angosce, hanno detto: questo tema fa ribrezzo. – Al lavoro, – li ho invitati, ricordando che dopodomani ci saranno gli scrutini e che dovrò correggere la loro cartaccia a marce forzate, nel pomeriggio, la notte: – Povero me.

Si sono acquietati e hanno cominciato ad abbozzare lo svolgimento. La classe è scivolata nel silenzio. Mi sono messo in cattedra e ho armeggiato col registro per un po'. Poi ho cominciato ad annoiarmi fino a produrre distratti sbadigli rumorosi, nel sentire i quali i ragazzi hanno risollevato la testa soffocando a stento le risa. Ho cercato di reagire e mi sono messo a vagare tra i banchi dicendo senza convinzione ora a questo, ora a quella: lavora; che fai, scaldi il banco?

Di tanto in tanto mi fermavo dietro qualche alacre scribacchino, mi chinavo e leggevo. A vedere le loro terribili grafie, ho esclamato una o due volte:

– Vi rimanderei a fare le aste.

Ma, dalle facce perplesse che hanno fatto, ho scoperto che non sapevano cosa fossero. Allora ho raccontato:

– La scrittura ai miei tempi era una cosa importante –. E mentre loro si disponevano a fingere di ascoltarmi e intanto pensavano «vecchio bacucco», ho seguitato: – In prima elementare, prima di passare alle lettere dell'alfabeto, ci allenavano la mano facendoci tracciare per qualche mese segmenti tremolanti: obliqui, in diagonale, verticali. Quelle erano le aste. Poi, una volta addestrati i muscoli e i polpastrelli alla giusta tensione, a un'adeguata pressione, a un'equilibrata fermezza, a una duttilità controllata, ci concedevano, per pagine e pagine, la lettera *a*, prima minuscola poi maiuscola. Infine, col contagocce, tutte le altre lettere dell'alfabeto.

– Ah, – si sono ipocritamente interessati i miei allievi.

– Un piacere, un godimento, – mi sono esaltato.

Ma mentivo. Ho provato, piuttosto, per un attimo, tutta l'ansia di allora e ho rivisto il banco nero, un catafalco da funerale, col ripiano obliquo che si sollevava come il coperchio di una bara per infilarci sotto la cartella.

Con tono meno entusiastico ho ripreso a raccontare:

– Avevo una penna che era composta di un'asta tricolore e di un pennino. Il pennino per la scrittura di pregio si chiamava cavallotti. Sul banco – era incastrato un contenitore di metallo dentro cui i bidelli mettevano ogni mattina l'inchiostro. Il pennino si intingeva lí. Ma noi ci mettevamo a bagno anche le dita. O ci annegavamo le mosche. O ci ficcavamo la carta assorbente –. E qui mi sono lasciato scappare: – Avevo paura di tutto. Avevo paura soprattutto di quel foro dell'inchiostro.

C'erano altre cose da dire, ma ho percepito sguardi ironici, risatine e Deborah che mi rifaceva il verso a bassa voce:

– Aveva paura dell'inchiostro.

Inoltre Ernesto – l'unico che contrariamente al solito stava già scrivendo fitto fitto – mi ha interrotto con fastidio dicendo:

– Dopo ti devo parlare.

Ho gridato:

– Basta, non perdete tempo.

Me ne sono andato in un angolo del cervello a estrarre in solitudine una vicenda alfabetica di tanti anni fa.

È stato Michele a parlarmene per primo.

– Calvino, – mi ha detto un pomeriggio.

Io ho chiesto:

– Giovanni?

Lui si è seccato. Mi ha fatto capire che non sapeva perché seguitasse a parlarmi. Lo sapevo io e gliel'ho spiegato, in quell'occasione e in altre. Perché ci legava, come la pratica di una lingua cifrata, l'uso di un italiano segreto, mai ascoltato, solo letto, per noi senza suono fino a un attimo prima che lo pronunciassimo. Non era l'italiano con cadenze dialettali dei nostri insegnanti. E nemmeno quello falsamente discorsivo del cinema, della radio o della tv. Era un italiano – ci immaginavamo – di gente pensosa, che non perdeva mai il tempo in conversazioni senza sapore e senza sapienza. Lo sperimentavamo a voce sommessa, intonando interrogativi ed esclamativi sull'esistere, dichiarandoci elucubrazioni, in genere badando piú al fiotto sonoro che al senso.

– È questo il motivo, – gli ho detto quel pomeriggio, in modo che ci pensasse su due volte prima di perdermi insuperbendosi. Perché – ho argomentato, ma ne parlo con le parole di adesso (allora ne ho usate altre che non mi ricordo, a parte un'espressione che tra poco dirò) – solo noi due sappiamo soffiare i nostri respiri in quelle lettere, naturalmente dopo averle risucchiate dalle pagine per ricomporle nei suoni che l'occhio era andato affidando all'immaginazione dell'orecchio.

«L'immaginazione dell'orecchio»: questa è l'espressione che improvvisai là per là. E Michele ha ripetuto stupito, con una punta di invidia:

– L'immaginazione dell'orecchio?

– Dell'orecchio, – ho confermato non credendo io stesso al fatto che quella nuvola verbale l'avessi prodotta da solo.

– Cioè? – ha domandato lui.

– Cioè che l'orecchio si immagina il suono delle parole lette dall'occhio, – gli ho spiegato.

– Allibisco, – allora ha detto Michele.

Infatti, era questo il punto. Lui allibiva e anch'io, mentre nessun altro tra quelli che avevano accompagnato la nostra esistenza fin dalla nascita era mai allibito; nel senso che non aveva mai affidato a questo verbo di colore livido il viso che sbianca per sbigottita meraviglia. Sicché, quando allibivamo ad alta voce assumendo il colore d'una foglia d'olivo per lo sfinimento verbale, poi ci guardavamo attorno allarmati per vedere se qualcuno ci aveva sentiti e già diceva di noi: si danno arie da signorini; o, peggio ancora, ci vituperava con l'espressione: vogliono fare gli intellettuali. In quanto, per essere chiari, se Michele di punto in bianco avesse detto a suo padre: papà, allibisco; il padre gli avrebbe in qualche modo fatto capire: ti mando a scuola, ma parla come mangi. Idem con i fratelli, che gli avrebbero cantilenato «allibisco» fino alla fine dei suoi giorni. Senza dire dei compagni di classe: dopo quell'allibisco Michele si sarebbe chiamato per sempre Michele Allibisco. Invece io incassavo «allibisco» con curiosità e lo riusavo a mia volta: «Allibisco»; suo alleato e suo complice in questo sotterraneo allenarci per ricavare dal verbo vile del mondo dove eravamo nati per caso, il verbo nobile dell'intermondo o del sovramondo dove «allibisco» era lecito.

Il mio scontento lessicale è cominciato appena ho imparato a leggere, di fronte alla parola: rapina che, mi ricordo, premeva contro il vetro di un'edicola proprio all'altezza degli occhi, stampata su una copertina del «Piccolo sceriffo», rettangolare, colorata, un cavaliere su un cavallo impennato. «La rapina» – misterioso agglomerato di lettere – mi ha abbagliato per una settimana. Non c'era giorno che non mi fermassi là davanti e pronunciassi mentalmente il titolo meraviglioso di quella puntata del mio fumetto preferito: la ràpina.

Al primo impatto – confesso – mi era venuto rapína. Poi mi ero interrogato: cosa significa? E per approssimazione, seguendo un metodo di indagine che andava dall'ignoto al noto, mi ero mosso da rapína per arrivare ai broccoli di rapa, designazione che in dialetto era svaccata, vruoccolerapa, sciancata dallo sghignazzo ora di un'apocope, ora di una sincope, ora di un'aferesi, guercia di vocali estirpate a forza, abbandonata nell'aria col suo corpo proteso ma mutilato, losca, equivoca come i parenti panzuti che ne facevano uso, sempre in canottiera d'estate o in sottane gonfie come vesciche, le guance virili ombreggiate in permanenza da una barba di due giorni o femminili solo per convenzione, gli occhi cerchiati e incrostati, ancora la sera, dal sonno interrotto all'alba.

Sicché: che rapína, ho concluso, e in qualche angolo della memoria ho catalogato la parola cosí: «ràpina», vocabolo grazioso, odoroso di bambine con i fiocchetti rosa alle treccine, da sfoderare nei momenti migliori della giornata. Per esempio quando a scuola riuscivo a scartocciare dal trasparente appiccicoso la cotognata e l'addentavo, mi dicevo: ràpina. O quando a De Luca Giuliana, magrissima olivastra bambina di otto anni, che vederla fu lo stesso che dirsi: la sposerò; ho afferrato la mano per sospirarle il complimento migliore che allora sapessi produrre: ràpina, e lei mi ha risposto: che?

Michele invece, quando ci siamo conosciuti in quarta ginnasiale, mi ha rappresentato il suo scontento verbale nel modo piú gravoso, piú intollerabile, sia per iscritto che oralmente. – Leggi qua, – mi ha detto e indicato, facendomi seguire col dito il nitore della parola scritta compatta e completa, nero su bianco.

In seguito abbiamo capito entrambi di che cosa ci rammaricavamo. Nei libri c'era un mondo di parole coerente e consistente, fatto di paesaggi complessi senza buchi nel fondale, di stanze e botteghe intessute d'oggetti preziosi, di nobiltà decadenti e borghesie in ascesa, di borghesie in decomposizione tra malinconici crepuscoli e proletari vergini e portatori di palingenesi: ogni due righe una parola ignota, ogni conversazione tra virgolette almeno un concetto che si fa bella figura a riusare. Ci piaceva leggere, immaginarci il buon italiano, e insieme ci avviliva. Perché «anche il mondo dei suoni e delle lettere è ordinato gerarchicamente» abbiamo scoperto da adulti. In quanto ciò che stava in alto, o almeno tendeva verso l'alto, persino quando si disfaceva repellente o languiva nella sconfitta e nell'umiliazione, trovava il modo di farsi raccontare con belle parole, mentre quello che stava in basso soffocava nella trivialità del lessico, nella banalità delle ragioni e nella miseria della sintassi.

Invece Michele mi ha detto:

– Leggi qua, – e si è vantato: – Io posso scrivere meglio di cosí.

Poteva ma non lo faceva. O lo faceva e non era mai contento. Se scrivere non gli riusciva alla perfezione, dava la colpa ai nostri parenti che non gli venivano bene, come quelli che non vengono bene in fotografia perché non sono fotogenici.

Suo padre era ferroviere – biglietti gratis per viaggiare in treno; mio padre era poliziotto – biglietti gratis per andare al cinema. Sua madre faceva i guanti e poi passò a fare la sarta: «Il soprammano» gli ha insegnato a fare, se ne ricorda spesso. Mia mamma invece non faceva niente e non mi ha insegnato niente. O tutto. Lavorava a lustrare le nostre due stanze e cucina con cera e sidol dalle sei del mattino alle ventiquattro, orario continuato. Intorno avevamo entrambi una folla di parenti che faticavano da ambulanti, carrettieri, impiegati dello stato specialmente ferrovieri, calzolai, operai dell'Italsider o dell'Alfaromeo, pasticcieri, contrabbandieri, ricettatori di merci rubate, maschere al cinema che nell'intervallo si trasformavano in rivenditori di caramelle al latte dette *Topolino*, fruttivendoli, pittori di vedute parigine e di fidanzate di marinai Nato, proprietari di bar e coloniali sempre sull'orlo del fallimento. Ogni tanto questi parenti provavano la via della scuola per i figli cercando di spingerli a varcare la soglia della licenza elementare. Ma quelli venivano falciati subito via dalla scuola media e poco dopo dall'avviamento al lavoro. Quindi, nel giro di pochi anni, se maschi finivano ragazzi di bottega, diventavano garzoni di ex garzoni, andavano in giro col carretto vendendo gelati o bomboloni o verdura; se femmine facevano guanti con la Singer sgangherata; tutti ad arrangiarsi, riuscendo a volte a mettersi in proprio, comprare la 1100 special o la giardinetta e millantare che erano signori. Anzi: padroni.

A qualcuno invece riusciva il salto, ce la faceva a scuola e pareva chissacché. Come era accaduto a me e a Michele, tra molte miserabili umiliazioni. Allora, all'interno della parentela vastissima, si erano scavati valli, si erano marcate recinzioni. I genitori si lustravano coi nostri successi scolastici e nascondevano come una vergogna incancellabile i nostri insuccessi, in un'alternanza continua che ora prefigurava il progresso («Mi sembri fatto apposta per fare l'uomo del telegiornale» auspicava per esempio mia madre), ora il regresso («Tu mi vuoi rovinare» si immalinconiva mio padre quando mi sapeva pericoloso comunista a urlare per le strade col pugno chiuso).

– È stato per sbaglio che siamo usciti da quel mucchio – dice spesso Michele. «Il tovagliolo?» L'ha scoperto a casa mia. «Mangiare con la bocca chiusa?» Nessuno gliel'aveva mai insegnato: a casa sua mangiavano tutti a bocca spalancata, col naso dentro un fumetto e, in seguito, dentro la tv. Quando lo invitano – mettiamo – a un pranzo o a una cena di qualche rispetto, e vede la tavola apparecchiata di tutto punto, è colto dal panico, versa vino nel bicchiere dell'acqua e acqua in quello del vino; poi scopre che sono i bicchieri del suo vicino, cui intanto ha sottratto le posate, i grissini, il tovagliolo.

– O ci facevano cambiare tutto da cima a fondo, – conclude, – o era meglio che ci rispedissero in quel mondo lí.

Casa mia aveva un suo meschino decoro che, tuttavia, a Michele pareva roba da gran signori: posate, tovaglioli, il pane già affettato, la bottiglia dell'acqua preparata dal capofamiglia con le due buste dell'*Idrolitina* (una azzurra, una rosa) che la facevano sibilare contro il tappo. Da lui invece si mangiava come capitava, una prassi fisiologica senza rituali durante la quale ci si rubava il cibo dal piatto, ci si litigava il coltello, si portava da mangiare alla bocca con le mani o ci si aiutava a colmare il cucchiaio col dito, si lacerava il cibo tirando via il boccone coi denti, si strappavano pezzi dal pane con le dita unte, si sbavava sugo e ci si asciugava col bordo della tovaglia.

Questa tovaglia era un capolavoro di vita comunitaria. Veniva lavata solo quando il bordo aveva perso la flessibilità del tessuto ed era diventato rigido per la fitta crosta di sughi, brode, grassi, untumi di varia provenienza che tutti i componenti della famiglia (sei figli, la madre, il padre, la nonna) avevano contribuito a stratificare con le mani e con le labbra, essendo sia la posizione della tovaglia che dei posti non fissa, ma mutevole. Di conseguenza a Michele, come agli altri commensali, un giorno capitava il lato del padre, un altro quello della madre, un altro ancora quello della selva dei fratelli: una collettivizzazione forzata di sughi rappresi e di salive che non ammetteva ribrezzo, in specie tra fratelli, perché nel caso il pranzo finiva in rissa, botte, urli, piatti che volavano per terra, il padre che lasciava la tavola dichiarando a una specie di osservatore metafisico delle sue azioni: non ce la faccio piú, non ce la faccio piú.

Tranne naturalmente le rare volte che ero ospite. In questo caso c'era una gara di cortesie.

– Mangia mangia, – mi diceva il padre di Michele senza accorgersi che non avevo le posate.

– Il pane? – mi offriva qualcuno dei fratelli che con le mani si affrettava a lacerarmene un pezzo e a lanciarmelo rosso di ragú perché ci accompagnassi i maccheroni.

– Le posate, – io chiedevo.

– Prendi la mia, – mi offriva la nonna che aveva già finito. Mangiava come un uccellino non per inappetenza ma per mancanza di denti e per pesare poco sul bilancio della famiglia.

Marx, di conseguenza, ci piacque solo quando scoprimmo che, sebbene in miseria e spiato dagli sbirri, si rilassava sdraiandosi sul divano e leggendo in greco le tragedie greche. E ci persuase pienamente solo quando leggemmo che l'uomo in funzione di merce, la merce umana, non è roba linda da supermercato, è robaccia. Avariato, disumano sia fisicamente che spiritualmente, divorato all'interno come da formiche, succhiato fino alle midolla dalle api, una bestia vorace lui stesso: immorale («Mio zio Antonio» io riconoscevo), mostruoso («Mia zia Nenella» riconosceva Michele), un ilota («Mio padre» Michele confessava, immaginandoselo braccato come un animale in fuga dai giovani e nobili Spartiati che festeggiavano cosí antiche vittorie e antichi asservimenti).

Solo quando ci sembrò di capire che nemmeno Marx vedeva riscatto per il nostro mondo di provenienza, esattamente come non ne vedeva per il capitale, – solo allora ci siamo detti con soddisfazione: marxisti.

A sentir Michele, suo padre è stato un ilota manesco per tutta la vita, soprattutto con la moglie. A ogni vago sospetto non di adulterio, ma di occhiate curiose ad altri uomini, senza esitare le lasciava in faccia le cinque dita come se gliele avesse dipinte, compreso l'anello matrimoniale.

– La scia, – vedeva Michele: la scia rossa che lasciava la mano prima di arrivare sulla guancia di sua madre. – Come quella che su certe foto notturne tracciano i fanali delle automobili.

– Esagerato, – gli ho detto spesso, ma lui no, sostiene che succedeva proprio cosí, con l'aggiunta che il padre in quelle circostanze abbandonava il terreno noto del dialetto campano di cui faceva uso esclusivo e gettava lí un misterioso: vanesia! – suoni estranei, fluorescenti come il neon, strillati alla madre un attimo prima del manrovescio al modo di quegli atleti che nell'atto di sollevare tonnellate dicono sempre qualcosa per incoraggiarsi, tipo: eh!

Quando Michele racconta cosí, io penso: bugie.

Non voglio sostenere che dica il falso, piuttosto che si tratti di un'artificiosa organizzazione dell'esperienza. Forse dovrebbe scavarci dentro, di piú. Ma lui si ferma qui, per mettere definitivamente da un lato questo padre rancoroso cui non vuole assomigliare, dall'altro questa madre sottile di color bruno, e in mezzo quella parola colta, «vanesia», aggettivo roseo di cipria, scintillante di orecchini, profumato. Soprattutto non cerca di rintracciare in essa lo spessore delle sofferenze dei genitori, ma, al solito, il suo suono sensuale, le figure che vi ha visto dipinte, lo stupore che l'ha colpito nell'ascoltare «vanesia» per la prima volta da bambino, il guizzare inatteso della parola che svuota le ossa, le rende trasparenti e trasforma la gente in fantasmi: il padre che col suo insulto bellicoso insegue la madre olivastra per la cucina, rovescia pentole di rame, si sgola in dittonghi sguaiati tra il deng e il plang e il guash delle cose che rimbalzano per il pavimento o si allargano intorno a raggiera spezzandosi; la donna che gli sfugge sottraendogli i suoi segreti scuri da catacomba, si sostiene all'orlo di ceramica bianca del focolare, urta col ginocchio contro il pomo di ottone delle fornaci grigie di cenere, sguscia verso la finestra promettendo: mi butto giú, mi butto giú, poi scappa verso il cesso con la veste che si gonfia ora di qua ora di là e si afferra allo sciacquone mentre vomita nella tazza e intanto scroscia e vortica l'acqua.

A questo punto quegli ectoplasmi agiscono tutti per proprio conto e contemporaneamente. Michele vuol dimostrare adesso con piglio colto: mio padre è un ilota disperato, ma allora questa parola, ilota, non l'aveva mai sentita, sicché è solo un fantasma – mentre io racconto, mentre lui mi racconta – di bambino sperduto che trattiene il respiro, cerca di morire per soffocamento. O ride. Ride a vedere sua nonna, la madre di sua madre – morta per ictus, quanti anni dopo? – che si muove con calma dignitosa e dice: mi faccio i fatti miei; nel senso che tra moglie e marito non deve mettere il dito, ed è bianca tranne certe chiazze rosse sul petto e i capillari paonazzi ai lati del naso. Ride a vedere il padre che progetta: nel fuoco! intendendo che brucerà, e brucia, sulla brace del fornello gli oggetti del peccato di vanità di sua madre, il segno della debolezza corrotta di questa donna che si finge cosí innocente: certi pettini da *Carmen* che servono a mordere coi denti lunghi la massa scura dei capelli sulla nuca e a fermarne volute e ghirigori lavorati. Ride a vedere la madre che annuncia: mi uccido, e mette disordine sulla mensola, fa volar via la scatola azzurra della crema Nivea, afferra la bustina blu che contiene la gillette, la scartoccia, si taglia via dai polsi la serpe rossa della parola «vanesia» per liberarsi di quel lessico sconosciuto e sgusciare via senza lasciare traccia.

Siamo arrivati per la prima volta a Marx quando Liverano ci stava tornando.

«Critica totale e ritorno a Marx» era il suo programma di studio in funzione della lotta. Noi abbiamo affermato che era anche il nostro.

Per quanto gareggiassimo con Oscar in competenze rivoluzionarie, partivamo svantaggiati ed eravamo continuamente spiazzati. Nelle riunioni, segrete e non, c'era sempre qualcuno che traeva insegnamenti o deduceva orribili conseguenze da «Tresso, Ravazzoli e Leonetti», «il biennio rosso», «il piano Pieraccini», «la riforma agraria», «la Cassa del Mezzogiorno». Ma io e Michele, per ciascuno di questi o altri argomenti su cui i presenti parevano sapere tutto, ci lanciavamo uno sguardo in questa forma: ? Bisognava inoltre stare bene attenti a essere leninisti ma senza perdere di vista le critiche a Lenin di Rosa Luxemburg, sulla quale del resto era indispensabile il saggio di Lelio Basso.

– Letto? – chiedeva Liverano.

Noi: sí.

Invece no.

Ci sentivamo abbastanza tranquilli solo quando ci preparavamo a casa gli interventi, collaudandoli parola per parola. Temevamo invece moltissimo il momento della passione politica, allorché bisognava, volenti o nolenti, balzare su infiammati («Tu che ne pensi?» interrogava Liverano ed era necessario pronunciarsi, anche quando in testa, per l'emozione, non c'era un solo sentimento, non ronzava una parola, tranne: «Adesso cosa dico?»). Era l'attimo in cui rischiavamo la colpa piú temuta: l'ingenuità.

– Ingenuo, – ti bollava Liverano. Ed era per evitare di essere bollati a quel modo che facevamo programmi di studi pubblicizzabili, tipo appunto: critica totale e ritorno a Marx, e programmi di studio segreto, da confessare solo tra noi, tipo: tutto lo scibile dalla preistoria a oggi.

A un certo punto quello che ci eravamo sforzati di imparare a scuola con fatica e angoscia, ci sembrò angusto, una tagliola per mutilarci la capacità di pensare in libertà, un lungo tempo perso perché rivolto a farci diventare come lo zio Tom della capanna. Quella scoperta fu terribile e insieme esaltante. Tutta roba da cancellare o reinterpretare con estro rivoluzionario. – Allibisco, – disse Michele. E io cominciai a dire: – Ràpina, – a tutte le ragazze dell'università. Quindi ci mettemmo a studiare solo ciò che serviva a vedere com'era realmente il mondo e a capovolgerlo.

L'università, dove eravamo arrivati con superbia e insieme soggezione, meravigliati noi stessi che ce l'avessimo fatta, diventò un tormento. Era zeppa di Normanni. Normanni e basta. C'è stato un tempo, infatti, in cui non facevamo che preparare esami su quegli uomini rozzi e violenti venuti dal nord. Che noia.

Michele maturò una profonda avversione per gli esami. Io andavo a darli distrattamente, senza emozioni; lui invece, fin dagli inizi, se n'era fatto una malattia, come se ogni volta dovesse di nuovo imbattersi in uno che sfoderava tre fagioli e lo interrogava per umiliarlo: «Io ho tre fagioli. Ne levo uno. Quanti me ne restano?»

In vista degli esami, Michele cadeva tramortito sul letto per ore. Veniva tirato su da Anna a forza, ma lui si chiudeva nel cesso e non voleva uscirne piú. Quindi si decideva e andava a piedi fino all'università, che distava parecchio da casa, ruminando che meglio sarebbe stato morire. Aspettava in corridoi bui – come se un divaricatore gli stesse aprendo il torace spezzandogli le costole, – che il bidello gridasse: Astarita. Allora s'alzava in stato di sonnambulismo con le dispense sotto il braccio, sbadigliando vistosamente, fino a che non si metteva seduto e firmava lo statino, la cartaccia, cioè, su cui scrivevano: l'esame è andato a questo modo, e il voto. L'esame cominciava. A domande svogliate rispondeva zelante, sempre pronto a cancellare l'affermazione, che il sopracciglio dell'esaminatore segnalasse come errata o contestabile, con un'altra e un'altra ancora e un'altra ancora, umiliandosi fino a quando l'inquisitore assentiva e diceva senza entusiasmo, come se gli stesse facendo un favore molto malvolentieri: va bene cosí, si accomodi. Quando tornava a casa, borbottava: nefando; aggettivo che Anna ripeteva con palese ironia: «Nefando!» Lui seguitava elencando ciò che aveva provato: una ripulsa di tutto l'organismo; una distonia del cuore; una prova di resistenza delle arterie; un'offesa bruciante alla sua dignità. Queste sono le parole esatte. Diceva cosí soprattutto a un passo dalla laurea, con una selezione accurata del lessico forse dovuta al fatto che studiava sempre meno da scrittore e sempre piú vuoi da rivoluzionario, vuoi per trovarsi un impiego con stipendio fisso, sicché la pulsione al ghirigoro per iscritto aveva cominciato inavvertitamente a sfogarsi attraverso l'oralità. Con la voce, infatti, stava imparando a fare una sorta di calligrafia accurata, a effetto, seducente, che però osava sfoggiare solo in privato con gli amici, in pubblico si imbarazzava.

Anna non apprezzava quel suo modo curatissimo di esprimersi. Gli scombinava l'arte del dire facendogli eco con cattiveria: – Una ripulsa di tutto l'organismo, una distonia del cuore, un'offesa bruciante alla dignità –. E aggiungendo: – Bravo! – Non capiva e anzi trovava detestabile che ci lamentassimo della fortuna di andare all'università. Sbuffava quando ci sentiva dire: perché perdere tempo a questo modo? c'è ben altro da studiare, ben altro da fare, ben altro da diventare, e invece siamo costretti a studiare i Normanni. – Due esami di storia tutt'e due sui Normanni, – ci ricordiamo spesso ancora adesso. E elenchiamo con sarcasmo: – Primo esame: i Normanni. Secondo esame: i Normanni. Sempre i Normanni.

Erano tempi di insoddisfazione. Michele, studiando dei Normanni, sognava: – Ah come sarebbe bello essere studente in Germania –. E infatti in quel periodo ha cominciato a citare ossessivamente, ad altissima voce: – Professor Habermas, il suo oggettivismo senza concetto colpisce a morte il soggetto da emancipare –. Non tanto per il significato di quella frase, quanto perché – si era accorto – non era una frase concepita con la scrittura, ma con la voce. – Non l'ha scritta, – ripeteva stupefatto, – l'ha pensata cosí com'è, in una frazione di secondo, senza soggezione, senza subordinazione mentale, in presenza di questo Habermas. E quindi gliel'ha gridata –. Rudi Dutschke, cioè. Uno studente come noi. Quella frase. Come anche: – Il dominio razionale della situazione di conflitto nella società implica costituzionalmente l'azione.

– Forse se l'era già scritta a casa, – io ho cercato di ridimensionare.

Ma Michele l'ha presa come una bestemmia.

– Pensata e detta d'un fiato, – ha insistito. – In Germania c'è il meglio. Il meglio è possibile –. Quindi, con intollerabile infelicità: – Qui no. Qui ci sono i Normanni.

– Io, – s'era provato a protestare al primo esame su quel popolo di saccheggiatori.

– Lei, sí, – gli aveva risposto il professore, – mi dica: Roberto il Guiscardo.

E via con Roberto il Guiscardo. Ventisette.

Al secondo esame sui Normanni è andato pronto a tutto. S'è seduto e ha quasi gridato:

– Le faccio presente.

Voleva elencare: dispense costose e ripetitive; mesi d'attesa perché fossero stampate e poi eccole lí, identiche a quelle dell'anno prima (per via dei libri universitari, era indebitato fino al collo con me, ma io avevo il vantaggio di lavorare a contare i punti delle schedine del totocalcio e inoltre vendevo luce elettrica ai parenti dei defunti in un ufficio buio al Cimitero del pianto, gli prestavo soldi volentieri). Il professore gli ha risposto:

– Cosa presenta? Vuole presentare qualcosa?

– Sono pazzi, – commentavamo quando, sottraendoci momentaneamente all'ossessione dei Normanni, potevamo riflettere sul posto che spettava all'umano nella generale materialità della natura. – Noi stiamo ripensando pezzo per pezzo la storia dell'uomo per inaugurare una vita diversa e loro ci fanno studiare di continuo i Normanni?

La nostra idea era: a una generazione agguerrita come la nostra, che muovendo dalla sua condizione materiale sta vedendo con chiarezza tutte le contraddizioni dell'epoca nessuna esclusa, si può continuare a rispondere con bieca cecità: i Normanni?

È accaduto proprio nel corso di una di queste indignate constatazioni, che mi sono detto:

«E se ci impediscono di costruirci una vita diversa?»

Ho pensato cioè con una certa ansia: può darsi che le contraddizioni dell'epoca, a una a una, saranno chiuse con la forza e noi saremo respinti verso un'esistenza da impiegatucci scontenti, sempre col dito per aria a dire agli iloti piú iloti di noi: errore, sbagliato. Cosí la vita diversa non l'assaporeremo mai.

Ci abbiamo riflettuto a lungo, su questa eventualità, e Michele s'è persuaso che la mia ipotesi era infondata. – Perché, – ha previsto, – se non ci danno una vita diversa, ce la prendiamo –. E nel caso che fossimo stati sconfitti, allora sarebbe arrivata la follia, la criminalità, il sangue proprio e quello altrui.

– Poco conveniente per tutti, – ha concluso: – non ti possono far spiare la vita diversa e poi abbassare lo spioncino.

Quindi mi ha promesso, quando è andato a fare quel secondo esame di storia medievale:

– Ora ti faccio vedere come spazzo via i Normanni.

Non aveva in mente soltanto di piantar grane sulle condizioni di studio degli studenti poveri come noi. Aveva l'intenzione di sedersi davanti all'esaminatore e, a bruciapelo, pronunciare una frase simile a quella che aveva pronunciato Dutschke e che lo aveva tanto turbato, un rifacimento in chiave personale. La frase doveva essere del tipo:

«Professor Pontieri, le faccio presente che questi suoi Normanni senza concetto uccidono il soggetto da emancipare». A occhio e croce. Con l'aggiunta: «Ci lasci in pace a studiare Marx».

Ma la voce non gli è venuta. Ha balbettato solo quel «Le faccio presente» e gli è sembrato all'improvviso che non solo il professore stesse troppo in alto sulla sua pedana e le parole non sarebbero mai arrivate fino a lui, ma che anche lo studente che aveva coniato il modello di quella frase occupasse una posizione distante, irraggiungibile, nella piramide della rivolta planetaria in atto. Senza contare che al suo orecchio di letterato i suoni: «Professor Pontieri» gli sembravano come la pasta alla carbonara in un menú di piatti elaborati, dai nomi esotici e dai gusti raffinati.

Cosí, quando gli è stato detto con disprezzo: cosa vuole far presente, e poi si è passati a Roberto il Guiscardo, lui ha parlato di quell'uomo che era polvere da secoli come se l'avesse frequentato dalla nascita. Trenta.

Leggere e chiosare le opere di Marx ed Engels è durato mesi e mesi. A volte, nel corso della lettura, mi entusiasmavo e correvo a casa di Michele e Anna. Poggiavo le suole sulla cornice di pietra intorno allo sfiatatoio dello scantinato da cui esalava odore di biscotti, mi afferravo al davanzale, mi tiravo su e cosí entravo dalla finestra aperta nella monocamera, interrompendo effusioni, una lezione privata, un litigio.

Sciorinavo, dopo distratti convenevoli, deduzioni a

partire dai miei appunti e presto si scopriva che non avevo capito niente: secondo Michele, almeno.

– Perché ti manca Hegel, – mi diceva.

Correvo allora a studiarmi Hegel sul Lamanna e ritornavo ad argomentare, ora dialetticamente ora no.

– Lamanna? – mi rimproverava Michele facendomi capire a chiare lettere che Hegel andava letto direttamente come aveva cominciato a fare lui. – Quale Lamanna? Che ci fai con Lamanna? – si disgustava. E mi costringeva ad aprire una parentesi, dentro la lettura in rigoroso ordine cronologico delle opere di Marx ed Engels, per infilarci Hegel.

Obbedivo. Quand'ecco che scoprivo, di punto in bianco, che Michele, come in un film un astronauta cui è toccato di rotolare senza fine nello spazio profondo, era precipitato a ritroso fino ad Aristotele.

– Perché senza Aristotele, – mi spiegava, – non si può capire Hegel.

A questo modo divoravamo il tempo: con quel frullato vorticoso nella testa, cioè, simile a quello che Anna preparava per Ernesto risucchiando nel fracasso del motorino anche le nostre discussioni e i nostri scambi. Tanto che le dicevo, per dare un senso a quella sua azione di disturbo:

– Il livello dei rapporti che si realizzano tra gli uomini si misura dalla condizione della donna.

– I vostri allora fanno schifo, – rispondeva lei.

Cercava, tuttavia, di inserirsi, commentare, dire la sua. Noi ascoltavamo sul distratto, continuando a seguire mentalmente, impazienti, il filo della conversazione che lei aveva interrotto. Poi commentavamo: – Un po' ingenuo, – e ci rituffavamo nei nostri ragionamenti, con l'idea che bisognava far presto; che non si potevano piú tollerare i livelli disumani di sfruttamento planetario, che ogni bomba a biglia, ogni bomba a frammentazione, per quanto esplodesse lontano da quell'odore di biscotti, lacerava la carne dei fratelli come se fosse la nostra.

– Qui, – mi mostrava Michele indicandosi il petto, e

io guardavo come se la deflagrazione all'altro capo del mondo l'avesse davvero dilaniato.

Alla teoria affiancavamo la prassi, Liverano su questo non transigeva. La sua idea era rimasta la stessa:

– La lotta è al primo posto.

Michele e io, invece, per via di certe letture che intanto avevamo fatto a forza di aprire parentesi nello studio di Marx, tendevamo a pensare, adesso: teoria e prassi, coscienza rivoluzionaria e lotta fanno tutt'uno. Cosí ci studiavamo il sistema delle incentivazioni salariali, il cottimo, e poi andavamo all'alba a fare chiarezza per i lavoratori su quella questione, nel caso che chiara non l'avessero.

Infatti non l'avevano.

– Contro il sistema delle incentivazioni, – dicevamo per iscritto e oralmente.

– Perché? – chiedevano i lavoratori, quelli a cui andava di fare conversazione a quell'ora, ed erano pochini.

Noi glielo spiegavamo, ma a occhio e croce, in quanto non era materia assimilata a fondo. Dicevamo:

– Perché è una porcata nei confronti della classe operaia.

– Perché? – quelli tornavano a chiedere credendo di metterci in imbarazzo.

Perché, – era la nostra opinione, – un forzato aumento del salario non sarebbe stato altro che una migliore remunerazione degli schiavi.

– Chi sarebbe schiavo? – domandavano i lavoratori insospettiti.

Noi tiravamo diritto.

– Il momento politico. Se vi fate escludere dal momento politico, – dicevamo, ripetendo quello che avevamo scritto nel volantino, e cioè: se si facevano escludere e chiudere nel ghetto del sindacalismo integrato, a nostro parere era la fine. Nel senso che, spiegavamo, finivano per desiderare soltanto di essere valutati un pochino di piú.

– È quello che ci vuole. E non un pochino, ma molto, – ribattevano alcuni, i meno sensibili secondo noi, i piú vicini per cultura ai nostri parenti disgraziati.

– Ma cosí accettate di essere merce, – ribattevamo noi.

– Merce sarai tu, – tornavano a ribattere loro.

– Allora vuoi accettare di venderti al prezzo migliore? – provocavamo.

– E perché no, perché al peggiore? – ci provocavano a loro volta.

Fino a che quelli di stratificata ferocia appallottolavano il volantino che cercavamo di rifilargli, e si allontanavano invocando: – Piú salario e un mitra, – senza chiarirci però se volevano usare quell'arma contro gli sfruttatori o contro di noi.

Al ritorno dal «lavoro ai cancelli» avevamo sempre il dente avvelenato. Non con i lavoratori, ma con la politica riformista del Pci.

– La linea del congresso, – smaniava Liverano, – si sviluppa a partire dalla concezione dell'uomo come merce –. Cosa che lo preoccupava moltissimo.

Anche Michele era in ansia per quel fatto. Anzi era ancora piú in ansia di Liverano. E aggiungeva:

– La linea del congresso fa leva sull'economicismo degli operai.

Loretta approvava e anzi si diceva piú d'accordo con Michele che con Oscar, anche se avevano detto la stessa cosa. Quindi tagliava corto:

– Il Pci favorisce la spoliticizzazione dei lavoratori.

Anna a un certo punto si è esasperata per questo nostro modo di vivere. Si è messa a dire che la gente che frequentava prima di conoscerci era meglio di noi. Ha elencato nostalgica i suoi parenti, i suoi amici di una volta. Parlava dei fratelli guappi, criminali e stupratori con toni affettuosi. Ripeteva a Michele: ti lascio il bambino e me ne vado. Questa tensione si sprigionava alla minima occasione.

Per esempio una volta è bastato che chiedessi a Michele: – Da dove lo prendi il tempo? – seccato dal fatto che divorasse piú libri di me. Anna subito si è intromessa spiegandomi: – Da me –. E mi ha chiarito che lei sfacchinava per casa o per procacciare soldi, mentre lui studiava. – Ma non per laurearsi e trovare un lavoro, – ha precisato. Poi ha citato positivamente Liverano, che preparava sí la rivoluzione, ma intanto s'era assicurato il pane. Quindi ha concluso, ammirata: – Un insegnante guadagna piú di centoquarantamila lire al mese.

Ne è seguita una litigata. Io che azzardavo: non di piú né di meno degli sfruttati. Michele: meglio di meno. Anna: e Liverano? Noi, perfidi: i privilegi presto o tardi si pagano. Anna, incalzandoci: ma Olga? Michele: laureata da tre anni con 110 e lode, s'è data integralmente alla lotta. Anna: certo, perché è ricca di famiglia. Michele: niente astio, ti passa tutti i suoi vestiti. Anna: la dama di carità. Michele: non posso tollerare (non poteva tollerare che si dicesse male dei compagni, perché allora eravamo convinti che nessun essere umano è piú umano del compagno di lotta, a meno che non tradisca e allora: senza pietà), sulla correttezza di Olga non si discute neanche.

Quest'ultima frase ha fatto perdere ad Anna la pazienza in maniera definitiva. Ha cominciato a recuperare il mondo dell'adolescenza, fatto di carogne sí, ma piú umane di noi.

Abbiamo ribattuto:

– Iloti.

Lei ha risposto:

– E che parola è?

Sennonché è successo che, per motivi diversi da quelli di Anna, «motivi teorici», abbiamo cominciato anche noi a trarre lustro dalle nostre origini e a recuperare qualche tratto di quel mondo, nel corso della metamorfosi a cui ci stavamo sottoponendo.

– Essi appartengono alla categoria di quelli che non hanno, – ha scoperto Michele chiosando Marx. Quindi ha aggiunto emozionato e compiaciuto: – L'uomo che non ha niente è niente –. E, assodato questo fatto, ecco che come per magia la folla dei suoi parenti, dai piú affini ai meno affini, dai consanguinei agli acquisiti per legame di comparato – gente da fuggire fino a qualche anno prima – è risultata da ricontattare subito. Essi rappresentavano: «Una irrealtà completa dell'uomo» ha citato Michele. «Una realtà completa del non uomo» ho precisato io. Però – ci siamo detti – «il loro non avere è un avere molto positivo». Anche se lui, per ricordarmi che li stavamo rivalutando sí, ma senza idealizzazioni, ha elencato: «È un avere fame, freddo, malattie, delitti, umiliazioni». «Ebetismo» ho rincarato io. E giú con un elenco di ogni altra cosa inumana e contraria alla natura.

Michele soprattutto, dopo essersi tanto arrovellato per anni sulla sorte meschina che gli era capitata: nascere cioè tra gente che non poteva capire la sua smania di diventare rinomato scrittore di racconti, romanzi e opere teatrali a sfondo vuoi esistenziale, vuoi sociale, vuoi politico, s'è messo di impegno a rivedere parenti che aveva escluso dalla sua vita da un cospicuo numero di anni.

L'obiettivo primario era poter dire a Oscar e Olga:

– Ho un contatto operaio.

A questo scopo è ritornato persino al dialetto e s'è presentato tanto per cominciare a casa di un cugino di sua madre, operaio all'Alfa.

Il parente non ne è stato contento, anzi s'è mostrato piuttosto imbarazzato. Michele l'ha scandagliato in profondità con frasi tipo: «Gli incentivi». Poi con: «Polizia, esercito, fascisti. C'è nell'aria un colpo di stato». Infine con: «Quello che fanno a un compagno è come se lo facessero a ciascuno di noi». Ed è stato a spiare l'effetto. Quel cugino di sua madre ha detto sempre sí per non dispiacergli. Anzi, piano piano, tra un bicchiere di orzata e l'altro, ha perso l'imbarazzo iniziale e si è rivelato sempre piú compiaciuto per il fatto che Michele era venuto da lui a passare il pomeriggio non per cortesia, ma per parlargli fitto fitto, senza palesi segni di noia o stanchezza.

– Come va la famiglia, – gli ha chiesto a un certo punto.

– E in fabbrica? – invece Michele ha voluto cambiar discorso, lasciando capire che di scambi parentali non aveva voglia.

Il cugino, senza sbottonarsi troppo, s'è tenuto sul descrittivo, elencando: – Un giorno arrivano i cinesi. Un altro giorno arrivano i comunisti col volantino sulle pensioni. Un altro ancora vengono i cattolici, di sinistra ma molto educati, – asettico, attento sempre a non urtarlo con qualche considerazione fuori luogo. Tanto che, quando Michele è ritornato da questa esplorazione, mi ha riferito: coscienza di classe zero.

Perciò è andato da un suo zio ferroviere, fratello del padre, iscritto alla Cgil.

– Ho subito scoperto le carte, – mi ha raccontato. Infatti gli ha detto chiaro e tondo:

– Senza politica si resta merce.

– Eh, – ha detto lo zio.

Ma già a questo punto Michele s'è accorto che, se voleva intavolare una discussione su quella e altre cose serie, bisognava abbandonare il terreno del dialetto: per esempio, «merce» nel corpo di una frase campana generava fenomeni di rigetto e causava spasmi all'intera catena lessicale. Allora è passato alla lingua con qualche inciso in dialetto e gli ha parlato della critica totale.

– La critica totale, – gli ha detto e ridetto.

Lo zio è sembrato entusiasta, tanto che Michele è passato a dire:

– La rivoluzione sociale va intesa e applicata come totalità vivente.

Silenzio.

– O no? – lui ha incalzato il parente per conoscerne il parere su quel punto.

Ma lo zio ferroviere invece lo ha ringraziato ripetutamente. Poi ha chiamato la zia e tutt'e due si sono complimentati. Anzi hanno detto come se lui fosse già andato via:

– Uno che porta il nostro cognome e studia: che piacere.

E subito la zia ha rincarato:

– Torna che per noi è un onore.

– Ma, – ha obiettato Michele.

Loro allora hanno convocato un figlio sfaticato negli studi e gli hanno detto:

– Lui sta per diventare professore e tu resterai ciuccio.

E accompagnandolo alla porta gli hanno mormorato mille volte: – Bravo, – considerandolo, per le cose misteriose che aveva detto, soprattutto per come le aveva dette, uno che era riuscito a rientrare nel paradiso terrestre di soppiatto.

L'hanno affettuosamente salutato.

Nell'aula il caldo era greve di fiati, malgrado le finestre aperte. Mi sono aggirato a lungo tra i banchi, senza sentire, senza vedere. Poi ho guardato l'orologio e mi sono accorto che la ricreazione era vicina.

– Ci vediamo in cortile, – ho detto a Ernesto e intanto gli ho preso il foglio protocollo.

In piedi accanto a lui, ho letto il primo rigo: non posso non dirmi creazionista. Ma subito dopo non spiegava perché. Passava invece a descrivere a forti tinte la melma con cui era stato impastato.

– Il soggetto, – gli ho sibilato, – chi ti ha impastato?

Niente. Ho seguitato a leggere. «Ma ogni tanto si distraevano, – aveva scritto seguitando a non precisare: – ora per questo, ora per quello». Gli facevano un piede e poi correvano via, presi da altre cose. Restava, cosí, questo piede vivo che s'arcuava in su e in giú e artigliava le dita e tentava di scappare procurandosi una lacerazione lí dove la carne ingrigiva e si faceva humus. Ma non ci riusciva. Finché «essi» («Chi?» mi sono arrabbiato) non tornavano e non gli fabbricavano un altro po' di corpo, a caso, senza metodo, senza particolare attenzione: oggi un braccio, domani una gamba, due giorni dopo la testa, il collo, una spalla. Poi per mesi, per anni, nient'altro, lo lasciavano cosí, incompleto. E lui intanto stirava tutti i tendini del collo, scalciava, s'afferrava con l'unica mano a un cespuglio dell'eden, si sforzava di tirarsi su, cercando di strapparsi alla materia ancora inanimata. «Con urla silenziose, – ho letto, – perché le corde vocali se l'erano dimenticate e non mi usciva suono dalla bocca».

– Fuori tema, – gli ho detto, mentre suonava la campanella della ricreazione: – se continui su questa strada: due.

– Uh uh, – lui ha finto di disperarsi in mezzo alla ressa dei suoi ammiratori che gli si affollavano attorno. E nell'alzarsi ha cercato di staccare il braccio destro dal banco ma non c'è riuscito.

– Me lo risucchia, – ha detto terrorizzato per il divertimento dei suoi compagni. – Lo rivuole indietro –. E ha indicato la fòrmica verde.

L'ho staccato dal banco, l'ho trascinato in corridoio, poi in cortile. Gli ho chiesto:

– Che mi devi dire?

Ha risposto:

– Ho capito tutto della lettera. È falsa e so anche chi è il falsario.

Capitolo settimo

Siamo usciti nel cortile e abbiamo cominciato a passeggiare avanti e indietro tra la folla degli studenti. Sentivo una certa fiacchezza alle ginocchia, dopo quella sortita di Ernesto, e allora l'ho investito con un predicozzo che nelle intenzioni doveva servire a rafforzare la mia autorità.

– Se penso, – gli ho detto, – alla fatica che abbiamo fatto, tuo padre e io, per alfabetizzarci in tutti i campi... Se penso allo sperpero di vocali e consonanti cui tu, invece ti dai senza rimpianti... –. E ho barato: – Dovevi essere il destinatario di tutte le parole stupefacenti, sovversive, liberatorie che avevamo appreso –. Poi in un lampo mi è passato per la testa: – Che sto dicendo, farnetico? – Tuttavia quel dubbio non mi ha impedito di esclamare con disgusto: – Creazionista: che vergogna.

Ernesto si è immusonito.

– Mi sembrava una bella idea, – ha cercato di giustificarsi e mi ha spiegato che aveva voluto rappresentare una creazione distratta, sbadata, dove uno, per quanto si sforzi, non riesce mai a essere umano. Non l'ha detto cosí, naturalmente: sono io che ci metto la sintassi. E comunque l'abbia detto, una cosa è certa: all'improvviso l'ho guardato con maggiore interesse e ho cambiato tono. Gli ho chiesto perché doveva girare sempre tutto in buffonata. Lui mi ha lanciato uno sguardo di sbieco e un sorriso nervoso. Ha risposto con una domanda:

– Che sai di Boniperti?

– Un calciatore.

– Poi?

– Nient'altro.

Allora mi ha raccontato tutto. Era andato a leggersi di nascosto la lettera di Calvino. «Noiosa» l'ha definita, tutta centrata sul fatto che il padre aveva scritto un bel racconto: ottimo questo passaggio, magnifico quel brano, tutto molto intelligente. Però poi aveva scoperto una cosa che l'aveva divertito.

– Dietro il primo foglio, – mi ha detto, – c'è un appunto a matita. Te l'ho trascritto parola per parola.

Mi ha passato un foglietto. In alto ho letto a mo' di titolo: «Come Boniperti». Seguiva una storia che, dopo le prime frasi, mi è subito tornata in mente. La conoscevo già, Michele me l'ha raccontata spesso.

Era una storia di figurine, quelle dei giocatori di pallone. I bambini se le contendevano con lo schiaffo. Cosí: si puntavano, per esempio, dieci figurine a testa; poi si mettevano tutte insieme; quindi si curvava il mazzo a barchetta, disponendolo con cura sulla chiglia. A questo punto i concorrenti avevano il diritto di alitarsi nel palmo della mano per dargli energia e vibrare uno schiaffo deciso al selciato, proprio di lato al mazzo. Piú calibrato era lo spostamento d'aria, piú numerose erano le figurine che ruzzolavano di lato e diventavano bottino dello schiaffeggiatore.

C'era un bambino, Chiarolanza, che aveva la mano larga, era abilissimo in quel gioco. Intascava figurine a piú non posso: tutte quelle di Michele, per esempio, che non sapeva niente di calcio, ignorava i nomi dei calciatori e soprattutto, nello schiaffo, era una schiappa. Soffriva molto per quella sua incapacità.

A un certo punto è andata a questo modo. C'erano figurine che valevano di piú e figurine che valevano di meno. La piú preziosa di tutte, perché introvabile, era quella che raffigurava Boniperti.

– Ce l'hai Boniperti? – si chiedevano i bambini l'un l'altro, ansiosamente.

La risposta era sempre no. Ma un giorno Michele

ha detto di avere Boniperti, del quale però non sapeva niente di niente, se era biondo, se era bruno, con quale squadra giocasse. Ha annunciato soltanto: ce l'ho.

Con questa pura invenzione, con questa creazione dal nulla, con questa menzogna, s'è accorto stupito che riprogrammava tutti i rapporti tra i suoi compagni. Sono cominciati scambi frenetici di figurine, rovesciamenti delle gerarchie fondate sul possesso, partite selvagge rivolte a guadagnare il maggior numero di quei rettangoli di carta. Tutto per poi venire da lui a uno a uno e proporgli: dammi Boniperti e io ti do venti, trenta, trentacinque figurine.

Chiarolanza è arrivato a offrirgliene quaranta, ma Michele non ha ceduto. Allora gli ha passato due cotognate e Michele ancora ha detto no. Il bambino, che era un duro, è passato alle minacce: il sangue, gli ha promesso che avrebbe fatto scorrere. Michele non ha battuto ciglio. Chiarolanza a quel punto s'è depresso, è scomparso per un po'. Poi s'è rivisto.

– Fammelo almeno vedere, – ha ceduto, languido per quella mancanza incolmabile.

Michele a questo punto ha concesso: va bene. E il giorno dopo ha portato a Chiarolanza e agli altri bambini un rettangolo di carta della dimensione della figurina, su cui, per tutto il pomeriggio precedente, aveva disegnato e colorato coi pastelli uno sgorbio che doveva essere Boniperti.

– Ecco Boniperti, – ha detto.

Senza tensioni, senza paura.

Per lui Boniperti non poteva essere che quello, dal momento che aveva deciso di trasformare una parvenza in realtà.

Quando Chiarolanza ha visto quel Boniperti, Michele s'è accorto dello spavento che gli è venuto negli occhi.

– Ti piace? Prenditelo, – gli ha detto amichevolmente.

Il bambino l'ha intascato senza dire niente e se l'è filata. Non si sono frequentati piú.

– Perché l'ha fatto? – mi ha chiesto Ernesto, non scandalizzato ma incuriosito.

– Forse perché voleva bene a Chiarolanza e non desiderava che soffrisse, – ho risposto. «O forse, – ho pensato, – perché il delirio di onnipotenza, il desiderio di intervenire con le proprie invenzioni nella vita degli altri, non si ferma davanti a niente».

Ma Ernesto ha scosso la testa e ho capito che la domanda non riguardava piú quell'episodio dell'infanzia del padre.

– S'è comportato con la lettera di Calvino come con la figurina di Boniperti, – ha ridacchiato.

– Che vorresti dire?

– Che non solo la lettera è falsa, ma che se l'è scritta lui.

Gli studenti vociavano. Deborah ci ha guardato pochi metri piú in là, indispettita.

– Che tuo padre abbia manifestato spesso la tendenza a rifare il mondo a modo suo, come tu rifai bestiacce, è vero. Ma non ti permetto di pensare che, – mi sono inalberato, prima di impormi: taci, e bloccarmi di colpo.

Ernesto, spinto da un improvviso rigurgito di energie, ma forse anche dall'allegria per aver scoperto una debolezza di suo padre, si è slanciato in un salto in alto e ha battuto i tacchi a mezz'aria, come avevo visto fare al piccolo Camilli.

«Ecco chi induce i bambini a rompersi l'osso del collo» ho pensato e volevo aggiungere rimproveri a rimproveri. Invece sono stato bloccato dal fatto che, appena ha toccato terra, s'è girato e ha detto:

– Non solo. Sa che è un falso, ma vuole stamparla lo stesso.

L'ha detto, questa volta, con una punta di ammirazione. Io invece ho avuto come una scossa elettrica e mi sono reso conto solo allora che la storia di Boniperti a me poneva soprattutto questa domanda:

«Se sa che è un falso, perché vuole stamparla?»

Ho notato lo sguardo furbo di Ernesto. Era quello di chi ha la certezza di essere finito in un imbroglio che gli altri desidererebbero che non sbrogliasse e che invece lui ha già sbrogliato creando un soddisfacente imbarazzo.

Mi sono immalinconito. Possibile – ho pensato – che la nostra passione per le parole che avvolgono il pianeta debba immeschinirsi, dopo tanti anni e tanti sforzi, tra le lettere povere del cognome di un calciatore?

– Che ti viene in mente? – ho protestato. – Ti pare che tuo padre metterebbe consapevolmente in circolazione un falso?

Lui ha alzato le spalle per farmi capire che non ci vedeva niente di straordinario.

Ho assunto un tono sostenuto. Gli ho spiegato che non conosceva bene Michele.

– Ha troppo rispetto per la scrittura, – ho commentato: – e non ha mai preso scorciatoie.

C'eravamo consumati gli occhi, per amore della pagina scritta. La pagina scritta per noi era sacra.

La ricreazione era finita da un pezzo. Siamo rientrati in aula, sorvegliati da Deborah.

La classe ha rumoreggiato per un po', gelosa di quei miei traffici con l'allievo Astarita, e poi s'è rimessa a imbrattare fogli protocollo.

Ho detto al ragazzo, a bassa voce, accanto alla finestra:

– Eravamo convinti che ci saremmo presto trasformati tutti: gli sfruttati e i figli e i nipoti degli sfruttati. Anche i simpatizzanti. Una grande trasformazione collettiva dall'intollerabile al meraviglioso. Non è successo, ma succederà.

Ernesto ha insistito, anche se con garbo:

– Va bene. Ma mio padre se l'è scritta o non se l'è scritta, quella lettera?

Ho risposto a disagio:

– Ti ricordi chi erano gli iloti? – domanda che l'ha allarmato come se intendessi mettergli un voto. – È stata una parola chiave della nostra giovinezza. Volevamo uscire dalla schiera degli iloti senza diventare per questo simili ai loro nemici.

Ha ripetuto:

– Se l'è scritta o no?

Mi sono strofinato gli occhi per prendere tempo.

– Pensa a una sorta di eden delle parole, – ho provato a spiegargli, – dove tutti possono entrare o uscire dal discorso a piacimento, senza danno, e ogni vocabolo è buono, assaporabile, utilizzabile con autorità.

– Uh, – ha emesso, perplesso.

A quel punto, soffertamente, mi sono arrampicato su per la frase che segue:

– La lettera di Calvino è stata un frutto dell'immaginazione che si ribella alla verticalità del mondo.

Ernesto s'è arreso:

– Va bene, basta. Non ho capito niente.

Però ha voluto sapere, con circospezione, se sua madre c'entrava in quella faccenda. Ho capito che era l'unica cosa che gli importava e ho risposto cavallerescamente: no.

Gli è bastato questo, dopo tante chiacchiere sonnolente, e mi ha rivelato come per premiarmi:

– Ho preso la lettera.

L'ho guardato meravigliato.

– Dammela.

– Devo pensarci.

– Perché?

Silenzio.

Per evitare che insistessi, mi ha promesso: però te la darò. E ha voluto sapere se ero sicuro che il suo compito non mi piaceva. Gli ho detto che, a pensarci, mi pareva buono.

– Te la darò, – allora ha confermato e mi ha proposto: – Ti faccio una bestiaccia?

– No, grazie, mi fanno orrore.

– Le bestiacce sí e le parole no?

– Le parole no.

Con i fogli protocollo piegati sotto il braccio, sono filato via in fretta e a casa mi sono provato a dire tutto a Cristina, per sfogarmi. Ma lei lavorava freneticamente a mettere ordine nel suo registro (aveva il consiglio di classe nel pomeriggio) e ha fatto la sostenuta. Inoltre non sono riuscito a organizzare il racconto, erano le singole parole a sedurmi, non l'insieme, tanto che lei ha detto: – Ti stai rincitrullendo?

Ho lasciato perdere e mi sono messo a fare altro. Per esempio, ho contato e ricontato svogliatamente i compiti che mi restavano da correggere, a poche ore dalla chiusura dell'anno scolastico: tre classi, tre pacchi, settantotto fogli, dai quali poi dovrò trascrivere i voti sul registro. Operazione cui farà seguito: contare le assenze di ciascun allievo nel corso del secondo quadrimestre; sommarle a quelle del primo; annotare il totale; distribuire un po' di voti nelle caselle bianche del registro in modo da far risultare almeno tre interrogazioni per quadrimestre; sommare, dividere e poi registrare i voti finali; trascrivere il tutto sui prospetti quadrimestrali. Ho avuto un moto di ribrezzo. Chi dice che la vita doveva andare proprio cosí?

Capitolo ottavo

Il bus dell'asilo imbarca Matilde a pochi metri da casa e al ritorno la lascia nello stesso punto. La bambina, dopo essersi fatta lavare opponendo strenua resistenza e dopo la colazione (latte, in genere, che succhia ancora dal biberon o, piú raramente, beve dalla tazza: espressione inesatta, però, in quanto, nei fatti, ci rovescia il muesli, poi seleziona l'uvetta e prende quella abbandonando il resto a bagno nel latte), esce in fretta, zainetto in spalla, a volte con noi, a volte senza. Senza di noi preferisce, perché la madre non vuole che frequenti Ambrogio, un gatto che io le ho regalato quando era gattino e che ora è un gattone esposto notte e giorno ai pericoli di via Faldella: feroci pantegane grasse come vitellini, cani in branco che tra le due e le cinque del mattino setacciano ogni angolo della strada latrando e raspando, gatti venduti al branco canino che uccidono a tradimento quelli della loro stessa specie, cavalli al galoppo che poi fanno brush con le froge fumanti, e il solito Ottavio, l'inquilino del piano interrato, cupo governatore di sciami spietati, occhiali scuri e capelli rossi tinti o dipinti ad arte con una pennellessa bagnata nel sangue, dedito a lasciare per strada polpette avvelenate per pantegane, cani, gatti e bambini che mettono tutto in bocca.

Qui io racconto quello che deduco da complesse conversazioni con Matilde. Di fatto una via cosí trafficata e violenta non l'ho mai osservata direttamente, questo signor Ottavio non l'ho né visto né intravisto ed è difficile stabilire tra i molti gatti che circolano nei dintorni, e che lei accarezza, qual è Ambrogio. La verità piuttosto è che Matilde ha dieci metri di vita non sorvegliata in cui colloca avvenimenti difficilmente verificabili.

Per esempio pare che frughi nella bocca di questo Ambrogio con l'indice della destra, mentre con la sinistra lo tiene fermo, allo scopo di verificare se ha in bocca le polpette avvelenate di Ottavio. E intanto lo ammonisce:

– Fammi vedere. Devi mangiare solo quello che ti do io. Sputa.

Il gatto poi vomita a lungo e lei lo saluta mentre corre verso il bus, dove trova Federico Camilli che le dice le ultime parolacce che ha imparato.

Questo Camilli – l'ho già spiegato – è un bambino misterioso. Mai visti i suoi genitori. In presenza di adulti non fiata parola nemmeno se minacciato. Le sue stesse oscenità appartengono al mondo del possibile dentro cui è immersa Matilde, visto che Federico è triviale solo perché lei dà voce alle sue trivialità. Che di fatto, per quel che ne sappiamo, sono riducibili alla frase: «Mio padre è uno stronzo», espressione – si badi – che Matilde non ha mai modificato in: «Suo padre è uno stronzo», ma che ha sempre ripetuto in mia presenza nella forma originaria: «Mio padre è uno stronzo». Cosa che non mi fa escludere che la frase sia un prodotto autonomo della bambina.

Guai, naturalmente, ad avanzare questo sospetto con sondaggi cauti del tipo: «Sicuro che non è muto, Camilli?» A parere di Matilde, Camilli parla e molto. Anzi non fa che pronunciare frasi memorabili. E progettare imprese memorabili. Pare per esempio – ho appreso interrogandola a fondo – che aspiri a saltare di slancio non solo tre gradini, come l'ho visto fare abilmente, ma tutta la gradinata che separa il nostro pianerottolo dal pianterreno, dodici gradini. Per ora si allena, ogni volta un gradino in piú, spericolatamente. Queste e altre cose Matilde le sa perché Camilli gliele dice in segreto nel bus, tra casa e asilo, tra asilo e casa.

Ora l'ultima novità è questa. Matilde è rientrata dall'asilo con circospezione e si è chiusa nella sua stanza. Poi ne è uscita e ha cominciato a sostenere con me di aver visto la donna denominata la principessa di Salerno in mattinata, quando ha controllato se Ambrogio aveva vomitato le polpette avvelenate di Ottavio. Questa donna è schizzata da dietro il contenitore della spazzatura, dove doveva essere stata acquattata tutto il tempo che Matilde s'era dedicata ad Ambrogio, e l'ha inseguita a grandi falcate, anche se di gambe corte. Matilde ha misurato la distanza che la separava dal bus e non si è preoccupata. Ma quando si è girata a controllare se l'inseguitrice avesse guadagnato terreno, è rimasta un po' male, perché le piace farsi correre dietro col grido: ti prendo, ti prendo. La donna invece ci aveva rinunciato e s'era infilata in una Fiat 127 azzurra. La macchina ha seguito il bus e poi l'ha sorpassato. «Però ho imparato a memoria la targa» mi ha detto la bambina, cosa impossibile perché non sa leggere i numeri: certamente l'ha sentito dire da Ernesto oppure in tv.

Una volta davanti alla scuola, Matilde aveva salutato l'autista e stava per entrare con Camilli nel giardino, dove c'era la maestra nemica delle bugie che gridava: sbrigatevi, quando è tornata indietro a dare uno sguardo a una 127 azzurra parcheggiata un pochino piú in là.

– Stessa targa, – ha sostenuto. E stessa donna, proprio la principessa di Salerno.

Questa principessa era seduta al volante e ora la fissava. Ma fino a un attimo prima si stava passando il rossetto, cosa che fa spesso anche Matilde giocando col burro di cacao. Ma la donna lo faceva senza specchietto e ci metteva troppa forza. La pasta rossa le schizzava sul mento e sul labbro superiore, cosa che Matilde ha annotato con compiaciuto orrore.

A questo punto sono arrivato alla conclusione che ciò che Matilde non nasconde o è realtà romanzata o è decisamente una frottola. La verità delle sue esperienze se la tiene per sé, dentro nascondigli ricavati in zone appartate della casa, dove si dirige quasi in punta di piedi e, se ci accostiamo, strilla: andate via.

Infatti mi ha detto proprio cosí: vai via, cominciando a parlare tra sé e sé appena mi sono allontanato e tacendo appena ho provato a riaccostarmi.

Dal suo movimentato racconto, zeppo di menzogne e di verità abilmente trasfigurate, ho potuto dedurre soltanto che, come aveva promesso, Anna era arrivata e per prima cosa aveva voluto dare uno sguardo curioso alla bambina. Di conseguenza – ho dovuto ammettere – non c'è piú niente da fare: è meglio convocare Michele e parlargli; farsi spiegare perché vuole pubblicare un documento del quale conosce l'inautenticità; organizzare un discorso senza eccessi, senza debordare dalle giuste proporzioni, e scontando il fatto che forse le parole che dirò saranno quelle che lui stesso, ad arte, mi sta inducendo a preparare.

Gli dirò della lettera, una volta per tutte, ammesso che non sappia già tutto. Gli dirò del tempo della prima adolescenza, quando dicevamo: «allibisco», e di lui che fu il primo a intuire: il luogo dove la gente allibisce esiste. Solo che si arrovellava: come si entra? Dov'è la porta? l'uscio? la fessura?

Finché un giorno Michele ha letto sul «Mattino»: letterari; martedí; Calvino. Proprio cosí: la prima parola gli è sembrata piú visibile, sebbene sul giornale venisse per seconda. Forse so l'anno, ma che importanza ha? È importante invece che Anna gli abbia detto: vengo anch'io al martedí letterario. Ma in dialetto: a quell'epoca soltanto lui e io parlavamo in lingua, e esclusivamente tra noi.

– Però non apri bocca, – le ha fatto promettere Michele, a sua volta in dialetto: in lingua, ripeto, parlava soltanto con me.

– L'apro quando mi pare, – ha risposto Anna, che non era obbediente.

– Allora non vieni.

Hanno litigato, perché Anna già sopportava poco

il nostro fitto confabulare che troncavamo appena lei si accostava. L'idea che al nostro duetto si potesse aggiungere un terzo maschio che la facesse sentire ancora piú esclusa le ha fatto strillare:

– O parlo anch'io o con questo Calvino non scambi una parola.

– Giovanni? – mi sono informato, un po' per fare lo spiritoso, un po' perché davvero non conoscevo altro Calvino che Giovanni, avevamo appena studiato la riforma protestante.

Michele ha detto: – Giovanni è morto da quattrocento anni, – e mi ha chiarito: – Questo si chiama Italo.

Mai sentito parlare di quell'Italo. Neanche Michele lo conosceva bene. Aveva solo letto: martedí letterari, Calvino, cosa che gli era bastata per il programma che aveva in testa.

Quale?

Non ce lo volle dire.

– A suo tempo, – promise.

– Ma che sai di lui? – gli chiedemmo io e Anna.

– Le copertine, – confessò.

Se le era studiate contemplandole nelle vetrine delle librerie, nell'edicola della stazione. Studiava per ore tutte quelle dei libri esposti.

Dalla stanza dove mi sono sistemato – con tutto quello che mi occorre: la matita rossoblú, i compiti, molti sbadigli, le frasi che conto di dire, i fatti che rievocherò, le parole che non pronuncerò mai e gli avvenimenti che seguiterò a tenere per me fino a lasciarmeli morire dentro del tutto – ho visto, attraverso il rettangolo della porta aperta, Matilde e Federico Camilli, venuto da poco in visita di cortesia.

Erano come l'illustrazione di un libro per bambini: un acquerello, riquadrato dalla cornice della porta sulla pagina bianca della parete. Matilde mostrava furtivamente al suo amico qualcosa di azzurro, ma dal mio posto non vedevo cos'era né si sentiva che cosa si dicevano. Si trattava sicuramente di un oggetto segreto, da toccare con circospezione, perché la bambina ogni tanto guardava dalla mia parte e cercava di nascondere col corpo quello che mostrava a Camilli. Ma sapevo, del resto, che se fossi andato da loro per sottoporli a controllo, quella cosa di colore azzurro sarebbe sparita e avrei guastato il loro gioco.

Allora ho fissato per un po' l'immagine come se fosse davvero un'illustrazione ma senza didascalia, tutta da decifrare cosí, da lontano.

Leggevamo piú copertine che libri, se si esclude qualche volume polveroso della biblioteca circolante, capolavori sempreverdi dell'Ottocento. In compenso ci pascevamo dei gialli che io sottraevo a mio padre appena li abbandonava sul comodino. Lui se ne serviva per farsi venire il sonno, io per farmelo passare.

In principio Michele scriveva di navigazioni su velieri, battaglie sanguinose di epoca napoleonica, inseguimenti a cavallo e duelli. Secondo lui la materia letteraria era quella. Poi è stato piacevolmente sconvolto dalle molte novità che ha pescato nei romanzi d'amore a puntate stampati su un settimanale di moda che comprava la sua mamma sarta. Ma solo quando ha letto i gialli che io gli prestavo, si è definitivamente convinto che la letteratura non era sparita dal mondo in sul finire dell'Ottocento, come invece tendevano a persuaderci le biblioteche scolastiche e rionali zeppe di *Guerra e pace*, *Delitto e castigo*, *Davide Copperfield*. Nei gialli c'era il nostro tempo, la gente come noi. Quando me li restituiva, mi elencava soddisfatto le cravatte, le scarpe, i vestiti, le automobili, le marche delle pistole, tutta roba dei giorni nostri. Era contento che si potesse essere eroe da romanzo anche se non si era nati tra Settecento e Ottocento, anche se non ci si vestiva come Pierre Bezukov. E gli è bastato poco per dedurre, un giorno, che dietro le copertine dei libri in vetrina, freschi di stampa, ci dovevano essere pagine dove Raskol'nikov si poteva chiamare senza problemi persino Michele Astarita, domiciliato in Corso Arnaldo Lucci 148, Napoli, telefono 330439. Il suo nome, infatti, presto gli è sembrato adattissimo a una storia avvincente. Solo qualche tempo dopo s'è un po' avvilito scoprendo che di Michele ce ne sono in abbondanza, nella buona letteratura.

Comunque, quest'idea di poter considerare i fatti suoi al livello di quelli di Bezukov e Raskol'nikov ha dato senso per anni all'esistenza di questo mio amico. Per capirci, lui mi diceva: non c'è bisogno di galeoni, sciabole e poliziotti con la pistola; noi, noi, siamo roba da romanzo, tutto quello che abbiamo sotto gli occhi è roba da romanzo, io, tu, i platters, ginopaoli, giorgiogaber, littlerichard, elvispresley e corsoarnaldoluccicentoquarantotto.

– Perché li scrivi cosí? – gli chiedevo.

– Perché se li vedi scritti al modo solito non ci credi che sono da romanzo.

Era vero, ma la ragione non sapeva spiegarmela. Tuttavia ne era convinto:

– Giorgio Gaber non è ancora da romanzo, – diceva: – giorgiogaber sí.

E per allenarsi a entrare nelle narrazioni ha cominciato a firmarsi: micheleastarita.

D'altra parte, che i libri in vetrina raccontassero dei nostri giorni era un'ipotesi tutta da verificare. Ma come? Soldi non ne avevamo. E la biblioteca scolastica era decrepita almeno quanto il nostro professore di lettere, prossimo alla pensione, dedito al totocalcio in orario scolastico e narratore al *ralenti* di una sua scivolata con frattura del femore capitatagli una ventina d'anni prima. Da lui, come dalla scuola in generale, non c'era speranza che ci venisse aiuto.

Si è aperto uno spiraglio solo quando, intorno ai quindici anni, ho pescato *Pioggia* di Somerset Maugham sepolto tra i gialli di mio padre.

– Quando sarai piú grande, lo leggerai, – mi ha detto, lasciandomi capire: ora no, è perverso.

Allora ho cominciato a leggere subito quel racconto di nascosto, badando a rimettere il libro ogni volta nella stessa posizione, perché mio padre era poliziotto e di conseguenza gli attribuivo l'anima del detective. Ho scoperto tardi che gli potevo sfilare i lacci dalle scarpe e non se ne sarebbe accorto.

Michele intanto fremeva:

– Sbrigati e passamelo, – mi minacciava.

– Quando sarai piú grande, – gli promettevo.

Ma lui:

– E tu?

Io:

– Quasi finito, – e aggiungevo con toni disfatti: – Mi ha devastato.

– In che senso? – lui chiedeva struggendosi.

– In tutti i sensi.

– Ma che succede?

– Piove.

– Dove?

– A Pao Pao.

– E dov'è?

– Lontano.

– Come sono vestiti, i personaggi, che fanno?

– Come noi, identico: le cose che facciamo noi.

– Sbrigati, – Michele tornava a supplicarmi.

La verità è che *Pioggia* mi aveva annoiato già alla terza pagina e tutte le volte che cercavo di andare oltre, cedevo fiaccato dallo sforzo, mi ristoravo con Donald Lamm e Bertha Cool, personaggi dei gialli. Poi è successo che Michele è passato da casa mia, si è intrattenuto con mio padre a parlare di criminali e biglietti omaggio per il cinema, quindi, una volta andato via, *Pioggia* non c'era piú.

L'ha riportato due giorni dopo e ha detto: bellissimo.

Bellissimo?

L'ho letto e riletto annoiandomi fino all'ultima pagina, ma volevo capire: perché è bellissimo? Non l'ho capito, anche se a Michele ho detto: l'ho riletto, è proprio bellissimo. Sicché il libro m'è sparito di nuovo, se l'è riletto anche lui e, quando è tornato a restituirmelo, ha mormorato: sconvolgente.

Eravamo a questo punto, con le nostre letture, quando lui è arrivato con quella novità: c'è Calvino ai martedí letterari. E ha circondato il nome di Calvino con un'aureola fiammeggiante che mi doveva far capire: altro che *Pioggia*.

Ho aguzzato la vista. Ora l'azzurro splendeva con minore cautela, tra le mani di Matilde, per permettere a Ernesto e Deborah che erano appena arrivati di goderne, anche se in segreto.

Nell'immagine che spiavo, la cosa che Matilde mi nascondeva e che invece svelava ai suoi amici aveva l'alone dei sogni liberatori. Ernesto infatti è arretrato alzando le braccia e facendo platealmente la bocca a O. Deborah invece ha assunto pose da diva del cinema che fuma da un lungo bocchino. Languida, girava intorno ai due bambini. Nella stanza c'era una luce da tramonto in *Via col vento* o *Duello al sole*.

Mi sono agitato di proposito sulla sedia e ho tossito per vedere se i miei sospetti erano fondati. Matilde ha sussultato, si è accorta di me. Ha fatto ruotare il tronco, di scatto, e ha nascosto l'azzurro. Non ho avuto piú dubbi.

– Sei sicuro? – ho chiesto a Michele.

Non mi pareva degno, quel Calvino.

Lui ha risposto categorico: sí, sicurissimo, alle 18. Unico problema: Anna.

– Non ha un soprabito – ha detto.

Intorno a questo soprabito che non c'era è cominciato un loro sordo conflitto.

– Senza soprabito non vieni, – le ha detto, insistendo che non aveva un abbigliamento adeguato. Avrebbe voluto accanto a sé una fanciulla aristocratica dei romanzi russi e le ha fatto pesare in tutti i modi la mancanza anche di una sola sillaba che ricordasse, in lei, Nataša la sera che balla con Kuragin.

– Cosí vestita non ci vieni, – ha concluso senza tatto, tanto che il pastrano stinto in cui Anna si infagottava le deve essere sembrato una muffa rappresa sulla pelle, una colla fredda di pesce, gelatina marrone e maleodorante. Solo che era una di quelle persone che ingoiano senza lacrime e ribattono: – Ah sí? – A ogni spregiativa lamentela di Michele, ha obiettato aggressiva:

– E tu ce l'hai il soprabito?

Nemmeno lui ce l'aveva. Michele portava in tutte le stagioni una giacchetta a righe verticali, verdi, del tipo New Orleans Jazz Band, frusta, corta di maniche, stretta di spalle, che sua madre aveva ricavato da un avanzo di stoffa usato per tappezzare il divano di casa, e pantaloni lucidi sul sedere come se fossero stati ripassati col sidol, senza piega a perpendicolo, ma con borse alle ginocchia. Anna si allontanava di qualche passo, lo contemplava e gli diceva:

– Fai ribrezzo, nemmeno tu sei adeguato.

Ma ci sono situazioni in cui si è perdenti in partenza e Anna si trovava in una di quelle. Io e Michele, aiutandoci col manuale del Gennarini che indicava come recente avanguardia la scapigliatura milanese, consideravamo la nostra condizione miserabile una sorta di ideale *bohème* cui ci davamo nelle fantasticherie. Ai nostri occhi questo riscattava la povertà, le assegnava un senso, ne faceva un gradino preparatorio indispensabile per accedere all'epoca in cui la fama, la ricchezza, il successo ci sarebbero stati concessi a palate e tutti si sarebbero interessati a come eravamo vissuti da adolescenti, cosa pensavamo da giovani, chi avevamo amato. Perciò Anna, con le sue rimostranze, non ci sfiorava nemmeno e anzi Michele le rispondeva: – Io sono *bohémien*, – esotica professione di miseria associata al genio artistico che gli permetteva di andar vestito da pezzente senza problemi.

– Anch'io, – si provava a ribattere lei ignorando di cosa si trattasse.

Ma naturalmente non ci convinceva. Anna studiava da segretaria d'azienda e a una festa da ballo, un sabato sera, le era toccato per puro caso, tra un ballo e l'altro, di diventare fidanzata di un aspirante scrittore *bohémien*. O meglio: all'inizio pensava di aver trovato solo un fidanzato liceale. Poi Michele le aveva rivelato: altro che liceale, io scrivo racconti e romanzi, e le aveva lasciato intendere che la regola era questa: piú lui si abbrutiva nella sporcizia, affamato e malato, un braccio anchilosato, lavorando giorno e notte alle opere letterarie, piú lei doveva portare una ventata d'eleganza in nero, di profumi raffinati, di sana bellezza. Il ruolo femminile gli pareva quello. Cosí si era persuaso grazie a certe sue letture, soprattutto il settimanale «Annabella».

A queste letture si era aggiunto di recente il *Diario del seduttore*, che avevamo preso in prestito alla biblioteca rionale per apprendere come si seduce. Quel volume ha dato una duratura sistemata alla nostra già radicata convinzione che le donne erano gingilli ritrosi da maneggiare e manipolare a piacimento, senza troppi scrupoli, essendo fatte di materiali incredibilmente attraenti, ma prive dello spirito che alita in genere solo dentro la materia maschile. Grazie a questo testo, avevamo consolidato l'idea che le ragazze, se di norma erano attratte dal bell'aspetto dei nostri compagni, potevano d'altro canto essere sedotte in profondità solo dal nostro assedio intellettuale, vale a dire dal fascino della parola ben detta, arte in cui a nostro parere eccellevamo.

– Tu temi lo spirito perché non sai cos'è, – aveva detto Michele ad Anna ballando.

– Macché, – aveva risposto Anna, secondo lui mentendo.

– Voi ragazze avete paura di quello che non avete, – lui aveva insistito.

– Io ce l'ho eccome, – aveva rivendicato Anna per spirito di contraddizione, che non era né lo spirito che intendeva Michele, né quello che intendeva lei: fare la spiritosa, cioè.

– Se non hai paura, fidanziamoci, – allora le aveva proposto.

– Certo che mi fidanzo.

– Perché? – lui aveva chiesto disorientato da quel sí.

– Perché mi piaci, – gli aveva risposto. E questo aveva decisamente scontentato Michele, il quale in quella fase preferiva essere ripugnante nel fisico ma soggiogatore in virtú della sua diabolica intelligenza. Anna invece gli ha ripetuto spesso, a partire da quella volta:

– Sei uno scemo, ma bellissimo.

Si è dovuto adattare. Ad ogni modo subito è passato a mostrarle la fatica del letterato come la intendeva lui, secondo la prassi di realtà e immaginazione che da qualche anno aveva messo a punto con me.

La prassi consisteva in questo: uscivamo insieme di pomeriggio girando in circolo per piazza Nazionale, di lato al bugnato grigio del carcere di Poggioreale; qui ci scambiavamo visioni del mondo e lanciavamo insulti contro tale Aulo Irzio che compariva nelle frasi da tradurre in latino per il giorno dopo, impedendoci di continuare a sragionare tra noi; in serata Michele, dopo i compiti, si concentrava su una storia di due amici che si scambiavano visioni del mondo e insulti contro Aulo Irzio, ignari del destino che li attendeva: una cella, mettiamo, dietro il bugnato di Poggioreale, dove presto sarebbero finiti lottando per la libertà, non era chiaro di chi; e la mattina dopo mi passava la sua storia sottobanco chiedendo in ansia: com'è? La cosa non finiva lí. Nel pomeriggio punto e a capo: cominciava a lavorare a una storia in cui lui passava sottobanco una storia, ma i professori lo scoprivano e allora.

Sennonché con Anna quel metodo di lavoro non funzionò.

– Funziona? – ha chiesto Deborah affacciandosi sulla soglia e indicando il televisore. È il modo secondo cui lei e Ernesto mi chiedono se possono guardare la tv qui da me, e lo fanno di solito quando hanno qualche quesito da sottopormi. Non ho saputo dire di no.

Dietro di lei s'è intrufolato Ernesto, poi Camilli, poi Matilde. Ho scrutato la bambina e lei mi ha fronteggiato con un'espressione limpida che mi ha spaventato.

– A casa tua non funziona? – ho chiesto a Deborah.

Ho appreso che i suoi non amano i gialli e che in tv stavano per dare *Delitto perfetto*.

– E a casa tua? – ho chiesto a Ernesto.

Ha risposto:

– I gialli mi fanno paura in qualsiasi casa.

– L'horror no? – ho ironizzato.

– Anche l'horror.

Non ho detto piú niente perché non mi è sembrato di buonumore. Inoltre stava cominciando *Delitto perfetto*.

– Me lo spieghi? – ha chiesto Matilde a Deborah, in quanto tratta la tv come se fosse un libro illustrato. Bisogna avere la pazienza di spiegarle: ecco che quello ha fatto questo, questo ha fatto quell'altro, e solo cosí si appassiona, altrimenti non capisce niente.

Deborah non è stata gentile, le ha risposto di lasciarla in pace. Allora Ernesto se l'è presa sulle ginocchia e ha cominciato a raccontarle il film inquadratura per inquadratura. Camilli invece, muto come al solito, ha resistito un po', quindi ha baciato Matilde che nemmeno se n'è accorta e se l'è filata.

Cristina è rientrata dal suo consiglio di classe, nera di noia, proprio quando cominciava a squillare il telefono nel film e Ernesto raccontava: – Squilla il telefono, – a Matilde che si premeva tutte e due le mani contro la bocca.

– Poi? – ha chiesto la bambina.

– Lei si alza dal letto e va a rispondere: pronto.

– Pronto, – ha ripetuto la bambina, soffocando i suoni contro le mani.

– Ed ecco l'assassino che viene fuori dal suo nascondiglio, – ha spiegato Ernesto turbato.

– Ho paura, – ha detto Matilde eccitatissima.

– È stato fatto apposta per questo, – l'ha rimbeccata Deborah.

Cristina è intervenuta:

– Non si potrebbe andare a cenare?

– No, – le ha chiuso il becco Matilde e sua madre si è rassegnata, ha cominciato a guardare anche lei Grace Kelly che annaspava, cercava le forbici, le sollevava e colpiva.

– Che vestito ha? – si è informata la bambina molto spaventata: – a nido d'ape?

Deborah ha ribattuto furiosa:

– Non è un vestito, è una camicia da notte.

– È da fata? – ha chiesto Matilde, terrorizzata dall'assassino che veniva assassinato.

– Non è un vestito e zitta, – ha chiuso il discorso Deborah.

Al che Cristina è intervenuta di nuovo dicendo:

– Mi state rovinando la bambina.

Ho minimizzato:

– Ma no, le fa bene.

– Come no, – ha brontolato la madre di Matilde.

– Serve ad addolcire la percezione dell'esistenza, – ho azzardato, specificando: – L'esistenza è gratuita, non ha trama. Qui invece si impara a vedercela, la trama.

Cristina ha ribattuto:

– È solo roba che dà sostanza agli incubi.

Deborah invece mi ha domandato, incuriosita:

– Perché dici che l'esistenza è senza trama?

Mi ha fatto piacere che mostrasse finalmente un po' di attenzione alle mie pensate. Ho indicato lo schermo e le ho detto:

– Lí c'è una chiave nascosta sul pianerottolo, e proprio per questo tutto alla fine quadra. L'esistenza invece è fatta di gente che entra e che esce. Ti passano davanti e non sai perché.

È ritornata con lo sguardo allo schermo, mi è sembrata perplessa.

Michele raccontava di tutto, ormai, ordendo secondo un disegno nitido quello che a me appariva o stinto o insensato. Nella sua produzione a ciclo continuo che passava dall'esperito al romanzato non c'eravamo solo lui e io, ma per pagine e pagine ogni cosa che adocchiava dalla finestra di casa o per strada, dal temporale d'autunno che travolge foglie morte verso i tombini, allo scheletro di grattacielo che andavano costruendo di lato alla stazione. Primo grafomane in una famiglia da generazioni semianalfabeta, allineava lungo il filo azzurro della stilo un italiano che adesso mi riesce difficile esemplificare. Era scolastico, di tono elevato, tribunizio, e però bombardato da inconsapevoli adattamenti dal dialetto, o da calchi consapevolissimi, voluti per disperazione. Perché, sosteneva autoironico o sul tragico: se lo scrivo in altro modo, non è com'è.

Questo accadeva soprattutto quando volgeva in scrittura i suoi parenti iloti. Se noi due, infatti, per iscritto venivamo bene, avevamo sempre in bocca parole da signorini, non si poteva dire la stessa cosa di fratelli, cugini, compari e comari, che sulla pagina mettevano tutto a soqquadro, sgangheravano il mondo verbale che noi avevamo mutuato dalle traduzioni di Tolstoj, Hugo, Čechov, come dal manuale di filosofia Lamanna e dal volumetto Bur: *Diario del seduttore*.

Alla lingua dei racconti sul suo vasto parentado arrecavano grave disturbo specialmente le giovani figlie dei compari e delle comari, che erano ragazze cresimate da sua madre e perciò assunte nella categoria delle comarelle. Era un vocabolo, questo, che si pronunciava *cummarèlle* e rendeva di per sé quelle fanciulle tutt'altro che lievi. Ne svelava il corpo pesante, intorno a cui era assolutamente impossibile aggirarsi come spirito intorno a un altro spirito. Le mostrava refrattarie alla fabbrica letteraria, anzi pronte a schiacciare un bel periodo seducente col fardello del dialetto che usavano. Tant'è vero che anche oggi, quando gli ricordo: «*cummarèlle*», Michele ha un moto di orrore linguistico misto a imbarazzo, identico a quello che prova (provo anch'io) quando qualcuno gli rinfaccia ironicamente che pronuncia: di-éci; dici-òtto; súffici-énte.

Eppure queste cummarelle andrebbero riabilitate proprio perché erano cosí impermeabili all'alfabeto letterario, che scivolava sulla loro pelle come se fosse incerata. Una – scriveva Michele – faceva di cognome Mattoccia e di nome Titina, non piú della quinta elementare, lettrice di «Sogno», cresimata di fresco. Aveva foruncoli bigi ed era nera di pelle, essendo stati i Mattoccia fecondati dal nobile sangue dei predoni saracini. Anzi, cosí nera era questa Titina, che nemmeno col sale di soda era riuscita a sbiancarsi, quando una volta s'era ritirata nel cesso e, chiusa a chiave, aveva tentato, con quello, di diventare bianca di bucato. Fu un tentativo inutile e nocivo, cosa che le venne detta chiaramente a schiaffoni dal padre, pasticciere provetto, sempre al lavoro dentro un laboratorio in maiuscole (LABORATORIO diceva la scritta sul suo luogo di lavoro, uno scantinato odoroso di muffa e di topi).

In lite perpetua con questa cummarella per gelosie di ragazze, c'era un'altra cummarella, di nome pure Titina. Bianca però e rosa, secondo anno di una scuola per ragionieri, figlia di *chianchèra*, essendo la madre padrona effettiva di *chianca*, una macelleria cioè. (Michele scriveva proprio chianca, poi cancellava perché il periodo gli si chiazzava come per una macchia di ragú, quindi tornava a scrivere chianca ma dentro un periodo lavorato apposta perché non rigettasse quel vocabolo). La chianca era tutta marmi, sembrava una tomba monumentale per manzi: il tronco marrone laterale al banco e annerito dal sangue rappreso; l'ascia ben manovrata che faceva zac zac e schizzava schegge d'ossa rosate; l'odore greve del soffritto, che ribolliva in pentole di rame tutto interiora e foglie di alloro e poi si solidificava in un blocco rossiccio di salsa piccante da sciogliere in acqua e farci la zuppa.

Michele collocava la chianchèra con letterario disgusto tra fumi gialli, in un luogo chiamato Caivano. La faceva *cummàra* bianca e rossa che – zac zac – tagliava e impacchettava carne dicendogli: «Per la cummàra», sua madre cioè, mentre lui si schermiva con: no no, perché?, non vi scomodate, grazie, e la cummàra invece respingeva le fioche proteste definendolo: *cumpariello*. Quest'omaggio di chili di costate veniva fatto nelle festività di rilievo, per regalo, con gli auguri ora di buona Pasqua, ora di buon Natale, ora di buon onomastico.

Nelle stesse ricorrenze anche l'altra Titina accorreva coi cartocci del padre pasticciere. Ma non c'era paragone: la chianca rendeva, la pasticceria no. E si vedeva. La cummàra di Caivano veniva a far gli auguri alla madre, a tutta la famiglia di Michele, col cappello e la veletta e gli anelli e gli orecchini e le collane e i bracciali, il pettacchione tremolante dentro un abito a colori sfarzosi, indossato per l'occasione mondana. Tre passi dietro di lei arrivava Titina bianca e rosa, schizzinosa nell'abito celeste di sintetico scintillante, una spilla di brillanti sul petto piccolo, meno piccolo, non piccolo, grande, anzi anno dopo anno sempre piú aspirante a farsi anch'esso pettacchione. Infine compariva il marito coi polli vivi, le cervellatine, i chili di fettine, il soffritto. Era ferroviere come il padre di Michele ma, in piú, si giovava di quella macellazione continua ad opera della moglie, la cui chianca – secondo l'acre e rancoroso parere del genitore di Michele, – aveva rimpinguato facendo lo svaligiatore notturno dei beni delle ferrovie dello stato nel dopoguerra, quatto quatto come uno dei Bassotti.

Passava poco tempo, qualche convenevole, ed ecco una nuova scampanellata. Erano i Mattoccia, altri colori, un benessere sí, ma di grado inferiore. Arrivava claudicante la cummàra madre della Titina nera, anche lei con tutti gli ori che era riuscita a racimolare, adorna come la madonna di Montevergine. Seguiva normalmente il marito, poco curato e ancora in veste di pasticciere. Infine arrivava Titina, linda ma non scintillante, simile alla madonna di Montevergine anche lei non per gli ori ma per l'incarnato nerofumo che la rendeva di carattere malinconico. E per di piú non poteva fare un ingresso dignitoso, perché costretta dai genitori a portare a braccia tese in avanti guantiere di cartone zeppe di paste reali, babà, roccocò, mustacciuoli, sfogliatelle sia ricce sia frolle, raffiuoli, cannoli. Il tutto odoroso di scantinato, da mangiarne per l'intero anno.

Qui Michele, nel raccontare, sorvolava sullo scontro sordo tra i due gruppi familiari che, essendo legati da comparato con la sua famiglia, per la proprietà transitiva erano compari anche tra loro e «compari» si apostrofavano, ma odiandosi. Preferiva invece concentrarsi per qualche periodo su suo padre, che ce l'aveva col collega ferroviere, arricchitosi secondo lui col crimine, e tendeva a rifarsi instaurando un confronto fitto fitto tra cummarelle e cumparielli: la Titina bianca e la Titina nera, le figlie della macellaia e del pasticciere, cervelli di gallina, femmine sciatte nella lingua, incolte, analfabete quasi; Michele invece, suo figlio, intelligentissimo, che studiava greco e inglese come un greco e un angloamericano. Il GRECO, l'INGLESE, pronunciava suo padre, nel corso del confronto, e l'interrogava:

– Acqua?

– Ydor, – rispondeva Michele.

– In inglese?

– Water.

– Come il cesso, – concludeva suo padre, suggerendogli all'orecchio: – Tu buttaci le mani, – sopra il corpo delle Titine, voleva dire, per insegnare loro da subito la superiorità del maschio, per di piú addottorato, padrone per natura di quella materia informe di femmine non alfabetizzabili.

Del padre Michele scriveva – senza la necessaria distanza, con tanta piú cattiveria quanto piú se ne ritrovava dentro le parole e le convinzioni – solo per gettare uno sguardo narrativo sul dopo di quelle visite opulente. Appena chiusa la porta, infatti, sua madre, che se ne era stata sul divano tappezzato di fresco a righe verdi New Orleans Jazz Band, intervallando la conversazione con risate accattivanti a bocca aperta, tutta la dentatura, e mimando la disinvolta donna di mondo sebbene di umili origini, come aveva visto fare a Jennifer Jones in *Gli occhi che non sorrisero*, diceva al marito:

– Bisogna ricambiare la cortesia. Con regali equivalenti per quantità e qualità.

Apriti cielo. All'orecchio del padre questo suonava come rovina economica sicura.

– Che ricambiare? Mangiamoci tutto e basta, alla faccia loro, – strillava, cosa che la madre non poteva accettare nemmeno da morta. Perciò litigavano con inseguimenti per casa durante i quali l'uno prometteva: ti ammazzo, l'altra si riprometteva, alla prima finestra: mi butto giú. Finché succedeva che, di nascosto dal marito, la madre prima si indebitava coi Mattoccia per fare il braccialetto d'oro massiccio alla Titina bianca e rosa, poi si indebitava con la chianchèra per non sfigurare con la Titina dei Mattoccia e regalarle un filo di perle coltivate.

Il nocciolo della storia però era nel finale, tutto ripreso come al solito da fatti realmente accaduti. Un pomeriggio delle feste di Natale, Michele e io siamo andati a spasso con le due Titine. Le ragazze si sono strette gomito contro gomito, non per stare piú vicine ma per respingersi a gomitate. A noi di tanto in tanto dicevano: – Fateci divertire, – e intanto si pizzicavano tra loro con le unghie senza darlo a vedere, sibilandosi oscenità di cui conoscevano solo il significato metaforico e non ancora quello letterale. Un imbarazzo, una noia. – Non ci fate divertire, – si sono lamentate tutto il tempo, perché noi passeggiavamo in silenzio e, per quanto ci impegnassimo, non ci veniva niente di divertente da dire, tra tutti gli argomenti di conversazione che ci appassionavano per giorni, non ce n'era uno che fosse adatto a loro. Appena aprivamo bocca, loro facevano uffà, per farci capire che avrebbero preferito stare altrove. – Abbiamo certi amici! – ci hanno informato a un certo punto, rimpiangendo di non poter passare quel pomeriggio con loro, che sapevano farle divertire. E hanno voluto anche ripetere certe cose che avevano sentito dire da quei ragazzi provetti a proposito degli studenti, tipo: studiano studiano, ma con le femmine: e facevano, come quelli, il segno che vuol dire «niente», col pollice e l'indice. Alla fine hanno concluso: – Non ci avete fatto divertire, – e al ritorno sono andate a dire anche al padre di Michele: – Non ci hanno fatto divertire.

Sicché Michele virava il suo racconto verso i toni risentiti, sempre piú convinto che da quel mondo doveva filarsela in fretta, al piú presto, subito, per guardare in faccia il suo destino di scrittore, che era fulgido. E confessava: – Con le Titine mi sento come Gilliat dal dacio profilo –. Ah, se fosse diventato un Hugo, tutto si sarebbe aggiustato. Si sarebbe mutato – quel tutto – in qualcosa tipo *I lavoratori del mare*. Ma cosí – cosí com'era adesso, un nessuno, non Hugo – la vita la sentiva priva di numeri alle pagine, senza nemmeno le pagine, la sentiva fetente.

– Senza trama, – ha ironizzato Ernesto alla fine del film, quando Matilde era ormai andata a dormire con Cristina dopo che c'eravamo tutti nutriti poco e male davanti alla tv, e Deborah lo incalzava dicendo: andiamo che ho sonno. Quindi mi ha rivelato:

– Ho visto mia madre.

– Come sta? – ho chiesto senza sorprendermi.

Bene, ha risposto, benissimo. E mi ha detto luogo e ora dove Anna intende vedere me e Michele domani.

– Per la lettera, – ha chiarito.

– D'accordo.

Mi ha chiesto:

– Hai corretto il mio compito?

Gli ho detto che stavo per farlo.

– Sbrigati, c'è una cosa per te e un messaggio.

Ho fatto cenno di sí, ma pensando ad altro. Poi non ho resistito e gli ho chiesto:

– Che nasconde Matilde? Che state tramando voi quattro?

Ma in quel momento hanno suonato al citofono e lui e Deborah se la sono filata ridacchiando.

Ho risposto ed era Evaristo Galois: cosí ha detto la voce di Liverano, usando il suo nome di battaglia di tanti anni fa. Erano quasi le ventitre, ma Oscar, da uomo solo qual è, può passare per un saluto anche a notte fonda.

– Che rispolveri? – gli ho detto alludendo al suo nome di battaglia.

Era un po' brillo, ha risposto che rispolvera quello che gli pare. E ha rispolverato Olga che lo lasciò per

Gianni D'Ambrosio subito, appena vide questo compagno alla riunione che poi decise della nostra uscita dal Pci. D'Ambrosio s'era fatto chilometri e chilometri in auto per arrivare puntuale alla riunione in casa di Loretta e Liverano.

– Aveva il fascino dell'uomo sudato e impolverato che è sfuggito a mille agguati di fascisti e agenti segreti, – si è ricordato Oscar.

La riunione è cominciata subito. È intervenuto per primo Liverano su com'erano necessari i rapporti con gli studenti. Ma quello sconosciuto l'ha subito rimbeccato dicendo: perché gli studenti dovrebbero avere rapporti con noi? E ha specificato: è gente che fila diritto per la sua strada, senza alchimie di partito, senza cautele, senza vocazione alla sconfitta: rivoluzione e basta.

Si sono rimpallati cortesi repliche acidule, alla fine delle quali D'Ambrosio ha annunciato: non rinnoverò la tessera.

– Anch'io, – ha detto Olga.

– Anch'io, – ha detto Loretta.

– Non c'è congresso che tenga, – ha argomentato Olga.

– Strutture inguaribilmente autoritarie, – ha spiegato Loretta.

– Verticale coniugato con l'orizzontale, – s'è scervellato Liverano mescolando la fisica col potere e cercando un buon motivo per non finire senza tessera in un mondo in subbuglio.

Ma D'Ambrosio è stato fermo:

– Un buon intervento al Cc è tempo perso, viene ignorato nella replica o banalizzato.

– Il movimento, – ha detto Olga.

– Un nuovo partito rivoluzionario, – ha ipotizzato Gustavo, – studenti e operai uniti nella lotta senza quartiere.

– Io non sapevo che pesci pigliare, – mi sono ricordato e l'ho detto a Oscar. Poi ho chiesto:

– Michele che disse?

A Liverano però gli è passato di mente. Di Michele – ha detto – si ricordava solo che lo assillava per sapere se aveva scritto altri racconti sovversivi come quello intitolato *Autocoscienza*.

– Pareva questione di vita o di morte, – ha ironizzato, e ha aggiunto: – Sembrava che gli stessi togliendo il pane di bocca. Mai visto uno cosí angosciato da un problema cosí secondario.

Solo a quel punto s'è ricordato del motivo per cui era passato a trovarmi a quell'ora.

– Michele, – ha detto, – vuole stampare una lettera di Calvino.

Anche Liverano, dunque, era al corrente. Mi ha detto che lo aveva informato Loretta e avevano litigato.

– Come mai? – ho domandato.

– La lettera è un falso e lei sostiene che l'ho fabbricata io venti anni fa. Per cattiveria, per fare uno scherzo crudele a Michele, dice. Perché ho la vocazione a imbrogliare la gente.

Mi ha giurato che non era vero, che non gli sarebbe mai venuta in mente una cosa simile. Ma Loretta non gli credeva e voleva che confessasse. Altrimenti l'avrebbe denunciato lei a Michele.

– Che confesso? – ha sbuffato desolato Liverano. – Spiegaglielo tu a Michele. Digli di non credere a Loretta, si sa che ce l'ha con me.

L'ho rassicurato, gli ho detto di non preoccuparsi. Allora ha ammesso che qualche volta aveva pensato sul serio di dargli una bella lezione, in modo che non ci seccasse piú con la sua produzione letteraria piccoloborghese. – Ma, – s'è giustificato, – è stato un sogno ad occhi aperti, un assassinio consumato in assenza del corpo da assassinare.

Per sottrarsi al rischio di romanzare un vissuto troppo meschino, che non permetteva di esporre grandi idee e individuare grosse questioni del proprio tempo come deve fare ogni vero scrittore, di tanto in tanto Michele macchinava qualcosa di forte.

«Un assassinio» pensava, in specie quando alternava Wade Miller a Dostoevskij.

Sí, un assassinio vero. A volte propendeva per il massacro di una vecchia: sua nonna, per esempio, che non faceva male a una mosca e glielo avrebbe perdonato. Piú spesso tendeva all'uccisione di suo padre: un po' per l'edipo, un po' perché se lo meritava. E quando diceva uccisione non pensava a ricorrere alla fantasia, pensava a un assassinio vero, che poi avrebbe raccontato momento per momento, con molte riflessioni filosofiche di contorno.

A me quest'idea di fare le cose solo per poterle raccontare non è sembrata mai eccellente, tant'è vero che gli ho criticato anche tutte le ipotesi che gli sono venute in seguito: catturare Moshe Dayan, dirottare un aereo per chiedere la liberazione di tutti i prigionieri politici nelle nostre galere, uccidere il tenente Calley, guidare alla riscossa i braccianti di Avola, organizzare una banda armata non sul modello metropolitano tipo bierre, ma su quello tipo foresta di Sherwood. Fino a che è arrivato il tempo in cui la passione politica è prevalsa su quella letteraria ed è diventata produttrice autosufficiente di sogni e di incubi.

– La galera, – gli profetizzavo, indicandogli Poggioreale o altre galere di altre città.

Lui rispondeva:

– Sí, in galera si scrive tranquilli.

Intanto del tutto casualmente era apparsa Anna e quell'apparizione fu di per sé un evento cosí formidabile da raccontare, che cancellò per un po' la necessità di fabbricarne apposta. Devo dire però che non mi ricordo il loro amore con le caratteristiche che da adulto ho imparato a sintetizzare con questa parola. Gli amori degli adolescenti, in genere, sono come oscenità pronunciate da bambini: suoni senza sostanza, significanti senza significato. Quello di Anna e Michele mi sembrò, all'inizio, motivato dal piacere di familiarizzare col verbo amare. La ragazza, infatti, fu subito inserita nel ciclo produttivo del mio amico e adattata alle sue esigenze prima che si manifestasse refrattaria come le Titine. Il pericolo c'era, visto che all'inizio Anna ha mostrato un genuino stupore, gli ha detto: perché sprecare il tempo a questo modo? Però ne fu anche incantata, le è sembrato bello ritrovare in lettere gran parte delle cose che diceva e faceva, e dopo un po' ha cominciato a vantarsi con le sue compagne di scuola che lei era l'amante di uno scrittore *bohémien*. Anzi s'è convinta che quel ruolo era cosa di pregio, anche se le sue amiche le dicevano brava, ironiche, e intanto facevano cose piú interessanti tipo farsi scarrozzare in lambretta o in seicento dai loro fidanzati di spirito piú decisamente pratico.

Ma quel che piú conta – e che già all'epoca è risultato subito anomalo – è che Anna ha deciso presto di dargli una mano, nell'attività di romanziere. È andata cosí. All'inizio lei ha fatto e ha detto tutto quello che le veniva in mente, e Michele, secondo il suo solito, ha cominciato a cavarne racconti. Che so, andavano ad amoreggiare nel bosco di Capodimonte tra erbe e fiori, poi lui tornava a casa e scriveva qualcosa su due che si davano a quegli amori nel bosco di Capodimonte tra erbe e fiori e le leggeva il racconto il giorno dopo proprio nel bosco di Capodimonte, proprio tra erbe e fiori, poi tornava a casa per scrivere di sé che le leggeva le sue opere nel bosco di Capodimonte tra erbe e fiori, poi aggiungeva questo o quel commento che lei aveva fatto e, se per caso non aveva detto niente di interessante, si inventava qualcosa di perspicace da farle dire.

Ma a un certo punto Anna ha dato una bella accelerata. All'improvviso ha cominciato a dargli baci imprevedibili che Michele non sapeva scrivere.

– Come si fa? – mi interrogava.

Di quei baci, per iscritto, non ci risultava che si fosse mai parlato: lingue, salive, denti, un calore ma un calore di cui solo gli amici nostri e quelli delle due Titine, gente inenarrabile, sapeva le parole giuste, tutte in dialetto, torbide, coriacee, insalivate esse stesse. Se

Michele le scriveva, che differenza c'era tra la letteratura e quei giovani di bottega, frequentatori di palestre dove si faceva sollevamento pesi, venditori di ortaggi, frodatori sul peso della mortadella?

Inoltre ai baci erano seguite altre cose eccitanti, a lungo immaginate e che ora accadevano.

«Lui beato» pensavo.

Ma Michele faceva lo scontento. Ancor piú che per i baci, non sapeva da dove prendere il lessico per raccontare quelle cose, a meno che non decidesse di usare proprio quello da cui volevamo squagliarcela.

– Anna, – cercava di resisterle.

– Che c'è? – lei diceva, e seguitava a condurre il gioco, trasformandosi velocemente anche in lettrice esigente: com'è che questo non c'è? quando mai ho detto cosí? E chiudendo con: – C'è una bella differenza tra quello che ho fatto e detto io, e quello che hai scritto tu. Non vali granché come scrittore.

Allora Michele faceva e rifaceva. Ma Anna non si è fermata ad aspettarlo. Ha subito imboccato altre strade, non solo erotiche ma anche avventurose. Per esempio, ha fatto fiorire una selva di fratelli suoi, teppisti e forzuti tipo *Il selvaggio*, con le magliette attillate e il pacchetto delle nazionali infilato nella manica arrotolata sul bicipite di sinistra. Questi fratelli, a volte armati di pistola, altre volte di solo coltello, alcuni con gli stivali, altri senza, avevano saputo da malparlieri che la loro sorella Anna faceva questo e quello con uno studente che si chiamava Michele. Di conseguenza quei giovani criminali per difendere l'onore della sorella avevano subito detto in giro: a quello lo spezziamo, lo buchiamo, lo seghiamo, lo trinciamo. E adesso erano sempre sulle loro tracce, di volta in volta piú furibondi, ora perché qualcuno li aveva intravisti in vie appartate dietro la stazione al tramonto, ora a causa di lettere anonime da loro ricevute che segnalavano la tresca peccaminosa, ora perché avevano frugato nella borsetta di Anna e ci avevano pescato i manoscritti di Michele, letti avidamente e con l'esclamazione finale: che porcherie.

– Porcherie?

A questa notizia Michele s'è allarmato.

– Porcherie? – ha chiesto convinto che i fratelli maneschi di Anna con quel termine avessero formulato un giudizio di valore sulla sua letteratura.

– Le cose che facciamo insieme, – Anna ha chiarito.

Allora si è rianimato. Ma l'impressione di fondo gli è rimasta, i suoi dubbi sono cresciuti. Ciò che stava vivendo e parallelamente andava scrivendo tendeva ormai al romanzo d'avventure, di quelli da cui aveva cercato di staccarsi da poco, alle soglie dell'adolescenza, per poter diventare grande scrittore di belle lettere. Anna invece stava reintroducendo, con la sua pericolosa famiglia di guappi e teppisti, il colpo di scena, l'inseguimento, la minaccia di morte, forse persino l'assassinio, e non quello da lui a lungo auspicato, alla Karamazov, bensí il morto del fatterello di cronaca nera.

Che fare? Assorbito da Anna, confessava di sentirsi sempre piú a corto di grandi problemi e introspezioni, di visioni del mondo e battaglie ideali a cui dedicare l'esistenza e la scrittura. Sicché «Lasciamoci» le ha detto un giorno: non ce la faceva piú con quella vita di tensioni senza sugo letterario. E Anna forse avrebbe fatto bene a rispondergli: «Va bene». Invece s'è disperata e all'improvviso, nel mezzo di una passeggiata da braccati durante la quale si guardava di continuo alle spalle in ansia, lo andava spingendo in portoni, per uscite secondarie, lungo vicoli obliqui, ha cominciato a dirgli, per mostrarsi all'altezza: l'anima mia; il lago del cuore; quando mi affaccio alla finestra dei tuoi occhi; amor che a nullo amato, fino a che ha prodotto una lunga frase sofferta, cosí: le zone intime del mio corpo – a discapito di ogni mia volontà – si aprono piú facilmente del mio spirito. Mio. Mio di lei, corpo e spirito. Di Anna.

Cosí almeno ha scritto Michele e cosí mi ha letto, tanto è vero che ho esclamato per invidia:

– Questa frase non l'ha pensata lei.

– Invece sí, – mi ha assicurato, entusiasta di quella svolta.

Da allora ho cominciato a guardare Anna con sguardo piú intenso. Una o due volte le ho persino rivolto la parola prima che lei la rivolgesse a me.

Quando Liverano si è finalmente accomiatato, sono andato a disserrare i segreti di Matilde. Sono entrato nella sua stanza e ho sollevato il cuscino della poltrona. Lí sotto ho trovato tre dei suoi cavallini preferiti, due caramelle trafugate nel corso della giornata che evidentemente aveva deciso di mangiare il giorno dopo e un fagotto avvolto in una carta di qualità, crocchiante.

Sono uscito in punta di piedi dalla stanza. Ho scartocciato ed è venuto fuori un vestitino azzurro, nuovo di zecca, un regalo fatto apposta per lusingare la vanità della bambina.

Allora mi è venuto un sospetto e sono tornato nella stanza. Ho aperto un cassetto e ho frugato tra i vestitini di Matilde. L'abito col corpetto a nido d'ape – l'angoscioso vestito regalatole da Olga – non c'era piú.

In onore di quel Calvino e per fare piacere a Michele, Anna ha smesso il suo pastrano informe e ha messo il cappotto spigato di una sua amica che, nel darglielo, le aveva detto ironica: divertiti.

All'appuntamento sono arrivato prima io e poi lei. L'ho guardata con emozione, come se non l'avessi mai vista. Era rossa per l'eccesso di cipria e per il caldo, la primavera inoltrata non imponeva il cappotto. Si era annerita le ciglia, s'era fatta persino un neo finto con un fiammifero spento. Mi è sembrata bella.

– E i fratelli? – ho chiesto.

– Seminati.

– E lo spirito?

– Fatti i fatti tuoi, – mi ha risposto.

Michele è arrivato per ultimo, scapigliato piú del solito. Non aveva mosso un dito per mettersi un po' in ordine, ma ho visto che controllava l'aspetto di Anna con sguardo critico. Non voleva che lo facesse sfigurare. Il suo progetto era – mi ha confidato finalmente fitto fitto in lingua, staccando di un paio di metri Anna che intanto ci minacciava cosí: non credete di mettervi a chiacchierare tra voi, guardate che vi lascio e me ne vado – il suo progetto era che lui dava a Calvino il racconto delle due Titine alla fine della conferenza. E prevedeva che Calvino avrebbe detto: venite a cena con noi: lui, Anna, Calvino e la fidanzata di Calvino.

– Impossibile, – ho detto.

– Possibilissimo, – mi ha assicurato.

– E io? – ho chiesto.

– Se ti invita, vieni anche tu.

Tutti hanno lasciato i soprabiti al guardaroba. Anna no, temeva di smarrire il cappotto dell'amica. Noi nemmeno, perché eravamo luridi, lisi, comunque senza soprabito. Ci siamo disposti all'ascolto.

– *Bitgenerescion*, – ha detto Calvino, ed è stata l'unica cosa che mi ha colpito.

Era in blu e non mi è sembrato scrittore *bohémien* rivolto a romanzare l'esperíto.

– Non è *bohémien*, – ho mormorato a Michele protendendomi oltre Anna e respirandone con piacere l'odore di sudore, madida di certo sotto il cappotto per il caldo della sala tutta ori.

– No, – ha confermato Michele molto agitato, mentre Anna già si infastidiva e si intrometteva con:

– Che vi dite? Voglio sentire.

Credo che si vedesse benissimo che nessuno di noi tre – Michele compreso – capiva un'acca di ciò che Calvino leggeva ad alta voce. Però ne abbiamo percepito – come dire – «La vaghezza» mi ha sussurrato Michele, protendendosi oltre Anna serrata nel suo cappotto.

Io ho fatto cenno di sí ma distratto, mi sono sorpreso a pensare alla ragazza. Chissà che vestito impresentabile aveva sotto, chissà come andava liquefacendosi in ogni punto del corpo dentro quelle stoffe sue e non sue – mi sono chiesto con un desiderio non verbalizzabile di toccarla, subito, di distendermi sopra di lei come se io non avessi peso e lei fosse una nuvola di vapore caldo. Invece mi sono limitato a sfiorarle il gonfiore del petto che riusciva ad arcuare persino il tormentoso cappotto spigato, per chiedere a Michele:

– Nel senso?

– Nel senso che vaga di qua e di là – non senti? – con la voce e coi concetti, – mi ha spiegato per spiegarsi perché non riusciva a tener dietro a quel discorso.

– Bello, – lo ha giudicato Anna a questo punto, per farci sapere: ci sono anch'io.

– Che cosa? – le ho domandato.

– Lui, – ha detto lei.

Mi sono sforzato di capire se era vero, ma da dove stavamo non si vedeva granché, al massimo si poteva immaginare.

– Non prova astio, – ha scoperto invece Michele, come se quella scoperta fosse insopportabile. Voleva dire – me lo ha sussurrato, proteso sopra Anna – che Calvino era distante e partecipe, un gioco d'equilibrio che non si lasciava sfuggire mai la minima inflessione acre da scontento di sé e degli altri.

È stata quella percezione il primo segnale distintamente negativo della serata.

– È inavvicinabile, – ha mormorato Michele.

Inavvicinabile per noi, cioè, che già provavamo rancori contro il padre, la madre, l'umana specie, il tempo, il luogo, il seme della semenza che casualmente ci aveva generato collocandoci dove ci trovavamo invece che altrove, in una posizione piú favorevole.

Subito dopo ha cominciato a guardarsi attorno e ha scoperto smarrito:

– Le donne.

– Che cosa, – ha chiesto Anna.

Ma lui le ha fatto una smorfia malvagia che significava: guarda un po'. Lo splendore di quelle signore, Anna doveva guardare. Lei invece era opaca, aveva un cappotto in prestito, la cipria a chiazze scrostate e spesse, il neo.

– L'hai fatto col fiammifero spento? – le ha chiesto, toccandole con l'indice la guancia e tirando via il dito sporco di una pasta rosa macchiata di nerofumo.

– Il neo, – s'è lamentata Anna e io le ho mormorato all'orecchio, d'un fiato, mentre mi chiedevo: che sto dicendo:

– Non è vero.

Non so se lei ha capito, ma volevo che sapesse che non era vero, lei non era opaca, lei era bella, piú bella di tutte le donne che stavano là dentro.

A quel punto la gente che si era affollata nella sala s'è messa a battere le mani.

Anche noi abbiamo applaudito, anche Michele. Ma lui ha smesso presto e in tasca il manoscritto delle due Titine, è balzato su quasi in contemporanea con Calvino, che ora, in piedi, appariva altissimo e blu, dietro il tavolo da cui ci aveva parlato, su una pedana, un podio, non so cosa, certo su una sorta di protesi che, pallido com'era nel viso e nella grande fronte sopra il blu del vestito, lo faceva apparire sospeso nell'aria come una luna.

Eravamo capitati in fondo alla sala, e non pochi dei presenti erano ancora seduti, ma altri delle prime file già si alzavano per muoversi verso quel picco improvviso di diagramma. L'ambiente non sembrava piú uno spazio orizzontalmente disposto, ma soggetto a un'ondulazione che muoveva dal fondo e montava e urtava contro lo scoglio del palco e schizzava verso Calvino, quasi che la sala, per una sorta di terremoto in atto, tendesse a mutare la precedente disposizione orizzontale in una obliquità da gradinata, per passare infine a una decisa verticalità.

Mi è sembrato che anche Michele percepisse questa metamorfosi dello spazio. Saltato su tra i primi, eccolo, ora è già come respinto dalla calca delle signore ben truccate e profumate che non osa nemmeno sfiorare e s'è girato verso di noi e ha fatto una smorfia per farci sapere: non ce la farò. Ma Anna gli ha ordinato con il braccio teso: va'! e lui ha chiesto: permesso, e ha insistito: permesso!, mentre noi potevamo vedere che a grappolo, a piramide, signori in nero, dame rosate e risplendenti tendevano all'accerchiamento dello scrittore, che intanto arretrava facendo sí sí e cercando l'uscita.

Sono rimasto con Anna nel fondo, a guardare se Michele ce la faceva. Ma Michele, in imbarazzo tra i corpi di quelle signore, perdeva sempre piú decisione. Sembrava vivere una specie di svenimento in piena coscienza, perché lo vedevamo arretrare lí dove gli altri avanzavano, come se gli fosse capitato di trovarsi su un treno fermo in salita accanto a un altro treno, e stesse soprapensiero e all'improvviso si fosse sentito scivolare indietro, e invece era solo il treno a lato che s'era messo in moto.

Quand'è ritornato, ha fatto finta di essere allegro.

– Che è successo, – abbiamo chiesto.

Lui s'è stretto nelle spalle.

– Non ce l'ho fatta, – ha detto. E, come se la sala si fosse messa davvero in verticale, ha aggiunto: – Siamo capitati troppo in basso.

Di notte i fantasmi agiscono piú volentieri. Viaggiano dal fondo verso la cima e all'inizio li vedi schiacciati come se li avessi fotografati a perpendicolo, poi sono loro che schiacciano te.

Ho sentito che in una tasca di quell'ingiustificabile abito che Matilde mi aveva nascosto, c'era della carta: un biglietto.

L'ho estratto ed era per me, poche righe che dicevano grosso modo: «Grazie per la lettera che mi avete mandato. Quanto chiacchiera questa Matilde. Ecco per lei il vestito da fata che m'ha chiesto. Ma butta via il vestito di Olga, perché terrorizzi la bambina fino a farti odiare? Attento a non pagare per tutte le tue malefatte, egregio signor Ottavio. Saluti e baci, a domani. Anna».

Ho strappato il biglietto e l'ho buttato nella spazzatura. Ho pensato: psicologismi da strapazzo.

Capitolo nono

Incontrerò Anna alle 18 di oggi. Sarò pacato nei toni. Le dirò: grazie per il vestitino che hai regalato alla bambina, non dovevi, la lettera che Matilde ti ha spedito era solo un mio modo per farti capire: vedi che tutto è un gioco a un passo dalle favole. Quindi cercherò di spiegarle che non sono un cattivo padre, che Matilde mi vuole molto bene. Ma lei non ci crederà. Dirà: sí sí, e continuerà a pensare: ogni padre è un Tancredi, principe di Salerno, e ogni figlia si chiama Ghismunda.

Intanto correggo i compiti dei miei allievi e la notte scorre da un compito all'altro distratta. Segno errori con la matita rossoblú, svuotato d'ogni passione pedagogica, solo per dimostrarmi che sto facendo il mio dovere di insegnante. E sospiro di sollievo ogni volta che uno svolgimento trova la sua frase finale, superflua come quella iniziale. Quindi scrivo veloce sul dorso dei fogli, uno dopo l'altro: svolgimento esauriente, forma per lo piú corretta, pessima la grafia. E butto lí quasi sempre un sei con l'estremità blu della matita.

Lascio in fondo il compito di Ernesto perché so già che cosa nasconde. Quando me lo trovo davanti, estraggo dal foglio protocollo la lettera che conosco bene: la lettera di Calvino.

Non mi interessa – scopro – rileggerla, anzi all'idea provo un po' di ribrezzo. Controllo invece soltanto che sul verso della prima cartella Michele abbia davvero annotato di suo pugno: «Come Boniperti» e subito dopo la storia di quella sua vocazione infantile a tramare l'esistenza sconnessa e casuale. Lo ha fatto. Ne deduco che oggi la cosa piú difficile sarà spiegare ad Anna che Michele sa già tutto.

Metto di lato la lettera e comincio a leggere il compito di Ernesto, quello in cui si professa creazionista. Salto le righe dove abbozza una scena di creazione svagata, distratta, opera di un creatore che se la prende comoda. Tanto – mi scrive il ragazzo – non c'è fretta. Il tempo della comparsa nel mondo non è uguale per tutti. C'è chi dev'essere bell'e pronto subito e chi deve aspettare. Sicché – racconta – bambini già formati se ne stanno seduti nella terra melmosa in attesa che qualcuno li stacchi di lí – slak –, dia loro una ritoccata al culetto e li mandi nel mondo. Molti invece restano ancorati alla terra solo per un piede appena abbozzato e intanto ruotano intorno come compassi. Alcuni non sono mai stati rigirati sulla pancia e quindi sono vivi soltanto davanti, mentre di dietro sono tronchi muschiosi tra melma e erbacce. Altri vivono solo nel dorso rifinito, nelle braccia, nelle gambe, ma per quanto si sforzino non ce la fanno a staccare il viso informe dalla terra e la carne viva si tende, lungo la linea di confine con la polvere e il pietrame, come gomma da masticare che uno cerca di staccarsi dalla suola della scarpa. Poi basta. L'horror creazionista si interrompe, forse per mancanza di ispirazione. E lo svolgimento si trasforma all'improvviso in una lettera indirizzata a me, non meno inquietante.

Ernesto mi mette al corrente di ciò che sa a proposito dei pensieri nascosti di Matilde e del suo amico Federico Camilli. Lo fa come se si trattasse di una delazione, col tono del complice in attività clandestine che parla per crisi di coscienza. Mi raccomanda: fai finta di non sapere niente, non vuole perdere la loro fiducia. E comincia. Camilli da tempo sta misurando distanze con lo sguardo, visto che ancora ignora altre unità di misura. Sulla base di tali misurazioni s'è persuaso che la distanza che dopo lungo esercizio riesce a saltare (tre gradini della gradinata d'accesso a questo edificio), è equivalente a quella che separa il davanzale della finestra del nostro bagno (primo piano) dal selciato, parapetto che ha un ripiano di marmo su cui il bambino si è spesso arrampicato per sondare con occhio di scienziato l'abisso. È perciò sicuro, Federico Camilli, nel suo intimo e nei suoi discorsi segreti con Matilde, di quanto segue: «Come salto agevolmente tre gradini in diagonale, cosí, altrettanto agevolmente, posso saltare dal primo piano». Insomma l'ipotesi elaborata dall'amico di mia figlia è: se una distanza orizzontalmente o obliquamente disposta risulta percorribile senza danno, lo stesso si può dire di una distanza equivalente collocata in verticale.

Cosí, a occhio e croce, racconta Ernesto, ma non limitandosi a riferire scarnamente l'elaborazione di Federico, che è maschietto silenzioso, disposto soprattutto all'azione, bensí attingendo un po' al seminario di Liverano sul verticale e l'orizzontale, con palese ironia, come a dire: ecco dove siamo andati a parare, un po' ispirandosi all'architettura verbale di Matilde. Che gli ha svelato il progetto con entusiasmo e pare incoraggi Camilli quotidianamente dicendogli:

– È sicuro. Saltiamo.

– Saltiamo? – sobbalzo io, e comincio a leggere piú velocemente.

Sí, è proprio cosí: Matilde sta macchinando da un pezzo di saltare dal primo piano insieme a Federico Camilli. Ernesto ignora quando faranno il salto, ma ha saputo che la decisione è legata all'invio da parte di non sa che fata o principessa di Salerno d'un vestitino azzurro che ha la proprietà di annientare la malvagità delle api. Vestita di quel vestito, Matilde attenderà, in piedi sul davanzale con Camilli, il passaggio del signor Ottavio, governatore di sciami e avvelenatore di animali tipo il buon gatto Ambrogio. Quando costui passerà, gli balzeranno addosso come fanno i pellirosse nei film trasmessi in tv, con lo stesso urlo di guerra, con la stessa determinazione, con la stessa capacità di piombare da altezze vertiginose senza farsi male. «Attento» perciò Ernesto mi raccomanda. Lui e Deborah sono certi di una cosa che nemmeno i due bambini sanno: Ottavio è il nome che, nello spazio autonomo di Camilli e Matilde, assumo io tutte le volte che lo attraverso con il mio spirito malvagio. A proposito – mi scrive nell'ultimo rigo, – di quale malvagità ti sei macchiato nei confronti della mia povera mamma?

La passione per Anna s'è accesa allora, quando, come un fluido inalante che per un po' ti placa la gola infiammata e poi te la restituisce piú arsa di prima, l'ho assunta dentro di me tutta in sudore col cappotto spigato non suo, mentre Calvino parlava della *beat generation* e io constatavo desolato: come sono infido, come sono cattivo, perché sono nato cosí?

Michele e io avevamo quasi diciassette anni, a quel tempo, lei sedici. Ammesso che fosse il 1960 come ora mi pare. O no? Era il 1961?

In seguito ci siamo dimenticati di Calvino.

– Ha molto da fare, – mi ha detto Michele come se fossero vecchi amici e quello scrittore gli avesse detto: ora non ho tempo, se ne riparla piú in là.

– Anche noi del resto, – io ho sottolineato. Infatti eravamo passati a investire tutte le nostre energie intellettuali in un dibattito memorabile sul seguente tema: si pensa con le parole o senza le parole? Michele e io abbiamo sostenuto per mesi: con le parole; Anna: senza.

– L'infante pensa? – le abbiamo chiesto una volta a tradimento, per fiaccarne la combattività con armi impari: non studiava latino, nel suo istituto professionale.

– Che c'entra l'infante? – lei s'è disorientata perché sapeva molto vagamente cos'era un infante.

Le abbiamo spiegato:

– Il bambino.

Poi: – Rispondi: pensa o no?

Tira e molla, Anna alla fine ha azzardato: è piccolo, non pensa.

– Vedi? – allora l'abbiamo schiacciata con soddisfazione sfoderando l'etimo di infante: – Infante significa: «che non parla».

Lei si è depressa per un attimo o due, poi ha assunto la sua solita espressione sfrontata che significava: infante o no, ho ragione io. E ha ricominciato a insistere:

– Comunque, si pensa senza le parole.

In quella circostanza, di fronte alla sua resistenza, io ho presentito che la passione per lei non mi sarebbe mai passata e mi sono organizzato per soffrire tutta la vita in silenzio.

Infatti è andata avanti cosí per un certo numero d'anni: la passione, naturalmente, non la discussione sull'indispensabilità, quando si vuole pensare, delle parole. Quest'ultima è stata sostituita da altre discussioni tipo: vale piú il singolo o la folla? Domanda decisiva che nel tempo s'è mutata in: vale piú il singolo o la massa? vale piú il singolo o il popolo? vale piú il singolo o la collettività? vale piú il singolo o la classe? Fino a stabilizzarsi su: cos'è mai il singolo senza la coscienza e la solidarietà di classe? Fatto salvo il codicillo: cos'è la classe senza la sua avanguardia? Ma la stabilizzazione s'è rivelata provvisoria. Ogni interrogativo s'è presto riavviato ora inquisitorio, ora contrito: chi ha soffocato il singolare col plurale? chi ha ridotto l'irripetibile allo stereotipo? chi ha assorbito il femminile nel maschile? chi ha considerato assente il compresente? chi ha disposto in sequenza il simultaneo? Chi? Domande di cui oggi mi servo di frequente anch'io, ma soprattutto per stupire i miei allievi e far loro capire: guardate che sono cervellotico quanto voi e posso dire cose stupefacenti. Altrimenti, se qualcuno me le rivolge fatuamente, solo per fare conversazione di buon livello, svicolo chiarendo: non sono stato io, chiedi a qualcun altro.

Allora invece ho cercato interrogativi strabilianti con intenzione. E mentre intorno a quei quesiti Michele e io costruivamo argomentazioni saccheggiando testi di tutto rispetto, subdolamente, senza confessarlo nemmeno a me stesso, ho organizzato scenari apposta per lanciare, al di là delle parole tra me e il mio amico, segnali d'amore ad Anna. Ho disposto sedie, ho determinato posizioni di oggetti, ho aperto o chiuso sportelli, ho preordinato passaggi stretti dove la distanza tra i corpi era costretta ad accorciarsi, ho curato di prendere con lei autobus zeppi in ore di punta, ho occupato posizioni da dove potessi aiutarla a scendere o a salire, ho inventato giochi da fine d'anno dove fosse possibile dirle cose indicibili o sfiorarla in luoghi non sfiorabili. È stata una prefigurazione infaticabile di interni ed esterni su cui poi noi tre scivolavamo incontrando al punto giusto i luoghi dove un gesto appariva necessario, una posizione inevitabile. Tanto che da un lato ogni movimento si compiva alla luce del sole in perfetta coerenza con la normalità, dall'altro non c'era piú un solo mio atto che non fosse rigorosamente clandestino.

Di tanto in tanto accadeva che Michele, travolto ora da un mio balzo in avanti che doveva portarmi nel luogo utile per sedere, mettiamo, accanto ad Anna, ora da un protendermi sopra di lui per afferrare un bicchiere collocato nella traiettoria del respiro di lei, esclamasse: – Maccheddiocombini! – Io però non ci ho mai badato, disposto a tutto pur di catturare il calore della sedia dove lei era stata seduta, rendere per una frazione di secondo l'avambraccio tangente alla curva del suo petto, farmi solleticare le narici dai suoi capelli, fotografare con lo sguardo in maniera indelebile la forma del suo orecchio, memorizzare con uno spasimo l'attaccatura dei capelli sulla nuca. Una fatica da cui uscivo stremato e col seguente proposito: questa è l'ultima volta; poi mi compro un frac azzurro e mi uccido.

Ora, mentre fuori fa giorno, quell'epoca mi sembra roba da ridere. Poi penso a Matilde e a Camilli, coppia segreta, binomio di esseri umani in formazione dalla vita in apparenza cosí palese e in effetti quasi tutta non detta nell'essenziale, e mi convinco che c'è poco da ridere. Dormo un po'.

Mi sveglia Matilde.

– Il caffè è pronto, – dice.

Tiro giú le gambe dal divano dove mi sono sdraiato un'ora fa, me la prendo sulle ginocchia già vestita di tutto punto e pronta per andare all'asilo, in una mano il biberon mezzo colmo di latte cui s'attacca poppando.

– I cavalli? – chiedo.

– Svegli, – risponde. Ne fa il galoppo: clop clop.

– E la fata? – provo, – t'ha portato il vestito azzurro?

Smorfieggia con sorrisi imbarazzati, a occhi luccicanti. Poi dice:

– No.

Allora la rimetto giú e vado in cucina: bugiarda.

Cristina sta facendo colazione con tè, pane e burro. Mi indica la moca col caffè.

– Che bisogno c'era di ridursi all'ultimo momento? – chiede: – che bisogno c'era di stare in piedi tutta la notte a correggere compiti?

Lei è piú efficiente di me, come insegnante: li corregge al momento giusto.

– Qual è secondo te il momento giusto?

– Non la notte prima degli scrutini, – mi rimprovera.

Poi però mi accarezza una mano e lo fa sfiorandomi appena appena il dorso con l'indice. Io le afferro subito una gamba e le faccio il solletico sotto la pianta del piede. Attacco con moine di vario tipo, implorando: un bacino sulle ciglia, fattelo dare, per favore. Glielo do, vado a lavarmi la faccia e i denti, metto fascette bianche intorno ai pacchi dei compiti corretti, raccolgo i prospetti delle medie quadrimestrali, getto uno sguardo alla lettera di Calvino ancora lí sul tavolo. Faccio per prenderla. No, la lascio dov'è.

Ma squilla il telefono. Rispondo e sento Loretta assonnata dall'altro lato. Mi dice:

– Domani c'è riunione in Fondazione per decidere cosa mettere nel prossimo numero del bollettino.

– Ah.

– A che punto siete con la storia della lettera?

– È tutto sotto controllo.

– Patti chiari, amicizia lunga.

– Puoi stare tranquilla, – la rassicuro: – e lascia in pace il povero Oscar. Non è colpevole.

Riattacco.

Ora finalmente esco con Matilde, zainetto in spalla, parole a regime torrentizio che vanno dal pascolo dei cavalli qui per strada, che non vedo, a messaggi di saluto al gatto Ambrogio, che vedo. Anzi, proprio perché lo vedo, le tengo piú saldamente la mano. Non voglio che corra, cioè, da un gattaccio grigio e malato che fruga tra i rifiuti; e in piú confusamente temo che salti nello spazio dove davvero pascolano i suoi cavalli e miagola il suo gatto Ambrogio, luogo dove non saprei come inseguirla. Oggi, anzi, perfino affidarla al bus dell'asilo mi convince poco, in particolare perché la vedo correre subito a far coppia con Camilli.

– Camilli! – dico con un tono cosí duro, che l'autista si gira a guardarmi torvo. Ma io lo ignoro e aggiungo in modo ancor piú minaccioso: – Niente salti, giovanotto! State lontani dalle finestre o vi separo per sempre: non vi vedrete mai piú.

Camilli resta impassibile, come se non fosse lui Camilli. Matilde gli si sistema accanto e mi augura buon lavoro.

Guido distrattamente pensando ai fatti miei, tra veglia e sonno. Cosí mi accorgo solo all'ultimo momento di Deborah che fa l'autostop per venire a scuola. Le do un passaggio, malvolentieri però. Soltanto a vederla, sento il cattivo umore che monta come acqua sporca in un lavandino col foro di scarico otturato.

Dico:

– Bella incoscienza. Dovevate dirmi subito cosa hanno in mente i due bambini.

Lei mi canticchia per indispettirmi, con bell'accento: – *If you need somebody, you can call my name. If you want someone, you can do the same* –. E poi sottolinea: – *If you love somebody, set them free.*

– *I don't understand*, – ribatto per definire la mia incompetenza in lingue straniere.

– Se vuoi capire le cose bisogna lasciarsi coinvolgere, – lei sentenzia con lo scopo di dimostrarmi che sono io l'alunno. Poi mi interroga: in passato hai mai partecipato a qualche cospirazione, foss'anche di periferia? Ti sei associato in associazione sovversiva? hai combattuto strada per strada quando gli sbirri caricavano? No? È possibile che ti sia ridotto a piccoli crimini marginali, di nessun peso politico, robetta, dispettucci, piccole rivalse? E scandisce con malizia:

– Come Boniperti.

– Impicciati degli affari tuoi, – le consiglio, – Ernesto fa malissimo a raccontarti sempre tutto.

– Non abbiamo segreti tra noi, – si vanta.

Infatti mette becco, fa la saputa, mi spiega, come dice di aver già spiegato a Ernesto, che quella formula segnata da Michele sul verso della lettera di Calvino può significare, sí, «*ho* fabbricato un falso come feci con la figurina di Boniperti»; ma può significare anche: «*hanno* fabbricato un falso come feci con la figurina di Boniperti».

– Il soggetto, – mi innervosisco, – fuori i nomi. Chi sarebbero i falsari?

E intanto penso, visto che lei riprende a canticchiare: com'è antipatica questa ragazza, perché dovrei svelare a lei un segreto? E del resto un segreto avvicina o allontana? Ci avvicinammo, io e Anna? Ci siamo serviti della lettera di Calvino come di una storia degli amori tra Lancillotto e Ginevra? Vi abbiamo nascosto un amplesso di neoacculturati, consumato nella forma di un balzo sublime, insperato – una mattina fredda agli inizi del 1968 – tra le ascendenti e le discendenti, gli occhielli, i pungoli, i cappi delle lettere dell'alfabeto, con un affiatamento da coppia di comici che si danno la battuta in un momento di reciproca felicità creativa?

– La vita diversa si può assaporare soltanto di nascosto. Altrimenti qualcuno se ne accorge e te la strappa via, – dico a Deborah per stupirla.

Ma lei non si lascia stupire e mi chiede:

– Che canzone è?

A partire dal 1970 ci siamo dispersi e persi per la penisola. Io, per esempio, sono finito insegnante al sud a insegnare, come diceva il prete del paese, l'odio di classe ai giovani.

È una cosa che faccio tuttora: ho smesso solo di andare nottetempo con qualche ragazzo fidato a segnare sui muri scritte sovversive sulle quali poi indagava la tenenza dei carabinieri. Ho smesso, ma non sono contento. Quell'esercizio di scrittura mi pareva che rimpolpasse la didattica con un concetto difficile da trasmettere nelle aule, vale a dire che scrivere non è un'operazione indolore.

– Non ci credete alla scrittura come svago, – infatti insegnavo allora mentre nottetempo scivolavamo nell'ombra, fieri di cospirare. – La scrittura è pericolosa. La scrittura è rischio per chi scrive e per chi legge. La scrittura non è mai un atto d'amore. La scrittura è sempre braccata dagli sbirri.

Di questa tesi sono convinto ancora oggi e senza quelle lezioni notturne, durante le quali badavo a che l'allievo Cataldi preso dalla passione non si pronunciasse con due zeta contro «la giustizia dei padroni» (anzi se accennava a farlo gli toglievo la pennellessa e gli dicevo: «Tu da ora scrivi solo in classe»), ho l'impressione di essere meno efficace come insegnante. Infatti gli esiti d'oggi sono scadenti. La scrittura – s'è convinta per esempio Deborah – fa venire la pancia del sedentario e ti straluna per la noia. «Bel risultato» di conseguenza mi amareggio riflettendo sull'insegnante che sono stato e su quello che sono. Concludo però: meglio, peggio; mi sentivo solo allora, come mi sento solo adesso.

Da quel paesetto desolato del profondissimo sud ho telefonato spesso a Michele e Anna, che vivevano alla periferia di Milano. Lí Michele, insegnante anche lui, trasmetteva il dissenso in una scuola media, negava il proprio ruolo di servo dei padroni e poliziotto di cervelli, riceveva lettere di richiamo dal preside ed era entrato in un'Organizzazione che pronunciava cosí, con la maiuscola, ma senza dirmi per telefono qual era: perché i telefoni – mi avvisava – erano tutti sorvegliati.

In compenso tenevamo una fittissima corrispondenza, che conserviamo tuttora gelosamente, anche se non contiene neanche un supporto per la memoria, tutta una chiacchiera sovratono inutile per gli storici ma rivolta a farci belli per iscritto con la Storia; in fondo: saluti rivoluzionari o, caso mai, comunisti.

Anna invece s'era data a un corso Ibm con l'intento di trovare un lavoro.

Le chiedevo per telefono:

– Come va?

– Miseria nera, – lei mi rispondeva. E mi informava: – Non scrive piú.

Michele, cioè, non scriveva piú racconti, romanzi; solo il nostro epistolario, che era ricchissimo.

– Colpa di Calvino? – accennavo abbassando la voce, in apprensione.

– Boh, – lei rispondeva. E aggiungeva: – Beato te.

Pensava che io, nel profondo sud, mi dessi a una bella vita da scapolo senza scrupoli e senza figli da allevare. Invece languivo solitario tra le montagne e aspettavo Pasqua, Natale, l'estate per rivedere le città agitate dalla lotta di classe.

A questo proposito telefonavo spesso a Cristina, che era andata a vivere a Roma insieme al suo fidanzato Fabrizio in una casa di proprietà di lui. Lí studiava e, a rischio della pelle, partecipava a tutte le assemblee e a tutti i cortei che finivano in lacrimogeni sparati ad altezza d'uomo, feriti guaribili in un cospicuo numero di giorni, qualche morto.

Chiedevo: che fai? che dici? che pensi? E le consigliavo telefonicamente: leggi questo, leggi quello, è indispensabile, è fondamentale; tutti libri che io non avevo letto, ma avevo scoperto col tempo che sarebbe stato meglio farlo.

Le volte che mi rispondeva il suo fidanzato Fabrizio, buttavo giú perché temevo che si insospettisse. Subito dopo però mi chiedevo: di che dovrebbe insospettirsi, e rifacevo il numero. Poi buttavo giú di nuovo perché mi sentivo la coscienza sporca. Coscienza che, quando mi rispondeva Cristina, cercavo di lavarmi con:

– Peccato che non mi piaci. Hai le gambe troppo magre.

– Allora perché è un peccato? – lei mi metteva in imbarazzo. Me la cavavo con la promessa misteriosa:

– Se vengo a Roma, te lo spiego.

Ma lei ribatteva:

– Telefona prima, che ho molte cose da fare.

Cose politiche, ovviamente, che faceva con la sua Organizzazione, anche quella scritta con la maiuscola e innominabile, perché i telefoni erano sotto controllo.

Io dicevo: «Certo» ma la sentivo freddina. E la notte uscivo disperato con altri rivoltosi a fare scritte sui muri.

«Se mi arrestano, – pensavo, – i compagni orchestreranno una campagna durissima per liberarmi»

Immaginavo che il mio nome avrebbe sostituito i nomi che ora scrivevo io, tutti di gente da liberare. O anche auspicavo, quando il prete del paese o qualche genitore notabile e camorrista non vedeva di buon occhio la mia opera rivolta a spingere i giovani verso l'attività politica rivoluzionaria:

«Mi beccherò un processo per plagio».

Ma non mi succedeva niente, nessuno mi voleva processare. Vivevo da smorto in quel posto lontano dalla Storia chiedendomi:

«Perché Carlo Levi ce l'ha fatta e io no?»

Avvilito com'ero, sono andato spesso a trascorrere le vacanze estive a casa di Liverano e Loretta che simpatizzavano ora per quella Organizzazione ora per quell'altra, ma se ne allontanavano presto perché tutte coniugavano male il centralismo con la democrazia, il momento verticale con quello orizzontale. Sono rimasto disorientato. Dal mio osservatorio nel sud si vedeva poco. Mi sono accorto soltanto in casa loro che il piano umano era stato investito da quello politico in modo tale che Oscar e Loretta definivano ormai politico ogni patèma d'animo, ogni disagio, ogni commozione dell'organismo. E, in assenza di Olga che era finita insegnante anche lei, a Cassino, moglie tra l'altro di Gianni D'Ambrosio e sindacalista durissima della Cgil scuola, facevano tutto da soli: convocavano riunioni o indicevano miniassemblee per scorticarsi fin nel midollo e venire a capo della politicità delle loro pulsioni.

– Senza veli bisogna essere, – teorizzava Liverano, che aveva fatto una voce artificialmente ricca di toni femminei e aveva preso l'abitudine di lisciarsi i capelli lunghi.

In casa loro, infatti, tutto era senza veli: facevano pipí con la porta aperta, circolavano nudi senza falsi pudori, se ne stavano sotto la doccia a insaponarsi reciprocamente mentre io mi sciacquavo sul bidet e raccontavo fingendo disinvoltura: il tempo si avvicina; nel sud il bracciantato è pronto; anche il proletariato nato a spese della Cassa del Mezzogiorno. Ma, escluso com'ero ormai dalla prassi politica quotidiana, non sapevo piú di preciso cos'erano pronti a fare. In effetti le intenzioni rivoluzionarie di braccianti e proletari erano sempre piú un fondale obbligato – ma un fondale, nient'altro – per la passione che esplodeva, invece, quando i compagni parlavano di sé. Oscar e Loretta, dopo pranzi o cene sempre frugalissimi, prima cominciavano a giocare a ping pong con scarni insulti, poi passavano a rimbalzarsi nervose informazioni sulle loro relazioni sessuali in atto, infine parlavano a volte nostalgicamente, a volte con distaccata tenerezza, a volte con astio, e sempre con dovizia di particolari, della gente che avevano amato recentemente e meno recentemente. Negli anni li ho sentiti citare: operai in fase di centralità, militanti katanga, studentesse di sociologia o psicologia, profughi cileni e in genere sudamericani, femministe in seguito catalogate come storiche, cattolici del dissenso, operatori sanitari e assistenti sociali, emarginati dediti alle droghe pesanti, organizzatori di servizi alternativi a quelli esistenti o prefiguranti quelli inesistenti, magistrati democratici, medici del lavoro ed esperti grezzi, ricercatori attenti alla dinamica osservante-osservato, perfino un poliziotto. Non che con tutti fossero nati amori: anzi, Loretta in particolare pareva molto restia a innamorarsi. Ma lei e Oscar si facevano un dovere di sviscerare ogni loro interiore scossa terremotizia, ogni sobbalzo dei precordi, ogni lampo di desiderio, ogni possibile condiscendenza al desiderio di ospiti, amici, conoscenti, conoscenti di conoscenti.

– Il poliziotto no, – una volta mi sono rifiutato di credere. Come si poteva essere attratte da un servo dei padroni? Cosa aveva di seducente uno sbirro? E una sera d'agosto abbiamo a lungo discusso se andava considerato un crimine ammazzare un poliziotto.

– Per legittima difesa, naturalmente, – ho sostenuto io contro Liverano, un magistrato e un medico del lavoro che mi facevano capire oppure mi dicevano esplicitamente: cosa sei, un provocatore?

Mi sono confuso, ho provato a difendermi:

– Con tutte le attenuanti del caso, è ovvio, specie se si considera quello che hanno fatto a tanti nostri compagni.

Ma tutti hanno fatto smorfie di dissenso e mi ricordo che io stesso intanto pensavo: «Meno male che mio padre è andato in pensione», tanto che già il giorno dopo mi sono chiesto segretamente:

«Che quella mia posizione sanguinaria di ieri sera fosse frutto dell'edipo?»

In tal caso – mi sono autogiustificato – provocatore sarebbe l'inconscio, fissato nel mettere il padre e la mamma dappertutto.

Quando tornavo nel profondo sud, avevo sempre la sensazione di essere stato tagliato fuori dai grandi mutamenti. Perciò subito passavo a teorizzare liberazioni sessuali e introspezioni autocoscienziali con colleghi paesani, mogli annoiate di medici e speziali, giovani che mordevano il freno e mi chiedevano di passare all'azione: che scriviamo stanotte?

A un certo punto ho saputo che Loretta e Liverano erano finiti anche loro a Roma, lei alla Fondazione Barrili, lui in un istituto tecnico sulla Tiburtina. Nel corso di una manifestazione con esplosioni, lacrimogeni, inseguimenti strada dietro strada e fughe in scarpe da ginnastica, Oscar era stato fermato dalla polizia. Ho telefonato a Michele e ci siamo scambiati per telefono parole accorate sulla sorte del nostro vecchio compagno.

– L'Organizzazione, – ha detto Michele, e mi ha fatto capire che questa Organizzazione si sarebbe subito mossa con decisione per esigere: Oscar libero.

– Sicuro?

– Certo, – lui mi ha confermato ma ho avvertito che quella svolta nella vita del nostro compagno non gli piaceva: fanatico com'era dell'alfabeto, avrebbe preferito affidare il suo nome, piuttosto che quello di Oscar, alla scrittura sui muri.

In realtà ero invidioso anch'io. L'idea che su tutti i muri d'Italia sarebbe comparso «Oscar libero» non mi è piaciuta. Mi ha depresso soprattutto l'ipotesi che Cristina l'avrebbe letto e avrebbe pensato: povero Oscar. Però questo sentimento meschino l'ho represso con sdegno. Quella notte stessa sono uscito da solo a scrivere sul muro della chiesa del paese: «Oscar libero». È certo che quel muro del sud è stato l'unico ad accogliere quell'agglomerato di lettere, e ancor oggi lo conserva. Il prete, il giorno dopo, s'è indignato, è corso dai carabinieri. Voleva sapere che c'entrava il famoso premio cinematografico con la parrocchia. Di Liverano infatti nessuno sapeva niente, l'avevano trattenuto solo qualche ora e poi l'avevano rilasciato. Ma ha apprezzato molto il mio gesto, di cui l'ho informato per telefono. Mi ha scritto: sei un vero compagno. E mi ha invitato a chiedere il trasferimento, qui a Roma si sta benissimo.

Ci ho pensato e ripensato. Michele nel frattempo s'era ficcato nei guai per un lavoro in équipe (studenti-insegnanti) sulla pornografia e voleva lasciare a sua volta Milano. Sicché abbiamo deciso entrambi di farci trasferire nella capitale. E quando finalmente abbiamo ottenuto il trasferimento proprio dove l'avevamo chiesto, nella stessa scuola sulla Tiburtina dove insegnava

Liverano, ormai il lessico politico su cui per anni c'eravamo concentrati con fatica, era roba da pronunciare a bassa voce, la sua scienza coniugata con la rivoluzione s'era fatta gergo colorito, le piazze erano semivuote e le galere sempre piú affollate.

In compenso avevamo fatto, noi maschi, la voce morbida, vestivamo con cura, a volte sgargianti, sfoderavamo volentieri tutti i nostri tremiti interiori, ci facevamo in quattro con Olga, Loretta e Cristina, scettiche sulla nostra onestà, per mostrare loro i nostri lati femminili. Quando ho scritto a Cristina un biglietto d'auguri per il suo compleanno e lei mi ha detto: hai una bella grafia grande, da donna, quell'aggettivo, che da ragazzo mi avrebbe indotto al suicidio, mi è sembrato un magnifico complimento. Convinto di avere qualche speranza, ho amplificato, intrecciato, plasmato e riplasmato con lei una proposizione a cui mi ero affezionato:

– La condizione della donna è una spia dei rapporti tra gli uomini.

Ma mi sono dovuto rendere conto che non faceva piú molto effetto. Ai rapporti tra gli uomini Cristina, come Olga, come Loretta, appariva ormai disinteressata. S'era tuffata a capofitto nei rapporti tra donne. Divorava libri, si riuniva a porte chiuse, conversava qualche volta con me a tu per tu ma solo per accusarmi di nefandezze, delle quali, del resto, io mi sentivo realmente colpevole e mi pentivo amaramente.

La letteratura le pareva il luogo dove si poteva vedere meglio quello che, in quanto di genere maschile, avevo fatto alle donne attraverso i secoli.

– Ghismunda, – citavo per venirle in aiuto.

– Ben altro, – lei rincarava.

Allora mi scervellavo allo scopo di sfoderare esempi letterari a lei ignoti delle turpitudini che il mio sesso aveva commesso contro il suo. Ma lei mostrava ormai piú competenza di me, scoprivo con disagio che non riuscivo piú a stupirla con la mia erudizione.

– Siamo state costrette al silenzio – ha detto una sera.

Io ho citato subito:

– La donna è mobile, qual piuma al vento, muta d'accenti e di pensieri.

Quindi l'ho guardata, disgustato dal fatto che noi maschi avessimo potuto pensare e scrivere cose cosí delle femmine.

– ? – mi ha chiesto lei perplessa.

L'ho aiutata a orientarsi sul senso di quei versi infami:

– La donna è mobile, qual piuma al vento, Cristina, *muta* d'accenti e di pensieri: vale a dire *priva* di parola e di cervello.

Silenzio. Lei con tatto mi ha spiegato:

– «Muta» è usato nel senso di «cambia», non di «priva».

Per un po' ha smesso di vedermi.

Proprio in quel periodo Olga si è separata da Gianni D'Ambrosio e ha ripreso a frequentarci, di tanto in tanto.

– Non voglio finire in carcere per colpa sua, – ci ha spiegato una sera per motivare la sua rottura coniugale.

– Stiamo cadendo nelle provocazioni, – ha profetizzato Liverano indicandoci a uno a uno i dati su cui fondava la sua analisi.

– Che fare? – si è interrogato Michele.

– Ho visto certe cose, – ci ha raccontato Cristina impaurita.

– Il filo rosso, – ho legato dal canto mio, infilandoci tutti i nostri morti ammazzati, dalla Comune fino ai nostri giorni, e sottolineando le responsabilità della polizia, dell'esercito, dei servizi segreti, della magistratura, delle squadracce fasciste, del capitale, dello stato del capitale. E concludendo: – Però, sí, è meglio stare attenti alle provocazioni.

In quel periodo mi sono riavvicinato con cautela, dopo tanto tempo, all'Anna con cui avevo condiviso, gonfio di piacere, quasi dieci anni prima, il segreto della lettera di Calvino. Quanto l'avevo desiderata in silenzio, com'era stato importante allontanarmi da lei, che era la moglie del mio migliore amico. Ma all'inizio ho visto un'altra persona. Non ironizzava piú sulle nostre passioni intellettuali e politiche, ne era invece divorata con ritardo. Proprio quando noi cominciavamo a mostrarci stremati e delusi, lei leggeva notte e giorno di tutto e voleva discutere. Non solo. Ora che Ernesto era cresciuto e non l'assillava piú, mostrava un'ansia spesso fastidiosa di recitarci le cose che aveva letto e che stava leggendo.

Lo faceva specialmente con me, come se volesse convincermi che era cambiata in meglio. E io in principio mi chiedevo: come fa Michele a sopportarla? Ma dopo un po' ho percepito, in quel suo parlare di libri serissimi col tono di chi considerava i loro autori non letterati e scienziati di fama ma gente di mezza cultura tipo me e Michele – nel suo parlarne cioè con ironia, con sarcasmo, a volte anche con un po' di disprezzo, e stravolgendone le vedute, riusandole con eccessiva semplificazione, – ho percepito, dicevo, una sua nuova forma di irriducibilità, molto distante dalla nostra consueta soggezione verso tutto ciò che è scritto, e quindi mi è sembrata meravigliosa. Perciò sono ritornato quasi inavvertitamente, durante le nostre riunioni, a cercare una sedia accanto alla sua.

Ma gli altri non avevano le mie ragioni segrete e con gli occhi, coi movimenti del corpo, dicevano una sola cosa: non se ne può piú, di Anna. Lei si introduceva nei nostri discorsi in un modo cosí ingenuo, che generava soprattutto disagio.

– Bisognerebbe scegliere meglio le persone da eliminare, e comunque ammazzarne molte di piú, – per esempio ha sostenuto una volta. Affermazione che abbiamo accolto con un «sí sí» che per me significava: esagerata! e per gli altri, soprattutto per Michele: zitta, per favore.

– Che t'è sembrato del mio intervento? – poi mi ha chiesto.

Le avrei voluto rispondere: «Ingenuo», come avevo imparato che si definivano tutti gli interventi del livello di quello suo. Invece ho sentito una tenerezza piú intensa ancora che in passato – certo saldamente controllata: ci convivevo dall'età di diciassette anni, era quasi una prassi scontata dell'organismo – e indotta dal tepore di quella sua agitazione. Mi sono dunque abbandonato a quell'emozione con voluttà, prima accennando a un: – Ma, – poi deviando veloce verso: – Benissimo: sono d'accordo con te –. Il tutto al solo scopo di procurarmi un bacino rumoroso, smack, su una guancia, portato sull'onda di quel tepore.

Tuttavia posso capire che per gli altri gli interventi di Anna fossero insopportabili. Piombavano a sproposito soprattutto per gettare scompiglio tra quelli calibrati di Olga, Loretta, Cristina. Con loro lei si dichiarava sempre pregiudizialmente in disaccordo.

«Mi dispiace ma io dico pane al pane e vino al vino» esordiva col suo accento campano complicato da qualche inserto lombardo. E se dentro i discorsi di noi tutti andava sempre a cercare una motivazione psicologica o materia per deduzioni psicoanalitiche (leggeva Freud avidamente, cosa che ci infastidiva perché era una lettura fatta sul serio solo da Liverano) che svelavano le ragioni profonde delle nostre ragioni superficiali, nei loro – in quelli di Cristina, di Loretta, di Olga – cercava e trovava sempre e solo stupidaggini. Edipo, Elettra erano eroi che aveva sempre sulla punta della lingua come se avesse fatto studi classici e non di segretaria d'azienda. «La vostra omosessualità latente» sfoderava per ogni cosa che veniva in mente di dire a me, a Michele, a Liverano, noi maschi ci trattava cosí. E quando parlava Cristina, Anna le distribuiva nella replica, senza giri di parole, «stupida», «cretina», con allegria. Dopo c'era una lunga pausa di imbarazzato silenzio. Poi intervenivamo a turno tirando dritto, come se Anna non avesse parlato, ma accentuando ora quella frase, ora quell'altra in modo che capisse: taci una buona volta, sei una scriteriata.

Sicché è difficile dire oggi quali canali segreti di comunicazione si stessero avviando, che cosa volessimo realmente significare attraverso le parole che pronunciavamo. Quello che è certo è che adesso – mentre ci ripenso – mi viene di riassumere il tempo che conduce fino a questa mattina di giugno – quando vado a infilarmi in un'aula dove scrutineremo allievi con una convinzione e una passione che però inevitabilmente vivrò come una farsa – con l'immagine di Anna, che desidero intensamente proprio mentre (e forse perché) parla a vanvera, e con quella di Cristina, che mi rende languido e smanioso proprio per come soffre composta a causa di quel parlare a vanvera di Anna. I grandi discorsi non funzionavano piú, un po' per esaurimento nostro, un po' per via di quei momenti penosi, sicché ogni volta che ci vedevamo tutti insieme compresa Anna abbiamo smesso di usare il lessico politico-culturale su cui c'eravamo tanto esercitati. All'inizio ci siamo limitati a discutere di film, di tv, di romanzi come nell'adolescenza. Poi siamo passati alle chiacchiere sul vago e sul fatuo, e tornavamo ai temi, al verbo di una volta quando si era al massimo in due, come se ormai fosse possibile parlare al vecchio modo solo a quattr'occhi.

Anna però, mi ricordo, non si rassegnava.

– Qui non si discute piú di niente, – si meravigliava. E chiedeva: – Che mi nascondete?

– Niente, – dicevo.

Ma le nascondevo, di certo, lo sguardo che lasciavo su Cristina e che mi proibivo, mi ero sempre proibito, di lasciare su di lei. Come celavamo – tutti – tanti altri sguardi, ora di complicità, ora di riprovazione, ora di tacito accordo, ora di desiderio, per paura che qualcuno ce li spiasse e ci mettesse in galera per averli lanciati.

Prima di accomodarci nell'aula dove si terrà lo scrutinio finale, noi insegnanti di solito ci mostriamo reciprocamente i voti, ma per gruppi di affiatamento politicoculturale, furtivamente, escludendo i colleghi con cui non siamo affiatati, e confabuliamo a voce bassa. È quello che faccio con Liverano anche in questa occasione. Progettiamo:

– Attacco concentrico. Teniamo duro.

Poi ci mettiamo seduti e in attesa che arrivi il preside, subito mi perdo nella sonnolenza.

Sennonché il preside apre la seduta a tradimento, con decisione, e rivolgendosi a me che sono l'insegnante di lettere, chiede, facendomi sobbalzare:

– Ci sono casi disperati?

«Disperati?» mi domando imbambolato, convinto che mi stia interrogando sulla disperazione di esistere. Poi mi ricordo che «Ci sono casi disperati?» è la formula in uso nelle scuole per dire: chi dobbiamo bocciare, e confesso a malincuore: Astarita Ernesto.

Tutti i miei colleghi – la collega Tozzi per prima, ma anche Oscar Liverano, Sabotino di ragioneria, padre Gennari e cosí via – dichiarano a turno: caso disperatissimo, mentre il preside sottopone a verifica questa nostra opinione controllando i voti sul tabellone che ha davanti.

– Sei insufficienze gravi, – conta.

– Sette, – corregge la collega Tozzi, e prosegue: – Questo ragazzo, preside, interrogato sulla *Primavera* di Botticelli, si alza, si tira su una immaginaria veste lunga, si ravvia i capelli e viene alla cattedra facendo la Primavera.

– In che senso? – chiede il preside interessato.

– Nel senso che fa cose strane, – interviene il collega Sabotino di ragioneria, già spazientito.

– Per esempio? – vuole che esemplifichiamo il preside, in quanto i casi disperati vanno discussi a fondo, raccogliendo elementi a favore e contro, prima di definire bocciato un alunno.

– Fa lo scarafaggio, – dice padre Gennari.

– L'insetto di Kafka, – io nobilito.

– Lo fa benissimo, – mi dà man forte Liverano.

– Mah, – si mostra scettica la collega Tozzi.

Però padre Gennari ammette:

– È una buona imitazione. Preside, il ragazzo riesce a comunicare tutto il ribrezzo di chi si sente in petto un insetto immondo.

– No, – intervengo io, ma con tatto. – Scusa, Gennari, ti sbagli –. Quindi mi rivolgo al preside: – Preside, il ragazzo rappresenta con molta bravura l'orrore dello scarafaggio quando si accorge che rischia di assumere connotati umani. Cosí –. E faccio sentire e vedere: – Ohhrfff! dove sono finito? che sono questi umori? ohhrfff! – stralunandomi al modo di Ernesto, cosa che lascia il preside esterrefatto.

Padre Gennari fa il permaloso.

– Caro collega, è con questi intellettualismi che si confondono le idee ai ragazzi.

Secondo lui voglio imporre a un gioco innocente la *mia* visione pessimistica dell'umanità. Invece – dice – il ragazzo si limita a fare cosí: si alza in piedi e barcolla per l'aula facendo Ernesto che, mentre si trasforma in immondo insetto, si tasta la pancia, grida: perché è dura? che mi sta accadendo? e picchia le nocche su un banco – toc toc – ed esclama: orrore, che è questa repellente corazza?

Qui la collega Tozzi, nella quale evidentemente s'è andata risvegliando la formazione di sinistra e l'avversione per i preti, chiarisce gravemente: è vero, l'allievo Astarita non ha attitudine per la storia dell'arte, non partecipa affatto al dialogo educativo, si sottrae a ogni verifica, ma – e a questo punto esclama: – Ma padre Gennari non ha capito niente. Ha ragione invece il collega, – e indica me. – Preside, il ragazzo soffre per la metamorfosi che sta avvenendo *nello scarafaggio*, è della bestiaccia che si preoccupa.

Ma il capo dell'istituto è disorientato, non riesce a capire. Allora lei si massaggia il petto con impegno e si lamenta:

– Astarita fa' cosí: ah che dolore alle ghiandole, cosa mi accade? – Intende, ci spiega, le ghiandole di scarafaggio con cui l'insetto secerne un liquido disgustoso. – In che cosa di orrendamente umano si stanno trasformando le mie ghiandole? – La collega torna ad assumere la sua voce normale e conclude, assicurandoci con il lieve imbarazzo di chi teme di aver ecceduto: – Queste sono le parole esatte.

– Nemmeno per sogno, – si ribella il collega Sabotino e specifica: – Non è possibile che perdiamo tanto tempo per una scemenza simile. Macché scarafaggio! Astarita fa qualche smorfia, saltella un po' e basta. Altro che scarafaggio.

Lascia intendere, comunque, che lui saprebbe imitare uno scarafaggio molto meglio di Ernesto

Ma Liverano lo zittisce. Dice ammirato: – Mai visto niente di simile: una metamorfosi coi fiocchi, preside –. E, pur di convincere il capo di istituto del talento di Ernesto, pur di aiutare questo ragazzo che conosciamo dalla nascita, si mette a correre per l'aula a dispetto della corporatura pesante, ansimando:

– Le ghiandole, le mie belle ghiandole.

Smette solo quando il preside gli ricorda:

– Professore!

Allora Oscar si rimette a sedere accaldato. Gli tendo la mano con commozione e gli dico: bravo.

Le mani di Liverano hanno avuto un ruolo fondamentale nei piaceri del sesso che all'improvviso, dopo una distratta frugalità anche in quel campo, hanno occupato tutto il nostro tempo e ogni pensiero.

Ha cominciato Cristina.

Per un certo periodo è sparita: introvabile, temevo che si fosse disgustata di me. Telefonavo e rispondeva Fabrizio. In genere riattaccavo, ma a un certo punto mi sono fatto animo e ho chiesto: Cristina? Lui ha risposto rude: boh, non sono il suo angelo custode. Io ho detto: ah e ho riattaccato pensando: la crisi è irreversibile, ma senza dispiacere, anzi contento.

In seguito è successo che mi ha telefonato Cristina e mi ha chiesto:

– Vediamoci.

Sono corso a vederla col batticuore e, quando l'ho vista, ho pensato una folla di immagini che non m'erano mai venute in mente prima: tavola apparecchiata con candele pacchiane, molto cibo, vino nel cestello di metallo che gronda vapore condensato; colazione a letto, con briciole tra le lenzuola e una tazza rovesciata da cui gocciola latte e caffè; mutandine vezzose di buona qualità sul bracciolo di una poltrona; un viaggio caso mai attraverso l'Europa – basta con la lotta, basta col lavoro – in vagone letto. Mi sono sentito dentro, ma pronto a venir fuori, un sospiro di desiderio molto esplicito. Tuttavia i segnali impercettibili che le persone inviano quasi senza accorgersene e che sono difficili da mettere in parole mi hanno indotto a cancellare, prima che fosse troppo tardi, ogni proposito erotico. E ho fatto bene.

Lei infatti mi ha imposto subito:

– Giura che non lo dirai a nessuno.

Ho giurato ma non s'è fidata. Ha preferito divagare, incerta, sulla sua tesi di laurea: era in netto ritardo con l'università, ma ce l'aveva quasi fatta. Poi è passata a lodare Loretta che le stava dando una mano a reperire testi e dati per la tesi.

– È cosí gentile, – ha ripetuto una decina di volte, quindi ha aggiunto: – Non solo. E anche bella e intelligentissima, – perché gentile le è sembrato poco. Dall'intelligenza della bella Loretta ha subito dedotto che lei invece era scema e ha insistito a dire che non sapeva pensare.

– Ho paura, – mi ha detto, – che quello che penso sia privo di dignità –. Poi ha sospirato grata: – Quelli come voi mi hanno sempre regalato bei pensieri.

– Devi pensare per conto tuo, – le ho consigliato, sforzandomi di recuperare autorità ai suoi occhi. E ho chiesto:

– Novità con Fabrizio? Avete fatto un bilancio?

Solo allora, commossa, lei mi ha rivelato senza altri preamboli, come una parola magica che realizza tutti i desideri:

– Oscar.

Ho fatto finta di niente. Anzi ho commentato con falsa allegria: – Ma no! – e le ho chiesto, augurandomi un'improvvisa rottura dei timpani con fuoriuscita di sangue dalle orecchie: – Racconta, su.

Lei naturalmente non desiderava altro e mi ha raccontato per filo e per segno com'era cominciata la cosa. Erano andati una sera a cena insieme.

– Con le candele, – ha precisato, specificando: – Bello. Non me lo sarei mai immaginato.

Ha voluto descrivermi anche il ristorante: alternativo.

– Si mangia benissimo, però si paga salato.

Insomma avevano mangiato e parlato e bevuto.

– Sai quando uno si sente proprio bene? – mi ha chiesto.

No, non sapevo, però ho finto di saperlo benissimo. Mi ha detto commossa:

– Improvvisamente lui mi ha preso la mano, me l'ha carezzata a lungo e poi me l'ha baciata qui, nel palmo.

Ha indicato il punto.

– Lo fanno tutti, – ho cercato di minimizzare quell'approccio che lei mi voleva presentare come chissacché.

– E poi qui, – ha rincarato la dose indicandomi l'incavo tra il braccio e l'avambraccio.

– Mah, – io mi sono mostrato scettico, dubitando anche dell'eccezionalità di quella seconda operazione.

– E qui, – lei allora ha voluto farmi vedere, cioè nella conca dell'ascella, costringendomi cosí a visualizzare per sempre Oscar che non so bene come, in pieno ristorante foss'anche alternativo, si protendeva sul tavolo, le sollevava il braccio e tuffava la bocca nella sua ascella.

– Loretta? – mi sono informato tanto per prendere fiato.

– Non lo sa.

– E Fabrizio?

– Nemmeno lui.

Ho commentato amaro:

– Bravo Liverano.

Cristina s'è intenerita:

– Sí, bravo.

Per un poco, dopo questa rivelazione, mi sono messo a girellare intorno ad Anna raccontandole la mia disperazione, ma in termini generali, senza mai nominare Cristina e Liverano, con toni che è possibile usare solo con la persona che consideriamo la matrice originaria di tutte le nostre passioni: la mamma, il primo amore, il primo essere umano che si è fatto amare senza darci il tempo di esaurire la nostra capacità di amore. Ho farneticato che avrei voluto cancellarmi la memoria con la gomma dura per l'inchiostro, di quelle blu, con cui da bambino rischiavo sempre di bucare il foglio. Subito dopo però – ho pensato con il furore necessario – avrei voluto fare lo stesso con la memoria di Cristina. Invece ad Anna ho detto, baciandole il palmo della mano:

– Se uno ti fa cosí, tu che provi?

– Niente.

– E cosí? – le ho chiesto baciandole l'incavo tra braccio e avambraccio.

– Niente.

A quel punto volevo passare a baciarle l'ascella, ma lei mi ha minacciato sbellicandosi:

– Non ti ci provare che chiamo aiuto –. Perché – mi ha spiegato – lí non sopportava il solletico.

Allora ho deciso di telefonare a Loretta.

«In questa storia non posso essere un fiancheggiatore» mi sono detto e ridetto. Le ho chiesto:

– C'è Oscar?

– No.

Oscar era ininterrottamente in riunione ora qui, ora lí da mesi, fino a notte avanzata e a volte anche tutta la notte. Non ci dovevo essere anche io, in riunione?

«Come no» ho pensato: gliel'avrei detto volentieri io con chi si riuniva notte e giorno Liverano. Invece ho borbottato: – Non son potuto andare –. E mi sono ripromesso: – Lo vedrò domani a scuola –. Infine, depressissimo, le ho domandato:

– Ti va un cinema stasera?

Le è andato e abbiamo scelto *I compari* in un d'*essai*.

Quando hanno ammazzato Keith Carradine in stato di sazietà sessuale e totale innocenza, ho commentato:

– Beato lui.

Allora Loretta mi ha preso la mano destra con la sinistra, l'ha trasferita oltre il bracciolo e se l'è deposta nell'altra sua mano, le cui dita si sono messe con insistenza a penetrare tra le mie per intrecciarsi.

«Non significa niente» ho pensato e mi sono disposto paziente a fissare lo schermo come del resto faceva lei, ma io senza vedere alcunché e anzi auspicando che mi lasciasse presto la mano in modo da poter tornare a concentrarmi sulla storia del povero McCabe con la signora Miller.

Invece lei ha giocato con la mia mano per tutto il primo tempo, l'ha liberata quando la sala si è illuminata, si è girata a guardare se in giro c'era qualche compagno o conoscente, me l'ha ripresa quando le luci sono tornate a spegnersi.

«Possibile?» mi sono interrogato.

Possibilissimo, ho scoperto, visto che ha seguitato ad accostare tra loro i nostri polpastrelli, a far combaciare palmo con palmo, a intrecciare le dita e a stringermele in un'improvvisa morsa vorace, a districarsi per passarmi lievemente l'indice nell'incavo tra le dita o sul palmo gelato. Finché m'è venuto in mente che Loretta stava praticando con me un'arte del contatto appresa negli anni da Liverano: la stessa arte che Liverano aveva insegnato a Cristina, che Cristina aveva raccontato a me, che ora forse stavano praticando insieme chissà dove. Mi sono districato in fretta, ma per poggiarle l'avambraccio in grembo, con la mano di taglio oltre l'orlo della gonna, tra le ginocchia nude. Lei invece mi ha accarezzato per una mezzora i jeans che – come si sa – sono di stoffa spessa ed è come se non ti accarezzassero.

All'uscita non ci siamo detti niente che avesse a che fare con quelle operazioni. Invece abbiamo commentato quelle di polizia, sempre piú chiassosamente in atto. Del film non abbiamo nemmeno provato a parlare perché non avevamo capito granché.

– Malinconico, – abbiamo azzardato soltanto.

– A lei alla fine non resta che l'oppio, – ha detto Loretta, preparandosi una canna.

– Ci staneranno uno per uno, – io l'ho messa sul tragico. Come gli schiavi di Spartaco che Crasso crocifisse tra Capua e Roma, ho aggiunto citando *Spartacus* che lei non aveva visto da ragazza e invece io sí: bellissimo.

– Che esagerazione, – ha commentato, trovando il mio paragone esagerato.

Mi sono offeso, l'ho salutata e sono tornato a casa.

– Da un po' di tempo sei strano, – ha notato Anna qualche giorno dopo cercando di farmi capire che, mentre per anni non avevo fatto altro che starle tra i piedi, ora che Ernesto era o a scuola o in giro in bicicletta e Michele spariva per riunioni segrete lasciandola sola tutta la giornata, non mi si vedeva piú, era costretta a desolanti monologhi in giro per la casa vuota.

Mi sono sforzato di spiegarle che ero disorientato, che mi pareva di aver trascurato, per amore della lotta politica, molte cose su cui invece valeva la pena concentrarsi.

– Sei mai stata a cena con le candele? – le ho chiesto.

– Bella cafonata.

– Non so.

Lei mi ha guardato con un'espressione intensa e per la prima volta ha provato a dirmi ciò che aveva in mente da chissà quanto.

– Una figlia.

Ha confessato che si rammaricava di non averne una: chiacchierona, fantasiosa, piena di vezzi, non musona com'era stato Ernesto. Una bambina che le facesse compagnia per casa. Ha sorriso in imbarazzo:

– Vorrei rifare la madre con lo spirito giusto.

– Che spirito?

– Spirito di patata, – mi ha risposto, seccata perché l'ascoltavo senza attenzione.

Fatto è che mi chiedevo continuamente: telefono a Loretta oppure no?

Ci sono volute due settimane per decidermi a farlo. Le ho chiesto:

– Vuoi venire a cena?

– Al ristorante?

Io, che avevo sperato che si capisse dal tono: a cena da me, ho detto precipitosamente sí.

– Ne hai uno in mente? – mi ha domandato.

Ho pensato al ristorante di cui mi aveva parlato Cristina, ma le ho detto:

– No, non ci ho ancora pensato.

– E lí da te?

Mi sono elencato mentalmente i ristoranti del quartiere, poi ho ammesso:

– Non ne conosco, qui nei dintorni.

Loretta ha chiarito sul nervoso:

– Volevo dire a casa tua.

– A casa mia? – mi sono agitato. – Certo, va benissimo –. E ho confessato: – Ho preparato un'insalata di pasta –. Dopodiché ho aggiunto con zelo: – Dillo anche a Oscar, naturalmente.

Ma Oscar non c'era: aveva una riunione Cgil.

– A tra poco allora, – ci siamo promessi.

Loretta è arrivata che pareva un'altra persona: abbigliamento non casuale né multicolore, truccata con cura, profumata, capelli di fresco lavati, vaporosi e raccolti sulla nuca.

– Sei cosí linda che quasi quasi mi faccio un attimo la doccia, – ho proposto per fare lo spiritoso.

Non si è divertita.

– Si mangia? – ha chiesto come per dire: sono venuta solo per mangiare.

Abbiamo mangiato in fretta, parlando poco e a vanvera, col cibo che calava giú per l'esofago e non se ne sentiva l'atterraggio nello stomaco, vescica sfondata dall'agitazione. In compenso abbiamo riso molto, ma senza sapere di che. Bastava che lei dicesse: «Oh» e io già ridevo senza freno, tanto che mi doveva battere sulla schiena per evitare che il boccone mi soffocasse. Ma erano simulazioni di risate che facevo solo per comunicarle: sto proprio bene con te. E anche Loretta, rideva solo per assecondarmi nelle risate, e si toccava con la punta delle dita sotto le costole dal lato della milza dicendo: mi fa male qui.

– Ti massaggio, – mi sono offerto.

Lei mi ha minacciato:

– Non t'azzardare, ci manca solo il solletico.

Alla frutta l'ho baciata, ma dopo molti tentennamenti. Ero certo che mi avrebbe detto: sei pazzo? Invece no. Solo che ci è passata ogni allegria, vera o falsa che fosse. Io mi sono paralizzato per l'angoscia, quando ho scoperto che anche sotto i vestiti aveva indumenti di qualità. Mi è sembrata come un giocatore che propone una posta troppo alta a un tavolo dove si fa un gioco miserabile, e mi sono chiesto in ansia: che s'aspetta da me? Quanto a lei, nel vedersi privata con bramosia d'occasione di tutti i suoi indumenti in un baleno, ha sghignazzato sul depresso:

– Tanti soldi e tanta cura per una frazione di secondo.

Di qui s'è avviata una nottata di estenuanti carezze senza sbocco, nel corso della quale ora lei s'affaticava a provarsi che la desideravo, ora io cercavo in tutti i modi a me noti di allentarle il disagio che la serrava come una porta, di quelle che bisognerebbe tirare per aprirle e invece uno spinge e intanto si chiede perché non si apre.

Alle sei del mattino abbiamo lasciato perdere e siamo andati a cercare un bar aperto per un cappuccino e due cornetti caldi a testa.

Ma la cosa mi ha fatto comunque bene. A Cristina, subito dopo quell'esperienza, ho potuto chiedere piú rilassato, per telefono:

– Come va?

Lei mi ha detto:

– Benissimo.

Però era già stanca di tutte le cautele a cui lei e Oscar erano obbligati. Lui inventava scuse con Loretta, lei con Fabrizio. A volte poi si vedevano in quattro, con grandi tensioni, e finivano sempre per fare casini, perché non riuscivano a ricordarsi tutte le bugie che avevano detto.

– Non ne posso piú, – mi ha confessato.

– Anche io, – le ho confessato a mia volta.

Ha voluto sapere perché. Mi sono tenuto al paradigma dell'uomo che cela un terribile segreto. Lei ha insistito ma non ho ceduto. Anche perché Loretta al bar, la mattina dei cappuccini e dei cornetti, mi aveva fatto giurare: – Oscar non lo dovrà mai sapere, mi raccomando, – anzi mi aveva spiegato con gravità che quella era stata la prima e l'ultima volta tra noi.

Invece mi ha telefonato in serata (già dormivo: la notte trascorsa in bianco mi aveva stroncato) per dirmi: Oscar non c'è, vengo da te.

È comparsa poco dopo, ancor piú curata della sera prima. Mi ha fatto promettere:

– Buono, però, eh, non ci sfioriamo nemmeno.

S'è messa a parlare fittamente di Oscar, di come fosse gelosissimo di lei, di come quel suo chiacchierare negli ultimi anni sempre di sesso fosse piú fumo che arrosto.

– Per lui sono un'abitudine di cui non sa fare a meno.

– E lui per te?

– Finito tutto la mattina che lo pescai con Olga.

– Ah, – ho detto ricordandomene.

Alle sei, quando siamo andati al bar per prendere cappuccini e cornetti caldi, eravamo decisamente piú contenti.

Loretta ha detto:

– Bisognerà dirlo a Oscar.

Perché, ha dichiarato, non amo i sotterfugi. Non sapeva, per esempio, che cosa raccontargli per tutta quella notte trascorsa fuori casa.

Ma quando è rientrata Oscar non c'era. Allora mi ha telefonato per annunciarmi:

– Questa volta è andata bene, ma non si può vivere nella menzogna.

Io le ho chiesto con la disinvoltura di chi è al di là del bene e del male:

– Perché?

Ho domandato a Liverano la mattina dopo, a scuola:

– Oscar, sei sempre convinto che la verità è rivoluzionaria?

Ha negato che avesse mai sostenuto una cosa del genere. Sul piano politico – mi ha dimostrato con molti esempi tratti da come infuriava la reazione – solo ciò che è rimasto rigorosamente segreto ha fruttato.

– E su quello umano?

Ci ha pensato un po', poi mi ha spiegato:

– Acqua in bocca.

Voleva dire che la nostra curiosità, il nostro narcisismo, la nostra capacità di affetto, il nostro bisogno di riceverne, la necessità di essere continuamente rassicurati, entravano in conflitto con qualsiasi stabile canalizzazione delle energie erotiche del nostro organismo su un solo essere umano, per quanto importante potesse essere nella nostra vita.

Poi mi ha confidato:

– Loretta non può fare a meno di me –. E ha spiegato: – C'è chi si accontenta e chi no, – intendendo piú o meno esplicitamente: lei si accontenta di un uomo solo, io ho bisogno di molte donne. Infine ha ipotizzato: – Se sapesse quello che combino –. E ha ribadito, complice: – Amico mio, la regola è acqua in bocca.

«Acqua in bocca» allora con cognizione di fatto ho consigliato a Loretta, che tendeva a spifferare tutto a Oscar perché potessimo vederci senza problemi la notte, la mattina, il pomeriggio e la sera.

– Soffrirebbe talmente, – ho obiettato, – che la sua sofferenza ci impedirebbe di essere felici.

Perciò le ho consigliato di aspettare. Nell'attesa, la Fondazione Barrili ha preso all'improvviso l'abitudine di mandarla nei luoghi piú impensati per fare ricerche su Anton Giulio Barrili. Menzogne naturalmente, che Liverano si beveva perché a sua volta la Cgil scuola aveva scoperto che lui era indispensabile ora qui, ora lí. Quanto a me, mi ammalavo gravemente e telefonavo a scuola chiedendo un congedo straordinario da/a, motivo: ora otite, ora cefalea, ora diarrea, ora colica renale. Anche Michele si ammalava spesso e volentieri, in quel periodo, mai stati cosí cagionevoli di salute. Però non si dimenticava mai di avvisarmi che non dovevo dirlo ad Anna.

– Che combini? – gli ho chiesto.

– L'Organizzazione, – mi ha confidato, facendomi capire: non ti posso dire di piú.

Mi sono un po' preoccupato, ho domandato ad Anna: – Michele s'è ficcato in qualche guaio?

Ha risposto che non le risultava. Anzi: era in fase

di rottura con i compagni e si proponeva di mettersi a studiare a fondo il *Don Giovanni* di Mozart.

– Non vi riconosco piú, – s'è lamentata e ha detto che quella nuova fase non le piaceva, il suo massimo desiderio era ricominciare tutto daccapo.

– Bisogna sempre assecondare i propri desideri, – le ho consigliato sfoderando, come facevo da anni ormai, la novella di Ghismunda. Ho aggiunto anche, paternamente: – Te l'ho sempre detto.

Lei s'è lasciata andare, fiduciosa, mi ha detto da dove avrebbe voluto ricominciare:

– Dalla mattina in cui ti portai la lettera di Calvino.

– Fu un giorno felice, – ho ammesso con un sussulto.

– Oppure vorrei ricominciare da quando ti ho pescato un pomeriggio a dormicchiare sul letto mio e di Michele, sdraiato dal lato dove dormo io, non da quello dove dorme lui.

Io non me lo ricordavo ma lei mi ha rinfrescato la memoria.

– Come Tancredi, il principe di Salerno, – ha scherzato, – che desiderava sua figlia Ghismunda, non lo sapeva, ma se ne andava spesso a dormicchiare sul letto di lei.

Mi sono imbarazzato.

Ho chiesto: – La fate questa figlia? – per sapere se aveva convinto Michele a una nuova paternità.

Lei mi ha spiegato che no, non era una figlia di Michele, quella che voleva: era una figlia della fantasticheria, un'incubazione di sogni a occhi aperti, un folletto stupefacente fuggito da una favola nordica, una che sapeva già tutto prima di nascere e non aveva bisogno di imparare niente.

– Come si fa un essere cosí? – le ho domandato.

– Ho un piano segreto, – mi ha rivelato con malizia: – te lo dico quando ti va.

– Persino Anna ha dei segreti, – ho rivelato a Loretta in un ristorante di Certaldo dove lei era stata mandata dalla Fondazione Barrili per scoprire se Anton Giulio Barrili aveva mai tenuto lí una conferenza su Boccaccio.

Frottole. In realtà avevamo passato la mattina a riempire di briciole e caffelatte un letto già abbastanza devastato da spuntini nel corso della notte. E ora stavamo sperperando il mio stipendio e il suo in cucina locale e vini pregiati, senza nessuno scrupolo nei confronti degli sfruttati, degli emarginati e delle avanguardie incarcerate, anzi ripetendoci ogni tanto con sincero rammarico: quante cose buone del vivere, a forza di star dietro alla rivoluzione, ci stavamo per perdere.

Quand'ecco che è entrato Michele. Desolato come se si fosse dimenticato una cosa indispensabile, s'è fatto da parte e ha lasciato passare Olga. Quindi entrambi ci hanno visti e sono arretrati come se una cellula fotoelettrica avesse messo in azione non so che meccanismo di fuga nel loro sistema organico d'allarme. Meccanismo che, d'altro canto, è scattato fulmineo anche in me e Loretta, ma al contrario. Ci siamo rovesciati in avanti con falsa disinvoltura, come per comunicare anche solo coi gesti: nessuna meraviglia; è una cosa assolutamente innocente che noi quattro, cosí accoppiati, ci troviamo qui a Certaldo. Alla fine abbiamo strillato all'unisono, sul cordiale: – Ciao.

Michele e Olga erano in quel bel paesino per una riunione sindacale, come del resto noi c'eravamo per certe ricerche su Boccaccio. Il mio amico e io ci siamo divertiti molto all'idea che tutt'e due avevamo motivato a scuola la nostra assenza con: otite. – Ci senti? – ci siamo reciprocamente urlati, chiedendoci subito dopo: – Come hai detto? – e siamo scoppiati a ridere nervosamente, ah, ah. Poi abbiamo mangiato in fretta allo stesso tavolo e ci siamo salutati subito dopo per via dei nostri impegni urgenti.

– Che peccato. Ciao.

L'incontro di Certaldo è stato una tappa fondamentale sia nell'amicizia con Michele, sia nell'amore con Loretta. Fin dal giorno dopo, da quando ci siamo rivisti a scuola, Michele non ha fatto altro che parlarmi di affetti, sentimenti, emozioni, indicibili piaceri. Era fuori di sé. Ogni due parole ripeteva:

– Non puoi capire.

– Posso, – ribattevo e cercavo inutilmente di fargli capire, appunto, che capivo benissimo, visto che tra me e Loretta avvenivano le stesse cose che tra lui e Olga.

Impossibile. Tra lui e Olga avveniva quello che tra nessuno al mondo era mai avvenuto. Mi confessò che l'amava fin da quando lei aveva parlato dei tordi in Provenza. Mi descrisse anche: «La biancheria intima». Che non era affatto bianca e pareva gli causasse un'emozione intensissima.

– Roba di gran pregio, intonata alla pelle.

– Rosa? Marroncino ramato? Giallastra?

No, e non riuscivo a capire di che colore fosse quella biancheria, di che colore fosse la pelle di Olga e perché pelle e biancheria si intonassero cosí bene.

– Stai sragionando, – cercavo di fargli scoprire.

Ma lui si esaltava:

– Il piacere di respirarle tra i capelli, il piacere di dormirle contro la schiena, la bocca sul collo.

Al che io gli facevo notare:

– Non ci prendiamo in giro, Michè. Se dormi, non te ne accorgi di tutto questo piacere.

– Il piacere di addormentarsi eccetera, – lui si correggeva con disagio.

Ma non desisteva. Era posseduto dal demone della narrazione orale – in segreto, forse, anche da quella scritta, ma non ne ero sicuro perché da anni non mi faceva leggere piú niente – e narrava e poi tornava a narrare la follia d'amore.

– È cominciata cosí, – mi diceva. Sole, tepore, primavera. Erano a una riunione Cgil, smorti. Olga aveva detto: – Usciamo in cortile –. Gli aveva teso la mano. – Cosí, – mi faceva vedere, provandosi a prendermi la mia e aggiungendo: – Un contatto che mi ha ustionato –. Tanto che s'era convinto che gli sarebbero venute le vesciche o le stimmate, come ai santi.

Ma non si era esaurito lí, quel primo approccio. Nel cortile si erano seduti su un sedile di pietra e Olga s'era tenuta la sua mano in grembo.

– Sa giocarci, con le mani, come nessuna, – mi ha rivelato.

Olga aveva fatto prima combaciare i polpastrelli, poi il palmo, infine era penetrata con le dita tra le sue, stringendo voracemente.

– Non puoi capire, – ha concluso.

– E Anna?

– Acqua in bocca, – mi ha risposto. Solo a me poteva spiegare la complessità della situazione. – Non sono capace di fare a meno di Anna, ma nemmeno di Olga. Siamo organismi troppo complicati, – ha detto, – che non si acquietano facilmente.

Stesse parole di Oscar.

Stesse parole, almeno nel senso, che io e Loretta c'eravamo detti in tutte le salse, a pranzo, a cena, a letto.

Quando le ho riferito le parole di Michele, quando le ho raccontato tutto quell'esaltante gioco di mani, Loretta infatti s'è messa a ridacchiare come se avesse scoperto una verità liberatoria.

– Erano le parole che mi ripeteva Oscar tutti i giorni, quando lo scoprii con Olga, – mi ha rivelato. E io ho pensato a come probabilmente Oscar e Cristina se la stavano rimbalzando identica da tempo per acquietarsi e a come avevamo giostrato con quelle frasi io e Loretta e a come si palleggiavano lo stesso lessico Olga e Michele. La scoperta di questo ping pong universale, parole, mani, mani, parole, ci ha messo in allegria piú del solito. Anzi, a ricostruirlo nei suoi traslochi da una coppia all'altra, abbiamo scoperto che ci andava piú di ridere che di toccarci. Tanto che a un certo punto ci siamo sfiorati le mani e ci sono sembrate mani e basta.

– Mani, – ce le siamo mostrate ridendo.

Abbiamo diradato i nostri incontri. Prima siamo passati a vederci al massimo una volta ogni due settimane, in segreto, guardandoci attorno al solito come se fossimo pedinati da poliziotti in borghese, infilandoci per stradine secondarie, arrivando per vie solitarie, separatamente, a casa mia; dove però, dopo distratti tentativi d'amore, passavamo il tempo a scherzare. Poi una volta al mese. Infine solo per scambiare quattro chiacchiere in un bar, senza la vecchia prudenza, alla luce del sole, come se tra noi non fosse mai accaduto altro che quelle chiacchiere.

– Come va? – mi ha chiesto Michele un giorno, solo per raccontarmi come andava a lui. E a un certo punto ha abbassato la voce e mi ha rivelato: – Oscar ha una storia con Cristina.

Gliel'aveva detto Liverano in persona. Ma la relazione stava per finire, perché Fabrizio aveva capito tutto e anche Loretta – secondo Oscar, – sospettava, sicché la rottura pareva prossima. S'è accasciato e m'ha detto:

– Non ce la faccio piú.

Soffriva. Con Olga non riusciva ad avere la disinvoltura sentimentale necessaria. Faceva sogni in cui la inseguiva per casa gridandole: «Vanesia!» e quando la raggiungeva, l'afferrava, l'abbracciava per possederla ancora piú intensamente, si accorgeva che era sua madre. – È un sogno ricorrente, – si lamentava. Al che io ho consolidato la mia opinione che avevamo un inconscio deficiente.

– Con un inconscio cosí, non c'è avvenire, – gli ho detto, argomentando che ormai non c'era anima viva in Occidente che non sapesse cos'era l'edipo; e tuttavia l'inconscio, cocciutamente, invece di inventarsi qualcosa di inedito, di stupefacente, o almeno un nuovo linguaggio cifrato, seguitava a gingillarsi cosí. – Forse, – gli ho spiegato, – quando uno si sogna libidinoso con la mamma sta ricevendo dall'inconscio un messaggio che vuol dire qualcosa di inaudito, terribile e inimmaginabile, che con la mamma non ha niente a che fare. Altro che la solita solfa dell'edipo. Se non è cosí l'inconscio è cretino.

Michele però, non s'è lasciato smontare, ha cercato di convincermi che soffriva veramente.

– Ho commesso un grave errore, – mi ha confessato. All'inizio della loro relazione aveva chiesto a Olga: – Con chi sei stata bene veramente? – sperando in segreto che Olga rispondesse: con te. Invece lei aveva risposto: – Con Oscar –. E aveva specificato: – Con lui ho provato per la prima volta piacere.

Michele aveva commentato:

– Ah.

Ora, dopo qualche mese, apparentemente calmo ma con la burrasca nel cervello, l'incalzava disperato:

– E perché è stato cosí bello con Liverano?

– Macché bello, – ha fatto marcia indietro Olga, allarmata da quella ossessione.

– Me l'hai detto tu.

– Non mi ricordo, l'avrò detto per farti ingelosire.

– Menti, – l'ha accusata Michele.

Lei allora, per levargli dalla testa l'ombra di Oscar, gli ha spiegato:

– La verità è che si sta bene solo con chi ha imparato a conoscerti.

– Cioè? – lui diligentemente ha voluto capire.

– Per esempio con mio marito, – ha creduto allora di chiudere il discorso Olga, sperando che metterla sul coniugale, citare la competenza di Gianni D'Ambrosio, operaio e sindacalista, fosse meno terribile da digerire, per Michele, che tenersi nell'area delle relazioni estemporanee e passionali.

Ma lui ha voluto ugualmente approfondire con pacatezza la questione. E Olga gli ha chiarito che intendeva quella bravura che deriva al maschio dal sapere, del tuo corpo, dove ci vuole delicatezza, dove decisione, dove tenerezza, dove forza.

– Ah, – ha commentato Michele.

L'ossessione si è moltiplicata. Perché allora stava con lui, se non lo riteneva all'altezza dei suoi predecessori? Che voleva? A che gioco giocava? Cosí Olga ha fatto di nuovo marcia indietro e ha ricominciato daccapo.

– Di Liverano non mi ricordo nemmeno come è fatto, – ha specificato: – un'ombra.

– Bugie, – lui s'è infuriato.

– Di Gianni c'è poco da essere gelosi, era un marito distratto, aveva altro a cui pensare, – ha cercato di calmarlo.

Con buoni risultati, perché pare che sia seguita una tregua amorosa. Ma poi, punto e daccapo:

– Però ti conosceva a fondo.

Olga s'è andata a chiudere di corsa nel bagno gridando:

– Vattene da questa casa, non ti voglio vedere piú.

Quindi è uscita dal bagno e ha scandito il seguente diktat:

– Gelosia per gelosia, o lasci Anna o lasci me.

– Cosí gli ha detto, – ho raccontato a Cristina per consolarla del fatto che Oscar pretendeva da lei la stessa cosa: o lasci Fabrizio o lasci me. Le ho domandato che cosa avrebbe deciso. Lei mi ha stupito, ha detto che non ce la faceva piú, né con Oscar, né con Fabrizio; voleva vivere per il resto della vita da sola.

– Un po' di pace, – ha auspicato, – esistono da qualche parte uomini pacati, gentili, comprensivi?

– Boh, – ho risposto, ma solo per evitare di risponderle: io.

Dopo un po' le ho proposto:

– Ceniamo qualche volta a lume di candela.

Ha detto sí, ma nel frattempo aveva cambiato idea sulle candele.

– Non si vede che cosa ti mettono nel piatto, – ha ironizzato e ha buttato lí: – Meglio che una di queste volte mi inviti da te.

– Portala un po' in giro, – mi ha chiesto Michele, mentre gli dicevo – nel traffico di pettegolezzi vorticosi che ormai costituivano le nostre conversazioni – di quella frase sibillina di Cristina.

– Come in giro?

– Anna, – mi ha chiarito che intendeva. – Con Cristina fa come ti pare.

Voleva che gli distraessi un po' la moglie, che gli pareva stesse diventando sempre piú nevrotica. Cosí, per fargli un favore e per quel piacere gradevolmente senza sbocco che provavo a star vicino a Anna, sono andato di frequente a spasso con lei, a volte preceduti o seguiti da Ernesto in bicicletta, a volte soli.

Conversava con me piú apprensivamente del solito, come se dovesse convincermi della sua eccezionalità, visto che in passato non me ne ero mai accorto. Infilava senza sosta annotazioni sull'edipo di Michele, sul mio narcisismo, sulla politicità dei sentimenti, sulla gente che moriva per le strade, sulle prodezze intellettuali del figlio che poi sono andate progressivamente scemando, sulla concezione dello spazio nell'infanzia secondo Piaget, sul sistema binario, sul ruolo repressivo della famiglia, sulla fame nel mondo, su come nuoce all'organismo la pillola, sul sottosviluppo funzione dello sviluppo, sui preservativi che dopo l'uso si possono lavare con cura e poi riusare.

Io tentavo in tutti i modi, da tempo, di farle capire che mi era piaciuta anche come ora lei non si piaceva piú. Ma lei seguitava con quel suo flusso verbale a voler essere, cocciutamente, come una volta eravamo stati noi. Fino al giorno in cui, senza avvisarmi, ha scritto a Michele una lettera di ventidue pagine in cui gli ha rinfacciato tutte le sue nefandezze, scortesie, egocentrismi, scostumatezze, nonché la tresca con Olga di cui – gli ha rivelato – s'era accorta da tempo e sulla quale Loretta le aveva, dopo molti tentennamenti, fornito i dettagli. Quindi gli ha annunciato nelle ultime righe: ti lascio, te e il ragazzo; c'è un altro.

Michele è cascato dalle nuvole.

– Un altro?

– Sí, ma anche se non ci fosse me ne sarei andata lo stesso.

– Non è possibile.

È cominciato un periodo in cui chiedeva in continuazione ad Anna:

– Chi è l'altro? – beccandosi la risposta:

– Se l'altro vuole, te lo dirà.

Di conseguenza lui assillava me interrogandomi:

– Chi è? È uno che conosco? Tu lo sai, parla.

Ma io non sapevo niente e anzi ero piú desolato di lui, tanto che non facevo che ripetermi:

– Chi se lo sarebbe mai aspettato.

Provavo a convincere Anna:
– A me lo puoi dire. Chi è?
Ma Anna mi rispondeva accigliata:
– Pensaci –. Poi aggiungeva: – Lo dovresti sapere. E diventava di giorno in giorno sempre piú cupa.

Intanto mi elencava quotidianamente i suoi propositi, come se questi mi dovessero invogliare a sciogliere l'enigma. Uno – diceva – voglio prendere la patente; due, voglio viaggiare; tre, voglio fare vacanze in albergo e non in canadese; quattro, voglio mangiare cose non cucinate da me; cinque, voglio iscrivermi all'università; sei, voglio un lavoro creativo; sette, voglio una figlia femmina, perché persino lavarlo – Ernesto – mi ha sempre fisicamente ripugnato.

Una volta mi ha chiesto – Che ne dici? – e mi ha guardato a occhi sbarrati, come se da quello che avrei detto dipendesse chissacché.

Io ho controllato l'orologio con freddezza («Un altro!» non facevo che pensare astioso) e ho detto:
– Ho un appuntamento con Cristina. Ma torno domani e ne riparliamo.

La sera Cristina è venuta a cena da me. All'inizio non è stata una bella serata. Anche verso di lei ora provavo inimicizia e mi dicevo: qualsiasi cosa accada tra noi, accadrà come è già accaduto in tante altre occasioni. Stereotipi, frasi fatte, emozioni che hanno uno stampo come i bambini che danno forme alla sabbia. Ormai avevo perso anche quell'esaltazione che si prova a pensare la tua vicenda con la certezza che è solo la tua e di nessun altro. Infatti ho atteso anche lei trepidamente. Anche con lei ho mangiato l'insalata di pasta che avevo preparato. E anche con lei ho menato il can per l'aia, parlando di questo e di quell'altro, finché non ci ha assorbito la vicenda di Michele e Anna.

Cristina sapeva tutto dei pensieri reconditi di Michele. E la ragione era questa: Michele li confessava a Olga, cui, tra l'altro si rivolgeva ormai come se fosse una sorella, avendo perso di colpo, alla rivelazione dell'adulterio della moglie, ogni interesse sessuale per lei; Olga li confessava a Fabrizio, con cui all'improvviso si era affiatata soprattutto perché lo vedeva desolato; Fabrizio li riferiva a Cristina gridando: «Ecco come voi donne ci fate soffrire» e intanto cercava di ingelosirla raccontandole la tenerezza che Olga gli somministrava carezzandogli la mano.

– Sai cosa sospetta Michele? – poi di punto in bianco Cristina mi ha voluto rivelare.

– No.

– Che l'altro di cui parla Anna sia Oscar.

– Possibile? – mi sono meravigliato.

Lei ha ammesso: sí. E mi ha passato l'indice sul dorso della mano per farmi capire che aveva sempre, in segreto, amato me, altro che Oscar. Ma io non l'ho potuto tollerare, quel gesto. Con destrezza ho sottratto la mano e le ho afferrato una caviglia mentre strillava sorpresa:

– Che ti prende?

Non mi sono smontato: le ho tolto la scarpa e ho cominciato a massaggiarle la pianta del piede sospirando: – Che bei piedi che hai, – mentre lei protestava: – No! – e precisava: – Il solletico no.

All'indomani sono tornato da Anna per informarla che io e Cristina ci amavamo e per farle una particolareggiata narrazione del nostro amore. Ma progettavo anche di chiederle a bruciapelo:

«L'altro è Liverano? Da te non me lo sarei mai aspettato».

Sennonché Anna se ne era andata.

Con due lunghe lettere aveva affidato Ernesto a Loretta, Michele a Olga e («addio per sempre») se ne era andata.

– Che le hai fatto? – Ernesto insiste a voler sapere, dopo essere andato in circolo per il cortile della scuola gridando: «Solo tre materie» e saltando e alzando i pugni come un calciatore che ha segnato un gol.

Io e Liverano l'abbiamo spuntata: invece di essere bocciato, Ernesto è stato rimandato a settembre. Una bella vittoria. «Politica» ha detto Liverano.

– Che le hai fatto? – ripete il ragazzo, alludendo ai rapporti tra me e sua madre. – Ci sarà una ragione, se t'ha chiamato delinquente.

Anna infatti ieri, prima di salutarlo, gli ha ripetuto testualmente:

– Di' a quel delinquente che lo aspetto alle 18: Corso d'Italia, davanti al cinema.

Delinquente io?

– Con tua madre sono stato sempre gentilissimo, – spiego a lui e a Deborah, che spia ogni mia frase per mettermi in cattiva luce col giovanotto o nel caso usarla al momento opportuno contro di me. – Ci dev'essere qualcosa che non funziona nei vostri cromosomi, – aggiungo, – perché io mi comporto bene con voi e voi vi comportate male con me –. Sia la madre che lui, intendo.

Ernesto si meraviglia di quel tono e gli chiarisco:

– Se succede qualcosa a Matilde, te la faccio pagare.

– *If you love somebody, set them free*, – lui cita scimmiottando Deborah, ma con una pronuncia da far venire la pelle d'oca.

– *I don't understand*, – dico anche a lui.

Poi li invito a pranzo.

Ora me ne sto sul divano a leggere «il manifesto», malvolentieri però. «Possibile, – mi chiedo, – che le buschiamo dovunque?» Che sonnolenza. Sollevo lo sguardo a fatica su Ernesto, che affonda nel divano mentre Deborah gli sta addosso, lo schiaccia col suo corpo, gli dice cose che non sento.

«Finirà nell'area degli iloti» penso.

Tra poco dirò a Michele: «Tre materie» e lui penserà del figlio la stessa cosa. Noi abbiamo fatto tutto il possibile per sottrarci all'ambiente in cui eravamo nati ed ecco che la generazione seguente, Ernesto, già perde terreno, torna in basso. Ormai non sappiamo sottrarci all'idea che l'alfabeto coincide con il riscatto e la liberazione, ancor piú adesso che le buschiamo dovunque. Tuttavia proveremo a credere in un futuro riscatto.

«La vita diversa» sospirerà Michele.

«Le contraddizioni dell'epoca» io dirò.

Ci augureremo insieme che la rivoluzione la faccia Ernesto, anche se non studia, visto che a noi non è stato dato di farla:

«Abbiamo perso, ma tutto ricomincerà».

Chiudo gli occhi per pensare meglio. Quand'ecco che entra Cristina. Si muove lentamente, come le persone che vogliono controllare l'ansia. Ci mostra quello che ha trovato nel secchio della spazzatura. È il vestitino che Olga ha regalato tempo fa a Matilde.

Ernesto gira lo sguardo seguendo i movimenti di Cristina con la stessa lentezza con cui lei si muove. Deborah invece la fissa a bocca spalancata, mezzo risata, mezzo oh di meraviglia, forse perché Cristina sta staccando, come se facesse fatica, le dita dal corpetto a nido d'ape. Sono imbrattate.

– Ci ha messo il miele, – dice disorientata Cristina, mostrando le celle di stoffa.

Io chiedo con calma: – Dove sono i bambini? – ma senza sentire la mia voce, solo un forte ronzio nelle orecchie. E d'un balzo mi trovo per primo davanti alla porta del bagno, che apro premendoci contro la spalla, come se fosse inceppata.

Vedo prima lo sgabello.

Poi il davanzale e tre aerei di carta, due affiancati sul marmo, il terzo nelle mani di Federico Camilli che lo sta rifinendo.

Infine metto a fuoco per intero il bambino in ginocchio sul davanzale e Matilde che è accanto a lui, in piedi.

Sento Cristina che si appoggia contro le mie spalle.

La bambina si accorge di noi e ruota su se stessa con destrezza. Si muove come quando vuole farsi ammirare e aspetta che le diciamo come sei bella. Movenze da ballerina sulle punte, disegnate contro la parete dell'edificio di fronte. Ha indosso l'abito azzurro che le ha regalato Anna, ma non l'ha infilato bene: solo un braccio è entrato nella manica, l'altro no.

– Come sei bella, – mi complimento.

– Sono la principessa di Salerno che ha messo l'abito della fata.

– Vieni giú, per favore.

Fa no con la testa.

– Gli salteremo addosso, – dice.

– Addosso a chi?

– Al signor Ottavio, cosí la smetterà di avvelenare con le polpette tutti gli animali della strada.

Camilli invece ci fa sapere, indicando gli aerei:

– Prima lo bombarderemo con questi e poi gli salteremo addosso come fanno gli indiani alla tv.

Per la prima volta scopro che questo bambino ha una voce, ma capisco anche perché se la comprime nella gola. È una voce virile, dai toni spessi, di cui lui stesso si spaventa: roca, che a tratti si crepa sprizzando suoni infantili.

– È inutile, – interviene Ernesto senza fretta, – Ottavio è qui.

Con circospezione mi passa un braccio intorno alla gola, stringe e mostra ai due bambini come ha agguantato bene per il collo il signor Ottavio, che si dimena e urla no e dice: per pietà.

– Datemi una mano, – li invita.

Per invogliarli, mostra loro un lungo coltello affilato, che tra l'altro lampeggia.

– Tienilo fermo, – si entusiasma Camilli con la sua voce da bimbo posseduto.

Il bambino salta sul pavimento, cade bocconi, si rialza slanciandosi verso il signor Ottavio.

– Anch'io, – dice Matilde, che non sa saltare e tende le braccia per essere aiutata.

Cristina ci spinge da parte e tende a sua volta le braccia per afferrarla, convinta di averle cosí lunghe da poterla prendere restando ferma. Poi finalmente si muove e tira via la figlia dal davanzale con fatica, come se fosse incollata al marmo.

Ma Matilde le ordina:

– Mettimi subito giú.

Grida a Ernesto:

– Colpiscilo, prima che chiami le api.

Ernesto affonda il coltello con metodo, una volta in petto, una volta nella pancia.

– Ben gli sta, – commenta Matilde.

Ha piacere – si vede – che il signor Ottavio rantoli, ohi, ohi, e sussulti scompigliandosi i capelli rosso vivo dipinti con una pennellessa.

Anche Camilli commenta con la sua voce da uomo fatto:

– Ben gli sta.

A quel punto Ernesto mi abbandona contro una parete a sanguinare.

– Le api, – annuncia.

– Ti intrasformi? – chiede Matilde piacevolmente terrorizzata.

– M'intrasformo, – decide Ernesto.

Subito mette per il corpo un'orrenda peluria grigiastra e fa zzzz. Con le zampe poi spazzola polline dalla bambina, ronzando con crudeltà:

– Matilde! Dov'è Matilde?

Cristina sussurra:

– Basta.

Matilde invece dice per tranquillizzarla:

– Ho il vestito azzurro della fata, mamma, l'ape non mi può fare niente.

Fa una piroetta allargandoselo intorno in modo che l'ape a vederlo ronzi disperata: – Oh, no, ha il vestito della fata, – e vada a sbattere contro lo specchio sul lavandino, rovesci dentifricio e spazzolini, precipiti riversa dentro la vasca da bagno.

– Ancora, – è entusiasta Matilde.

Ma Camilli la tira per un braccio.

– Guarda il sangue.

Le indica sul corpo di Ottavio le coltellate: una coltellata qui, una là.

– Anche sulle scarpe, – dice Deborah e fa vedere ai bambini le mie scarpe, come il sangue vi goccioli a fontanella, fiottando dai pantaloni. Ride:

– Notate tra l'altro come s'annodava i lacci, questo qui.

Mi slaccia le stringhe per poi riannodarle in modo anomalo, ingarbugliato, con gesti buffi: un pasticcio in cui si imprigiona le dita e si lamenta: ohi, ohi.

I bambini sbottano a ridere a bocche spalancate, luccicanti di denti infantili perfetti. Matilde tira il fiato solo per chiedere: ancora.

Io mi riscuoto, guardo l'orologio e informo tutti ad alta voce:

– È tardi, devo andare.

A Camilli però ficco l'indice sotto il mento come un pugnale e gli dico:

– Sei astuto tu, ma ora te la passerai brutta.

Lo minaccio:

– Parlerò con tuo padre. Ce l'hai un padre?

Federico Camilli ce l'ha. Obbediente va al telefono, compone il numero, mi passa il ricevitore.

«Quante cose sa fare oggi un bambino di quattro anni» rifletto mentre aspetto che qualcuno mi risponda.

Intanto osservo Cristina che, dopo aver tolto a Matilde il vestito azzurro, chiede ad alta voce: da dov'è saltato fuori quest'abito? chi te l'ha dato?

La vedo pallida, convinta ancora piú di quanto già non fosse che gli incubi non si estinguono con noi, ma migrano vittoriosi da una generazione all'altra.

La bambina allunga le braccia per riavere il vestito, protesta. Poi ci rinuncia e si allontana. Camilli la raggiunge e le parla all'orecchio con la sua voce da bambino dentro cui s'è insediato un demone malvagio.

– Gli strapperò il cuore, – mi riprometto, mettendo giú il ricevitore perché il numero è sbagliato e dall'altro lato una signora mi ha appena risposto: – Camilli? Che Camilli? Qui non c'è nessun Camilli.

Prima di uscire per andare all'appuntamento con Anna e Michele cerco sulla scrivania la lettera di Calvino. Non c'è piú. Vedo Deborah e Ernesto che giocano a lanciare per casa gli aerei di carta fabbricati da Camilli e capisco.

– L'ho scritta io, – li informo e loro mi fanno cenno di sí, lo sanno già.

«L'esistenza non ha trama» dico tra me e me. Poi aggiungo ad alta voce, con allegria: – A meno che.

Capitolo decimo

– Meglio all'interno, – le dico.

– Dove ti pare.

Entro nel bar e Anna mi segue fino a un tavolo in fondo.

– Il traffico, – spiego ruotandomi la destra attorno all'orecchio per significare: che fracasso.

Mi metto seduto e lascio non dette le frasi: fa caldo, fuori però c'è troppo rumore e non si può parlare. «Superflue» penso. Ma non l'ho nemmeno finito di pensare, che già le pronuncio, altrimenti non saprei cosa dire.

Parliamo in fretta, prima io, poi lei, senza lasciare spazio al silenzio.

– Come va?

– Bene e tu?

– Anch'io.

– Il lavoro?

– Bene. E il tuo?

– Cosí. Matilde?

– Grazie per il vestitino, non dovevi.

– Bella bambina.

– Sí.

– Non tormentarla.

– Lo faccio senza accorgermene.

– Ernesto?

– Tre materie.

– Non bocciato?

– No.

– Sono contenta.
– Michele?
– Gli ho detto di venire alle sei e mezzo.
– Ah.
– Volevo parlare prima con te.
– Anch'io.
– Che gli diciamo?
– Niente.
– E la lettera?
– Non la pubblicherà.
– Perché?
– Sa che è falsa.
– Da quando?
– Da sempre, credo.
– E perché non ce l'ha detto?
– Perché l'abbiamo ingannato.
– E lui no?
– Siamo stati noi a cominciare.

Qui il silenzio è inevitabile. Cerco di fare a meno di registrare com'è cambiata per timore che stia pensando lo stesso di me. Però ha le impennate che aveva una volta, cocciutamente insiste:

– Doveva dirci: ho capito che la lettera è falsa. Ci ha mentito.

Provo a difendere Michele:

– È stato gentile a non farlo.

Nega che sia stata gentilezza. Mi chiede:

– Se sa che è falsa, perché vuole pubblicarla?

– Non vuole, – ipotizzo, – vuole piuttosto giocare a rimpiattino con Olga. Questo sí. E soprattutto ha voluto costringerci ad aspettarlo qui, adesso, per confessargli che la lettera di Calvino non è di Calvino, che l'abbiamo scritta noi.

Anna riflette, poi chiede:

– Perché?

– Non lo so E comunque della lettera non c'è piú da preoccuparsi. Le è successo quello che doveva succederle venti anni fa.

Aeroplani, chiarisco. Ernesto, Matilde, ne hanno

fatto aerei che ora svolazzano per casa e forse hanno già imboccato la finestra.

Anna ride, ma non ha piú i denti di una volta. Per evitare che pensi la stessa cosa dei miei, mi metto una mano davanti alla bocca.

Ma non mi pare che faccia attenzione ai miei denti.

– Figurati! – mi dice sempre ridendo, – che sono stata sul punto di dirti: vieni via con me.

Non ribatto niente. Non saprei come spiegarle che sapevo bene che l'altro, l'altro che lei amava, ero io, ma la parte di me che non voleva saperlo aveva deciso di tacerlo a quella che invece voleva.

– Ci sono cose attese a lungo che, quando si verificano, uno preferisce non accorgersene, – azzardo sperando che almeno lei la scambi per un'osservazione profonda.

Ma Anna non mi sta a sentire. Tiene a dirmi un'altra cosa: che cioè era esasperata, la mattina che col foglio bianco davanti le proposi: lasciamo perdere, facciamoci un aeroplano.

– Questo scrivere, – si irrita, – questo raccontare.

Soffia per significare che è tempo buttato, un'illusione che non ti lascia vedere cose piú importanti.

– Io, – mi confessa, – ho pensato allora: speriamo che davvero ne faccia un aeroplano.

Ride di nuovo, sottolinea: ma un aeroplano per volarcene via o sfracellarci insieme, io e te, da qualche parte.

Una mattina d'ottobre del 1967 ho trovato nella cassetta della posta dei miei genitori, ma indirizzata a me, una lettera di Calvino: Italo.

Sulla busta e sul foglio, mi pare, c'era prestampato lo struzzo, Giulio Einaudi, via Biancamano, Torino. Calvino mi scriveva pacato e distante: «Ho letto il racconto che mi ha inviato, *Le due Titine*». L'aveva letto e gli era sembrato «un frutto fuori stagione». Quindi mi indicava la stagione cui il frutto, secondo lui, sarebbe dovuto appartenere: «anni Quaranta». Però, specificava, qua e là sbuca anche il primo Čechov e un po' di Gogol'. Poi concludeva: se ritiene, comunque, che sia questa la sua strada, si metta a scavare per definirla meglio. Saluti. Poche righe. Cosí.

«Il mio racconto? – ho pensato e ripensato. – *Mio*? – mi sono innervosito. – La situazione è grave». Era evidente che Michele aveva inviato a Calvino il *suo* racconto usando subdolamente il *mio* nome, cognome e indirizzo.

Perché?

Mah.

Doveva essersi tormentato a lungo, in silenzio, specialmente dopo che Liverano gli aveva fatto leggere la sua composizione eversiva intitolata: *Autocoscienza*. – Ho talento oppure no? – s'era interrogato. E né io né Anna eravamo riusciti a rassicurarlo, anche se gli dicevamo di continuo: – Sicuro che ce l'hai –. È questo il problema grave di quelli che scrivono. Lí per lí si fidano persino degli analfabeti, se quelli spergiurano che hanno letto le loro opere da cima a fondo e le hanno trovate magnifiche. Ma poi non si accontentano e o fanno bau bau disponendosi come bestie da circo in attesa di altre lodi, o saettano come cani da caccia all'inseguimento di sempre nuove conferme. Idem Michele. Non smetteva mai di braccarci. Ci ficcava i suoi lavori sotto gli occhi senza pudore, leggeva sopra la nostra spalla respirandoci sul collo, ci tormentava ogni tre righe in ansia, chiedendo: – Com'è? – Ma che io gli rispondessi: «Bene» e Anna commentasse «Eh sí», di punto in bianco non gli doveva essere bastato piú. Sicché aveva deciso: Calvino.

«Ma perché ha usato il mio nome?» mi sono domandato.

Ho trovato subito la risposta. Perché Calvino era lunare, pallido del pallore che al cinema ha la gente che viene da un altro mondo. Arrampicarsi fino a lui – Michele lo aveva capito anni prima – sarebbe stato uno sforzo umiliante, di quelli che ti lasciano piú avvilito di prima. Temeva che, in risposta alle sue pretese di contatto, quell'uomo avrebbe fatto una cosa sorprendente tipo la torsione di una gamba fuori da ogni convenzione, il mulinello con un braccio restando però composto in tutto il resto del corpo, una piroetta perfetta da ballerino, tutte manifestazioni a cui sarebbe seguita la domanda: queste cose tu le sai fare? E lui avrebbe dovuto ammettere con la gola strozzata: no, non le so fare, non sono alla tua altezza, tu sei lunare io terrigno, non merito la tua attenzione.

– Che c'è di male a non essere all'altezza? – mi sono domandato ad alta voce. Che c'era di male, cioè, a dire: va bene, *Le due Titine* non è granché, però adesso mi applico e cerco di fare meglio? Mi sono risposto: «La subalternità rende superbi» meravigliandomi di me per quel bel pensiero, ma anche, come al solito, dubitando che fosse mio, anzi temendo che l'avessi letto da qualche parte e ora lo spacciassi per mio facendo il tracotante. Stessa pasta, in effetti. Anche Michele tendeva a schivare la tracotanza, specialmente con quelli di grande autorità che avrebbero potuto rinfacciargliela. È probabile, perciò, che le ragioni di quella mossa subdola del mio amico fossero da ricercare proprio in quello starcene sulle nostre, timidi e riservati, attenti a non dare l'idea che non sapessimo stare al posto nostro, e tuttavia superbamente inclini a pensare che il posto che occupavamo era davvero un posto dove non volevamo stare, desideravamo cambiarlo con uno migliore, ma senza fare i tracotanti, soprattutto con quelli che tracotanti erano per natura.

Infatti ogni cosa che Michele scriveva la somministrava a noi, suoi simili, senza problemi. Ma già darla a uno di tutto rispetto come Liverano gli causava le coliche, figuriamoci dunque a uno come Calvino. La volta di quel martedí letterario, anni prima, quando aveva provato quello slancio, quella tensione verso lo scrittore, doveva avergli fatto percepire ancora di piú fino a che punto fosse nato greve di rozzezze e ingenuità, con un destino di marginale dell'intelligenza che però pretendeva, per presunzione, di volare sulla luna. Quale luna del resto? Dalla sera in cui lui, Anna ed io eravamo andati alla conferenza di Calvino a quel mattino in cui ho trovato la lettera, le cose erano cambiate complicandosi. «Non c'è terra che stia giú e non c'è luna che stia su, non c'è basso e non c'è alto, – ora pensavamo, – gli uomini sono nati tutti uguali». Ci stavamo ribellando a tutte le gerarchie, in quel periodo, e trovavamo di continuo ragioni collettive per il disagio che c'era sembrato a lungo solo nostro. «Un segmento orizzontale, – argomentavamo con fierezza anche sulla scorta della scienza di Liverano, – non diventa piú lungo se lo dispongo in verticale». Fatta salva l'eccezione che conferma la regola, ci ricordava oscenamente Oscar ridendo.

«Desolante» allora ho pensato.

Sí, per Michele doveva essere stato desolante accettare di sottoporre *Le due Titine* a una sorta di vaglio gerarchico proprio nel momento in cui ogni nostra dolorosa insufficienza stava diventando la prova del nove di un'oppressione che non andava piú tollerata. Perciò, incapace della sfrontata sicurezza necessaria per fronteggiare Calvino e dirgli senza indugi: voglio fare il mestiere che fai tu, qualcosa in contrario?; gli aveva mandato il racconto a mio nome, umiliando sé in segreto e me pubblicamente.

Una soluzione vile.

Anzi: «Piccoloborghese» ho rincarato la dose, ricorrendo a quella catalogazione sociologica che già allora, avevamo scoperto, significava il massimo dell'ignominia.

Mi sono immaginato con soddisfazione:

«Quando Michele leggerà questa lettera, si butterà dalla finestra. Peccato che abita al pianterreno».

Sennonché ho intuito presto l'aspetto positivo di quel brutto tiro che m'aveva giocato. L'aspetto positivo era Anna.

«Devo far leggere questa lettera innanzitutto a lei. In segreto, naturalmente, a tu per tu, per decidere insieme il da farsi» ho progettato e sono corso a casa loro.

Mi sono arrampicato fino al davanzale come portato su dall'odore di biscotti. Michele stava dando annoiate ripetizioni di italiano a due ragazzini di seconda media, in contemporanea. Mi ha visto far capolino all'improvviso e mi ha chiesto allarmato:

– Novità?

Ho scavalcato facendo cenno di no e sono andato verso la cucina in punta di piedi, sussurrando:

– Vedo la pancia da Anna e poi scappo.

Piccolissima, nemmeno si notava sotto un brutto vestito che Olga aveva smesso. Le ho soffiato in un orecchio, quasi sfiorandoglielo con le labbra: – Oggi pomeriggio alle quattro, – sul misterioso. Lei, che s'è sentito questo soffio sul padiglione all'improvviso, s'è girata di scatto strillando:

– Sei scemo? Cosí mi fai venire un colpo.

Ho fatto smorfie con tutta la faccia e segnali con le mani, che significavano: silenzio, per carità, ti devo dire una cosa gravissima, è urgente, Michele non deve sapere, vediamoci.

– Dove? – lei ha chiesto perplessa.

– Dai miei genitori.

Ho chiuso mio padre e mia madre in cucina dicendo: giocate a carte. E appena Anna ha bussato alla porta, io ero già lí ad aprirle. Le ho fatto subito vedere la lettera.

– Lo sapevi? – ho chiesto.

Mi ha risposto contrariata: no.

– Che si fa?

– Zitto, – mi ha ordinato, e ha letto e riletto la lettera mentre io sbirciavo oltre la sua spalla come per leggere anch'io, solo che non vedevo niente per l'emozione di starle vicino.

Alla fine ha esclamato:

– Non mi è mai piaciuto.

Calvino cioè: non le era piaciuto mai, fin da quando eravamo andati a sentire quella sua conferenza sulla *beat generation*. – Si vedeva, – ha detto. Ho domandato che cosa. Che non poteva capire granché delle due Titine, mi ha spiegato. – Solo che Michele è cocciuto, – ha sibilato e s'è battuta le nocche in testa con rabbia per farmi vedere com'era cocciuto. Poi ha mormorato depressa: – Non scriverà piú –. E subito dopo: – Non studierà piú –. Infine, toccandosi la pancia: – Bella fine che faremo.

Le ho battuto una mano tra le scapole con delicatezza, compatendola, e ce ne siamo stati afflitti per un po', finché non s'è riscossa e ha deciso:

– Gli rimando *Le due Titine* con una lettera di insulti, a questo Calvino. Vediamo se ci ripensa.

– Perfetto, – ho acconsentito offrendomi di scriverla con lei gomito a gomito, subito.

Anna è stata contenta perché si destreggiava piú coi numeri che con le lettere.

Quel pomeriggio di ottobre me lo ricordo con chiarezza: luminoso. Ho battuto sui tasti della macchina da scrivere alacremente, con una sensazione crescente di pienezza che per un po' ho attribuito al fatto che mi bastava girare gli occhi per vedere il viso di Anna, reso piú bello dalla gravidanza (mi ero convinto a forza di sentir ripetere questo luogo comune). Presto invece ho scoperto che era altro: era il divertimento.

Anna mi diceva:

– Scriviamogli deficiente.

Io subito scrivevo:

«Egregio signor Calvino, solo un deficiente può formulare il giudizio superficiale e avventato che lei ha formulato a proposito del racconto: *Le due Titine*».

– Meglio imbecille, – lei cambiava idea, – imbecille lo lascerà a bocca aperta.

Io cancellavo subito e scrivevo:

«Egregio signor Calvino, solo un imbecille» eccetera. Poi rileggevo e le chiedevo:

– Va bene cosí?

No, non le andava bene, ha preteso altri insulti, ha voluto che dicessi a Calvino per iscritto: «Fuori stagione sarà lei, cocomero!»

– Perché cocomero? – le ho chiesto.

– Boh, – ha risposto, ridendo.

Allora ho constatato, felice:

– Ci stiamo divertendo.

Non avrei dovuto dirlo. L'ha constatato anche lei –

sí, ci stiamo veramente divertendo, – e s'è sentita in colpa, s'è immalinconita. Mi ha suggerito bruscamente:

– Cancella tutto. Scriviamogli: Egregio signor Calvino, la preghiamo di rileggere con piú attenzione.

– Con tono dimesso? – le ho domandato deluso.

– No. Gentile, rispettoso. Forse ci ripensa.

– Va bene, – ho acconsentito senza entusiasmo e ho strappato il foglio, ho scritto:

«Caro signor Calvino».

Ma sono bastate quelle tre parole per sentirmi di nuovo contento. M'è cresciuto dentro una specie di piacere di azzerare le distanze non piú con l'insulto, troppo facile, ma cosí, solo scrivendo: «Caro signor Calvino». Sicché mi sono per un po' dimenticato di Anna e ho battuto veloce, come se Calvino ce l'avessi di fronte, faccia a faccia, io e lui soltanto, e gli stessi dicendo:

«Caro signor Calvino, voglio rivelarle il mio vero nome. Mi chiamo Michele Astarita e le dirò senza mezzi termini la questione che mi tormenta: devo sapere se sono uno scrittore oppure no. Lo devo sapere subito, prima di avviare la mia vita in una direzione sbagliata. La prego quindi di riconsiderare il mio caso sia sul piano umano, che su quello politico. Il talento si sposa in genere al privilegio. Ma io le ricordo che non ho privilegi, di nessun genere. E, in questo senso, richiamo la sua attenzione sulla scelta stilistica implicita nell'uso di vocaboli come *chianca*, *chianchèra*, *cummàra*, del resto fusi alla lingua ufficiale con equilibrio. È una scelta che mi pare significativa, gaddiana, nient'affatto fuori stagione. In attesa di una risposta piú meditata (ma, la prego, sollecita), il suo Michele Astarita».

Anna ha commentato:

– Bravo.

Io ho fatto il modesto, tutto in sudore per lo sforzo intellettuale e per l'eccitazione.

Lei con cautela s'è informata:

– Che significa gaddiano?

– Alla Gadda.

Ha fatto una smorfia che significava boh e ha detto:

– Va bene.

Il suo consenso mi ha esaltato, spingendomi a confidarle su di giri:

– È stato come un duello. Scrivevo e lo vedevo, Calvino, impassibile di fronte a me, alla pari, pronto a sfoderare a sua volta la penna. Lui e io.

– Allora perché hai firmato col nome e il cognome di Michele? – Anna ha obiettato.

Mi sono confuso. «Com'è potente l'immaginazione – ho pensato. – Mentre scrivevo per finta "Astarita", mi sono sentito a pieno titolo "io"». Ma non gliel'ho detto e invece ho risposto con fermezza:

– Ognuno si deve prendere le sue responsabilità. In specie quando si è comunisti. Michele si deve assumere le sue.

– Giusto.

Siamo corsi a imbucare la lettera. Ma appena la busta è caduta col suo contenuto nella cassetta, ci sono venuti i dubbi. A me di tipo teorico. «Chi mi assicura, – mi sono chiesto, – che essere gaddiano non significhi produrre frutti fuori stagione?» A lei di tipo pratico: – Perché hai voluto usare il suo nome e indirizzo? – mi ha accusato, dimenticando che aveva acconsentito. – Se Calvino gli risponde peggio di prima?

Ho cercato di calmarla:

– A una lettera come quella si può rispondere solo con entusiasmo e positivamente.

Ma Anna la sera stessa, non reggendo all'ansia, ha rivelato con abile mossa a Michele:

– Ho spedito *Le due Titine* a Calvino.

– Il mio racconto, col mio nome?

– Sí, mica col mio.

A quella confessione, Michele pare che abbia avuto una crisi d'ansia. Prima le ha gridato a piú riprese: – Come ti sei permessa? – poi s'è dato ad ampi giri per la camera, stordito da quella rivelazione e dall'odore nauseante delle mandorle proveniente dal biscottificio. – Che figura, che figura, – ha esclamato di tanto in tanto e infine le ha fatto giurare: – Non una parola con i compagni, in specie con Liverano! Non voglio sembrare uno che si gingilla con scemenze, mentre la gente soffre e lotta –. Ma non le ha svelato che il racconto l'aveva già mandato lui, a Calvino, usando il mio nome e l'indirizzo. Quel segreto se l'è tenuto per sé.

– Perché? – mi ha domandato Anna.

Ho detto che non lo sapevo e ci siamo messi ad aspettare la nuova lettera di Calvino. Di tanto in tanto passavo da loro e sussurravo ad Anna: – Posta? – stando bene attento a non farmi sentire da Michele che avrebbe potuto chiedermi: che ti importa della nostra posta? D'altro canto anche lui mi chiedeva spesso con aria svagata: – Posta? – e io lo fissavo per dirgli con lo sguardo: che ti importa della *mia* posta, per poi rispondergli: no.

Calvino, va detto, se l'è presa comoda. Finché una mattina Anna, gelata, con la pancia ormai fin troppo prominente, è venuta da me alle dieci, proprio mentre mi annoiavo coi Normanni. Ha tirato fuori da una tasca del suo cappotto stinto la nuova lettera e mi ha detto trafelata: – L'ho fatta sparire dalla cassetta prima che Michele la vedesse –. Quindi mi ha imposto: – Leggi.

Ho letto. Erano due righe: «Egregio signor Astarita, Italo Calvino è all'estero. Del resto ha già esaudito la sua preghiera. Cordialità». Nessuna firma.

– Hanno scritto esaudito. *Esaudito*, – ho esclamato, politicamente insofferente di fronte alla verticalità spocchiosa che c'era nell'uso di quella parola. E per fare bella figura con Anna mi sono inventato: – Baroni della scrittura –. Poi ho buttato in un angolo i Normanni con gesto plateale, tanto che per il tonfo è comparsa mia madre chiedendo:

– Che è successo?

– Niente, – l'ho tranquillizzata e l'ho chiusa di nuovo in cucina.

Molto agitato, sono tornato da Anna per consolarla, ma Anna non ne aveva bisogno, era già all'attacco. Mi ha detto:

– Scrivigli una risposta.

– A chi?

– A Michele.

– E che se ne fa? – mi sono e le ho domandato.

– Si tranquillizza, riprende a studiare, si laurea, continua a scrivere: tutto.

– Se gli scrivo io?

– Non tu: tu con la firma di Calvino, – mi ha spiegato due o tre volte di seguito con parole diverse.

Ecco. A questo punto potrei sostenere che ho scritto tre pagine spacciandomi per Calvino solo per amore del respiro di Anna. Lo so che sarebbe sufficiente, cose cosí è un piacere sentirsele raccontare. Ci sono periodi dell'esistenza – lo sanno tutti – in cui uno è disposto a qualsiasi bassezza, a qualsiasi follia, non necessariamente per desiderio del corpo intero di una persona, ma anche soltanto del suo fiato. Perciò mi basterebbe appellarmi a quest'aria calda dei polmoni femminili e ricamare in belle lettere sul fatto che probabilmente è nient'altro, sul piano simbolico, che il soffio animatore dell'inanimato, il vento che feconda il caos, il respiro che fa vivere il fango e, se si mozza, da animale ti rifà melma. Ma non direi tutta la verità. Perché a decidermi invece è stata questa semplice domanda di Anna:

– Sei capace?

«Capace di che? – ho pensato. – Di scrivere ràpina invece che rapína, di allibire quanto mi pare, di trascinare me e il mio amico in un eden verbale dove tutto avviene come volevamo e vogliamo? Figurarsi se non sono capace».

È stato un attimo, mi sono sentito molto energico.

Anna mi ha chiesto: – Che ti prende? – e ha sostenuto che avevo fatto l'occhio sbarrato dello scemo, quello che invece, secondo me, mi faceva sembrare intelligente come Liverano.

Mi sono riscosso, ho deciso con allegria:

– Al lavoro.

Ho preso l'unico libro di Calvino che avevo, *La giornata di uno scrutatore*, l'ho scrutato ben bene e ho esclamato:

– Basta col farsi scrivere. Scriviamo. Io sono lui, Calvino. Gli occupo la parola: parola occupata.

– E io chi sono? – ha chiesto Anna.

– La fidanzata di Calvino, – l'ho promossa. – Al lavoro, cara.

Cara, sí. Le persone della classe di Calvino – era la mia idea di allora e gliel'ho comunicata – dicono sempre «cara» alla fidanzata. Da quel momento, in una condizione entusiastica – entusiastica proprio, – ho cominciato a scrivere:

– «Caro Astarita». Mi rivolgo cosí a questo promettente giovanotto, – ho domandato ad Anna, – o no?

– Cosí, – ha acconsentito lei.

– E canticchio mentre scrivo, – le ho proposto, subito passando a fare a guance gonfie: pom pom pom.

Lei però me l'ha vietato.

– Concentrato, – ha detto.

– Però almeno un bacio ogni tanto, – ho chiesto e l'ho baciata sul naso senza attendere il consenso.

Intanto, attingendo dallo *Scrutatore* e dalla memoria di cose calviniane leggiucchiate in vecchi giornali e settimanali della sezione Pci, ho scritto: «Queste sue Titine, caro Astarita, hanno l'agglutinamento di significati, sono fatte della pasta collosa, che è propria dell'esistenza».

– Oh oh, – ha esclamato Anna ironica e questa volta m'ha baciato lei su un orecchio per la contentezza.

Allora, galvanizzato, ho messo nero su bianco il seguente interrogativo: Astarita, è mai possibile che l'attività artistica e intellettuale debba essere un privilegio di pochissimi, un dato irrazionale della sorte, e non piuttosto la ricerca sistematica di massa – contro tutti i deficit naturali, economici e sociali – della Città dentro la città?

Anna ha letto e riletto, ha detto:

– Non significa niente.

Io invece:

– Significa ma è troppo elevato di tono.

– Riscrivi, allora.

– Sí, – ho detto e l'ho baciata su un occhio, tanto che lei mi ha rinfacciato:

– Sta' attento, mi stavi cecando.

– Perdono, – ho chiesto, ma contrariamente al solito senza imbarazzo, come se scrivere col nome di Calvino mi avesse fatto acquistare un'audacia da amatore senza scrupoli.

– Piano piano, – lei ha mormorato abbassando le palpebre. L'ho baciata pianissimo, con tutte le cautele, sull'altro occhio, quindi raggiante sono passato ad asciugare il periodo, a limarlo, per farlo sull'allegro, di tono colloquiale.

Quando m'è sembrato di esserci riuscito, l'ho riletto a Anna. Lei s'è molto entusiasmata e mi si è seduta sulle ginocchia per leggere e rileggere meglio.

Ho pensato: «Forse davvero non sono io, questo» e l'ho baciata sul collo tenendole una mano sulla pancia per evitare che urtasse contro il tavolo.

– Ottimo, – ha convenuto, – continua che sei bravo.

Mi sono tuffato nella seguente tesi: qui ci vuole una letteratura antiautoritaria, caro Astarita, proprio come la sua e la mia.

– No, – ha detto Anna, rimettendosi seduta sulla sua sedia, – cancella «come la sua e la mia», è un'esagerazione.

Ho cancellato e ho scritto:

«Peccato che i giovani, oggi, non vivano la letteratura come ragione rivoluzionaria».

– Qui a Torino, – ha voluto Anna che specificassi.

– Perché?

– Perché cosí pare un'osservazione piú concreta, scritta con la città sotto gli occhi, quella da cui caso mai bisogna ricavare la Città, – mi ha spiegato.

– Ma se è all'estero.

– Lo sappiamo noi, Michele no. Si insospettisce se noi scriviamo: qui all'estero, quando invece lui sa che Calvino vive a Torino.

«Qui a Torino, – io allora ho scritto, – non c'è giovane che sappia veramente puntare alto, senza accontentarsi di risposte che già conosciamo, ma anzi ponendo domande che alzino sempre piú la posta».

– Sembra un giocatore d'azzardo, – mi ha criticato Anna.

Ho risposto:

– Mia cara, va bene cosí.

Subito dopo l'ho baciata sulla bocca, ma lei ha stretto forte le labbra e io non ho aperto le mie. Male. Da quel momento ho sentito che l'entusiasmo andava scemando, che da «lui» mi stavo rifacendo «io», marginale e subalterno, che stavo perdendo quota, che il processo di sostituzione tossicchiava come un motore sgangherato in salita. Perciò ho scritto in fretta – temendo che la magia finisse prima della fine, – che *Le due Titine* mi aveva ben impressionato per come rappresentava «lo sforzo di demolire una subcultura al grado zero dell'umano, lacerandola e tirandosi via da essa con dolore per andare alla ricerca di nuove grandiose immagini dell'uomo, pagine ancora in bianco tutte da scrivere, una diversa possibilità dell'essere».

– Bellissimo, – ha approvato Anna e io non ho resistito, ho tentato ancora di baciarla, al modo dei cavalieri antichi quando davano una sorsata alla boccetta corroborante di qualche elisir. Non c'è stato progresso. Lei s'è lasciata baciare sí ridendo con gli occhi, ma a bocca sempre ben chiusa, facendo capire che era un gioco divertente e basta.

Ho pensato, ormai triste:

«Per lei è soltanto una simulazione».

Intanto sono passato a scrivere dei giovani d'oggi. Ho buttato lí: a differenza di lei, caro Astarita, essi cercano con ansia soltanto la beatitudine.

Anna mi ha chiesto perplessa:

– Sei convinto che va bene questa beatitudine?

– Come monaci tibetani, – ho aggiunto.

Dopo le ho spiegato fiaccamente che Calvino non poteva capire tutto quello che capivamo noi, di noi giovani: sarà anche un'aquila, ma appartiene a un'altra generazione, le ho detto; è un borghese illuminato, propenso alla composizione degli opposti.

– Se lo dici tu, ti credo.

Ho concluso in fretta:

«Ma è bene raggiungere la beatitudine? Non è meglio conservare un'ansia che non ci fa contenti? Cari saluti, Italo Calvino».

A questo punto abbiamo riletto la brutta, che era piena di cancellature. Anna è sembrata soddisfatta. Ha detto: – Ottimo, – e ha preso un foglio immacolato, mi si è seduta di nuovo sulle ginocchia, l'ha infilato in macchina.

È stato allora che ho suggerito timidamente:

– Lasciamo perdere, Anna, facciamone un aeroplano.

Lei mi ha guardato con curiosità, aspettando che continuassi. Poi, visto che non continuavo, ha detto: no.

Poco dopo, l'apocrifo era lí, tre fogli ordinatissimi.

Ho preso la prima lettera di Calvino, quella indirizzata a me, e l'ho data ad Anna perché imitasse lo sgorbio che la firmava. L'ha fatto e subito dopo l'ho strappata con artefatto disprezzo. Quindi sono passato alla brutta e ho ridotto anche quella in pezzi minutissimi. Infine Anna ha ripiegato i tre fogli nella busta che aveva contenuto le poche righe arrivate in mattinata. Quando Michele è tornato la sera da un lungo giro di lezioni private, gliel'ha tesa dicendo raggiante:

– Ecco qua.

Lui ha visto la busta lacerata e ha chiesto:

– Perché l'hai aperta?

– Non ho resistito.

Michele ha letto la lettera con molta attenzione. Conosceva ormai benissimo tutti i libri di Calvino e a vederlo mentre leggeva, io pensavo:

«Non ci casca».

Ha ripiegato con calma i fogli e ha detto senza gioia:

– Bene.

Anna s'è allarmata, anch'io. Gli abbiamo rimproverato:

– Questo è tutto? Non sei mai contento.

Lui ha borbottato:

– Che devo dire, bene. Però basta con la letteratura.

Ha cominciato a discutere fitto fitto di operai e studenti uniti nella lotta: un tormento. Solo alla fine della serata ha esclamato: – Però! – e s'è riletta la lettera con plateale soddisfazione, sottolineando i passaggi che lo citavano con: – Eh!

– Visto? – noi allora ci siamo entusiasmati.

– Ma non è a Parigi? – ci ha domandato a bruciapelo.

Siamo sbiancati.

– Boh, – io ho detto cauto.

Lui è diventato, questa volta, decisamente allegro.

– Forse era di passaggio per Torino, – ha detto, prendendosi Anna sulle ginocchia e carezzandole la pancia. – Se la venderà all'asta, – ha ipotizzato, intendendo che quella preziosa lettera avrebbe fruttato tra qualche decina d'anni un po' di soldi al figlio nascituro. Dopo è andato a riporre busta e fogli in un cassetto e ha aggiunto: – Se esisteranno ancora le aste.

Da quel giorno ha cominciato a scrivere sempre di meno, senza passione, e segretamente. Anzi, quando io facevo capolino dalla finestra, metteva subito i fogli coricati in modo da nascondere la parte scritta.

Ho chiesto ad Anna:

– Be'?

– Nemmeno a me fa leggere piú niente.

Ne ho dedotto con astio:

«Ora che crede di avere Calvino per lettore, noi non ci degna piú».

Ad Anna però non l'ho detto.

Michele arriva puntuale, alle 18,30. Sottobraccio ha una cartella rossa chiusa da un elastico che, sedendosi, poggia sul tavolo. Chiede ad Anna come sta, anche se si vede a occhio nudo che la sua ex moglie sta bene. Glielo chiede con sollecitudine, piú volte: – Stai bene? – forse perché chi è stato abbandonato, stenta, anche dopo molto tempo, a credere che l'altro possa star bene senza di lui.

Michele per anni non ha potuto credere che il suo matrimonio fosse finito. – Non posso crederci, – diceva, alludendo al fatto che Anna dalla sera al mattino se n'era andata.

L'ha inseguita per tutta la penisola. Ha minacciato di uccidersi. Le ha fatto telefonate notturne tormentandole il sonno. Ha perseguitato chi le aveva dato lavoro, un brav'uomo di Napoli che si occupa di soft. Gli ha ordinato con lettere minatorie: licenziala. Quando ha appreso che padrone e dipendente s'erano innamorati, li ha perseguitati con insulti telefonici ed epistolari. S'è fatto trovare sotto il portone di casa loro, al mattino, sporco, mal vestito per chiarire a entrambi, visivamente: guardate come soffro. Poi di colpo si è stancato e li ha lasciati perdere.

Ma ha subito inaugurato un periodo in cui stava sempre con Ernesto. Mi dedicherò tutta la vita a mio figlio, diceva, guai a Anna se cerca di inserirsi nel nostro rapporto. Le ha scritto a piú riprese: «Se lo vuoi vedere, te ne devi occupare a tempo pieno». Con l'appendice: «Comodo sennò!» E metodicamente, con puntiglio, ha trascorso ogni ritaglio di tempo libero con il ragazzino: in palestra, al cinema, a passeggio, in viaggio.

«Ernesto» diceva con orgoglio e piangeva, cosa che veniva considerata da tutti molto meritevole, in quel periodo, un segno di sensibilità, una saggia femminilizzazione.

Infine è venuto un pomeriggio a casa mia per chiedermi:

– Può cenare Ernesto da te?

– Certo.

Me l'ha lasciato e da allora Ernesto vive piú a casa mia che da lui.

Michele è ritornato quello di sempre. Anna se l'è dimenticata, ora preso dal sindacato, ora dalla contestazione del sindacato, ora dalla letteratura, ora da qualche rigurgito di lotta sociale. Ma puntualmente, ogni quindici giorni, le ha spedito il figlio in treno con il messaggio educato: saluti alla mamma. E gli anni sono passati, eccoci qua.

– Certo che sto bene, – gli risponde Anna piú volte, con una pazienza e una tenerezza che non gli ha mai manifestato, nemmeno quando erano giovani e si amavano. – E tu?

– Benissimo, – lui dichiara con convinzione.

– Ce l'hai con noi?

– Ma no, – Michele risponde, – pensai che me lo meritassi, e lo penso ancora.

– In fin dei conti, – provo a dirgli, – volevamo solo farti felice.

– Mah, – lui commenta, scettico su questo punto.

Anna mi tira un calcio sotto il tavolo per farmi capire: lascia perdere. Invece gli chiede:

– Perché vuoi pubblicare la lettera anche se sai che è falsa?

Michele ridacchia contento e confessa:

– Non voglio pubblicarla. Ho solo *raccontato* di volerla pubblicare.

Ci fa cenno con la mano, il cenno che si fa per dire: aspettate. Toglie l'elastico che chiude la cartella ed estrae i fogli di questa storia, proprio la stessa, salvo qualche modifica concordata tra noi, che avete letto fino a questo punto.

– L'ho fatto per poter scrivere, – continua, – la fine di una vicenda che arbitrariamente avevate cominciato a scrivere voi.

A questo punto ci domanda, divertendosi molto a ogni domanda: chi vi aveva dato il permesso? perché rubarmi il mestiere? non ero io lo scrittore? non toccava a me scrivere di voi? non vi dovevo inventare io? Quindi conclude con simpatia: – Adesso il conto con la letteratura bene o male è chiuso, – e comincia a denigrare le belle lettere: roba – elenca, sollevando un dito dietro l'altro – per signore liberate, operai ormai senza centralità, insegnanti in aspettativa, anziani ghettizzati e bambini prodigio; quelli che contano fanno da tempo altre cose.

Sospira, mente:

– Quando mi avete scritto quella lettera, ero già stufo. Anche se fosse stato un falso meno ingenuo, non l'avrei presa sul serio.

«Ingenuo? – m'adombro io in segreto: – non mi pareva ingenuo». Tuttavia faccio finta di niente e osservo conciliante:

– Comunque è stato un bel periodo –. E mi metto a sfogliare insieme ad Anna il manoscritto.

– Scherzi? – mi domanda Michele, all'improvviso irritato.

– Non scherzo, – dico, gli occhi sui fogli insieme ad Anna. – È stata una giovinezza fortunata, la nostra. Abbiamo provato a fare tutto il possibile, tutto il necessario, per rifondare ogni cosa e conquistarci una vita diversa.

Mentre parlo, fingo crescente interesse per queste pagine. Ma in realtà non mi piace come mi ha reinventato, non sono cosí.

– Questo «io» sei tu, – mi spiega l'autore, ora lusingato da quell'attenzione: – e questo «lui» sono io.

– Sí, – dico leggiucchiando l'episodio dei tordi in Provenza, e non so trattenermi.

– La storia dei tordi, – gli rivelo, – non l'ha pensata Olga. Via questo.

Sottolineo con la matita blu il nome di Giacinti sotto l'epigrafe che dice: «Lo sai come si cacciano i tordi in Provenza?»

– A chi l'ha rubata? – chiede Michele.

Lo informo godendo:

– L'ha rubata ad Althusser. Al povero Althusser.

– Bisognerà cancellare.

– Lasciala, va bene lo stesso.

– Nel leggere, correggi e aggiungi dove ti pare: qualche data sbagliata, qualche altra che manca. Vedi tu.

– Figurati, è roba tua. Io sono il personaggio, tu l'autore.

– Macché. Il tuo, il mio: tra noi che senso ha?

Anna allora smette di leggiucchiare.

– Sei riuscito antipatico, – gli dice fredda. Poi aggiunge: – Anch'io.

– Ma no, – mi precipito a rettificare, proprio mentre Michele ammette rassegnato: – È vero, lo sono.

Intanto vuol dimostrarle, leggendo qua e là:

– Tu invece sei venuta simpatica.

– Anche tu, – lo consolo io, – qui sei divertente.

– Lí sí, – lui acconsente e si entusiasma, mi fa notare: – Leggi, qua invece no. Un effetto di repellenza minutamente calcolato.

– Verissimo, – mi entusiasmo anch'io, scegliendo a vanvera un altro passo e poi un altro ancora.

Anna guarda l'orologio e si alza.

– Mi taglio fuori, – ci dice con finta allegria, – prima che come al solito mi tagliate fuori voi.

– Ciao, – la salutiamo.

Lei ci fa un cenno con la mano e se ne va.

Indice

Stampato per conto della Casa editrice Einaudi
presso Mondadori Printing S.p.a., Stabilimento N. S. M., Cles (Trento)
nel mese di settembre 2012

C.L. 20842

Edizione							Anno			
1	2	3	4	5	6	7	2012	2013	2014	2015